白羽 著
平安鏢局
十二金錢鏢
(七) 仇讎針鋒
白羽
近代武俠經典復刻版

目錄

(七) 仇讎針鋒

第五八章　破窗白刃

那阮佩韋、李尚桐隨眾出店在外面耗夠時候，互相戒備著，首先溜回苦水鋪。在苦水鋪街道上，遇見了梭巡的時光庭，三人結伴回來。阮佩韋說道：「外賊是小事，有他們老一輩的英雄防備著哩。咱們先根究內奸吧。于錦和趙忠敏這兩個小子鬼鬼祟祟，一定和飛豹子暗通著消息！」

三人直奔集賢棧走來。行近店後門，不敢直入，三個人跳在牆頭上，連連打晃。小飛狐孟震洋在房上已瞥見，忙通了暗號，把三人引了進來。用手一指後夾道，三人會意，忙忙溜了過去。孟震洋復奔到上房，把後窗輕拍三下，替阮、李通知了屋中各人；然後重複上房，望著外面，以防賊人乘虛襲至。

阮佩韋、時光庭、李尚桐三人不敢大意，按照江湖道踩路的做法，直趨廂房後窗。那廂房本是一明兩暗的三間屋。于、趙二人住在南間，北間本是朱大椿、黃元禮、九股煙、周季龍、屠炳烈、孟震洋、時光庭等七八個人的住處。此時他們全出去了。時光庭臨走之前已將後窗悄悄打開。當下三人相偕來到此後窗前，首先由時光庭輕叩三下，屋中闃然無人；他便把後窗輕輕支起，往內一瞥，屋內漆黑。

時光庭向阮佩韋說道：「我進屋偷聽，你們二位可以在外邊，一個奔後窗，一個奔前窗偷看。」

阮佩韋說道：「不，我進屋，你們二位到那邊望。」話未說完，「颼」地竄進去了。

時光庭微微一笑，只得和李尚桐奔南間後窗。南間後窗燈光尚明，李尚桐躡足走過去，用手指沾唾津，就要點破窗紙；時光庭不由發急，忙一把將李尚桐拖回來，退出數步，低聲道：「這可使不得，他倆全是行家呀！」

李尚桐說道：「若不戳破窗紙，可怎麼看得見？」

時光庭說道：「你先偷聽。我記得這店房的窗戶七窗八洞的，定有現成的窟窿可以探看。」

兩個人重又走近後窗根，努目一尋，果然後窗紙有兩三道破縫，只是很高。兩個人便要交換著踏肩暗窺；忽然身後發出微響，急回頭看，那阮佩韋已經出來了，連連又向二人點手。時、李二人忙湊過去。

阮佩韋急急說道：「他二人正在屋裡唧唧咕咕，背著燈影，一同念看什麼。我告訴你二位，這後窗縫從打白天，早被我割開了，窗扇的栓也下了，一推就開。緊急的時候，你二位千萬推窗跳進去；我可要冒險了！」二人忙問：「冒什麼險？」那阮佩韋已迫不及待的跳進北間去了。時、李料到阮佩韋必已窺見什麼破綻，兩人急急忙忙，重又撲到後窗根，預備內窺。

李尚桐心性急，暗將時光庭按了一把，教他俯下身來。時光庭也想搶先看看，李尚桐不肯相讓，只得依著他。時光庭雙手扶牆，將腰微俯；李尚桐輕輕一按時光庭的後背，雙足躍上去，踏著時光庭的雙肩。兩個人接高了，恰好正對著上層一扇窗縫。李尚桐忙屏氣凝神，將右臉微側，右眼對著窗縫，往裡面張望起來。

這時候，屋中的于錦、趙忠敏還在床上躺著，低聲喁喁地說話。趙忠敏俯臥木榻，用手拄著枕包，抬起頭來，低聲向于錦說：「我這兩天直隱忍著，說真的……」一挑大指道：「他們幾位老前輩，除了姜羽沖這個老奸賊，別位都還沒有什麼，頂可恨的是這幾個東西。」說時一挑小指道：「我就不明白，我們平白在這裡挨蹬，怎麼就不能告退？我們不會說有要緊的事，非回去不可麼？」

于錦仍然躺在枕上，微微搖頭道：「你那是小孩子見識，那不行。咱們驟然一走，他們更拿咱們當奸細了。」

趙忠敏說道：「依你的主意，非寫信不可麼？」

于錦說道：「那是自然。一來，咱們現在事處兩難，可以向大師哥要個準章兒，他教咱們幫誰，咱們就幫誰。二來，大師哥要說都不幫，要催咱們回去，他必定立派專人，假託急事，把你我喚回鏢局。你我乃是奉命而來，遵命而去；他們決不會疑心咱們是做奸細漏餡，抱愧告退的了。」

趙忠敏默想了一會，連連點頭，忽然坐起來道：「你想的固然不錯，可是他們把得這麼嚴，我們想什麼法子，給大師哥送信呢？」

于錦說道：「你別忙，我自然有法了。」

趙忠敏又不言語了，半晌道：「你道大師哥教咱們幫誰？」

于錦道：「你說呢？」

趙忠敏道：「若教我說，他們太拿咱們不當人了。索性回去告訴大師哥，咱們就給他一個弄假成真，反幫那一頭。」

于錦冷笑道：「你真是這麼想麼？」

趙忠敏說道：「一陣氣起來，我真就這麼想。不過，反過來幫那一頭，也太難了。只怕觸犯鏢行的行規。要是還幫這一頭，衝著俞爺，倒是應該。無奈他們這些小雜碎們這麼瞧不起人，不知三哥你怎麼想，我實在氣得慌；再跟他們一塊參預，真有點不值。」說罷，往床上一躺，眼望于錦。

于錦浩然長歎道：「這實在罵人太甚了！我也是很灰心，只不知大師哥怎樣看法。」

趙忠敏說道：「既然要給大師哥寫信，你還是快寫吧。」

于錦說道：「信是早寫出來了。我現在正琢磨這封信該用什麼方法，送到大師哥手內。還得瞞著他們，教他們三、四十人一點也不知道，都栽在你我手下！」

趙忠敏霍地由床上坐起來說道：「真的麼？三哥，我真佩服你。我跟你焦不離孟，孟不離焦，你多咱把信寫出來的？還有信封、信紙，還有筆墨，你都是現買的麼？」

于錦說道：「憑你這一問，便知你呆，怪不得人家把你叫傻四兒。你應該這麼問，這封信是在店內寫的呢，還是在店外寫的？」趙忠敏笑了。

這時于錦仍躺在床上。趙忠敏坐在床邊上，伸出一隻手來說道：「三哥，你別騙我！這麼些人都瞪眼盯著你我，我不信你會悄沒聲地把信寫好。你把信拿出來，我看看。」

于錦笑道：「你不信麼？我真寫出來了，而且還是八行箋，共寫了三張。」

趙忠敏把一對眼睛瞪得很大，說道：「你越說越神了！你到底是多咱寫的？在什麼地方寫的？」

于錦笑而不答。

趙忠敏又問道：「你拿出來，讓我看看，成不成？」

于錦道：「不用看了，信上說的話，就是請大師哥給我們拿個準主意；或去或留，或幫這頭，或幫那頭，如此而已。」

趙忠敏仍不肯甘休，再三催促道：「你別說得那麼好聽，你是騙我，你準沒有空寫。」

于錦笑道：「我就算沒有空，沒有寫。」

趙忠敏不由把話聲提高，發急拍床道：「不行！你得拿出來，給我看看。你拿不拿？你不拿，我可要搜了。」將雙手一伸，就要按住于錦，搜他的身畔。

于錦的膂力，沒有趙忠敏大，功夫也不如；他連忙躥起來，站在地上，低聲說道：「你不要動粗的，你忘了這是什麼地方了！給你看，你別嚷嚷，行不行？」

趙忠敏才住手，直躥起來，站在于錦身邊。于錦把衣襟解開，從貼肉處拿出一封信來，說道：「剛才是冤你的，實在是只有一張半信，你看吧。」把未封口的信封一抽，抽出來兩張紙，也不是八行箋，只是兩張包茶葉的紙罷了。

趙忠敏便要看信，于錦扭頭往前後窗看了一眼，說道：「我說給你聽吧。回頭有人過來，教他們看見，無私有弊，又是一場是非。」

趙忠敏說道：「你看你這份瞎小心！都是你無端自起毛骨，才招得他們動疑。你像我這麼坦坦然然的，再沒有這事。拿過來吧！」伸手搶過信來，往眼前湊看。但是油燈不亮，趙忠敏立在床邊，一點也看不清楚；就又舉著信紙，往桌前走來。于錦也跟了過來，不住說道：「快快看，你不要大大意意的！」又說道：「就是那麼回事。給我吧，用不著細看了。」趙忠敏連說不成，定要看看。

兩人並肩立在燈前，趙忠敏展開用茶葉紙寫的這兩張信。于錦越催他快看，他越得一字一字數著念，他本來識字有限。于錦很不耐煩道：「你只看半邊就行了。……你看這麼措辭，行吧？」

趙忠敏對燈看了一遍，折疊起來，說道：「你這信上還短幾句話，你應該把他們逼咱們的情形，利利害害說一說。」

于錦道：「那不都有了麼？」重展開信紙，指著末一張道：「你瞧這幾句，不就是那意思麼？」

趙忠敏又低頭看看，且看且點頭，旋又仰臉說道：「倒是那個意思，可惜你還沒有說透徹，簡直有點詞不達意。」

于錦生氣道：「你當是坐在家裡寫信呢！我好容易抓了一個空，像做賊似的，潦潦草草地寫了這兩張紙，你又挑字眼了。有能耐，你自己寫去！」

趙忠敏忙又陪笑道：「是我渾，我忘了這信是偷寫的了。三哥別著急，信是寫好了，明天無論如何，你也得想法把信送出去才好。你到底打算怎麼個送法呢？」

于錦仍含著不悅的口氣，道：「你想呢？你別淨教我一個人出主意呀！……」

當此時，在窗外的李尚桐已然登著時光庭的雙肩，附窗內窺良久，把隱情聽了個大概，看得個分明。料到這封信必有情弊，恨不得立時推窗入內，將這信一把搶到手中。那時光庭被李尚桐踩著，一點也看不著。李尚桐只顧自己心上明白，忘了腳下的時光庭了。

這時李尚桐腳踏同伴的雙肩，竟要試著掀窗，輕輕地把後窗往外一帶。這後窗早已被時光庭預先開好；所以很不費事，便拉開一點小縫子。時光庭在他的腳下，疑心他未得確證，硬要闖入，心中著急，又不敢出聲明攔，忙伸手扯李尚桐的腿，催他下來，換自己上去，也好看個明白。李尚桐也不敢明言，只把手一比，用腳尖照時光庭肩頭點了幾下，意思說：「你別動！」仍自勻著勁兒，往外拉窗。

但李尚桐做錯了，他應該猛一拉窗，挺身直躥，給于、趙一個措手不及；明攻明搶，便好得手。哪知他竟想一點聲音不響，乘虛而入，掩其不備！于、趙二人還未被驚動，他腳下的時光庭再也忍不住了，以為李尚桐太已魯莽，必要誤事；推他的腿，他又不動。時光庭不由發怒，便把李尚桐的腿一拍。兩個人發生了分歧的舉動。

李尚桐閉口屏息，尚在上面鼓弄。時光庭猛然一蹲一閃，李尚桐頓時掉下來；後窗剛剛拉開縫子，頓時也隨手關上。幸虧李尚桐手法很快，身子才往下一落，就知老時等急了。他忙用手掌一墊窗格，這窗戶才不致發生大響；雙腿又一蜷，這才輕輕落地。

但是就只這一點微微的動靜，屋裡邊的于錦、趙忠敏兩個行家立刻聽出毛病來。兩個人不約而同，一齊回頭，道：「唔？」又一齊道：「不好，有人！」

時、李在外頓時聽見。李尚桐大為焦灼，再不遑顧忌，一推時光庭，又一指窗口，附耳道：「快進去，搶信！」立刻就要穿窗。

但當此時，屋中的于錦、趙忠敏早已發動身手。兩個人四隻眼盯著後窗，喝罵道：「好賊！膽敢窺探，著打！」「啪」的一聲，趙忠敏首先打出一物。于錦就順手搧燈。「噗」地一下，燈滅屋黑；就用這搧燈的手，急抓桌上的信……

哪知道往桌面上一抓時，沒抓著信紙，恰巧抓著了一隻枯柴似的手。于錦的手按在這瘦硬的手，瘦硬的手就撈著桌上的信。于錦方想是趙忠敏，但陡然省悟，曉得不對。趙忠敏的手肥大，這手卻如此瘦硬。趙忠敏在自己身旁，他的手應該自上往下抓，這手卻自下往上撈。這隻手乃是阮佩韋的手！燈已搧滅，二目不明，倉促間于錦沒有理會到。

但于錦到底是十分機警的人，燈光一暗，急凝雙眸，恍惚覺出屋門口有人影一晃。于錦頓時察覺，右手按住這瘦手，用力一奪；左手便劈這隻瘦腕，口喝道：「好賊，放下！」展立掌，狠狠劈下去。

不想這瘦腕，緊握不放，「刮」地一聲響，桌上的信紙撕掉一塊。掌劈處疾如閃電；那瘦腕猛一抽，沒有縮開。「啪」的一聲，彎臂上挨了一下；可是信已被他奪掉一半去了。隱聞得「喂」的一聲，夾雜著詭秘的冷笑，跟著喝道：「打！」黑忽忽的影子，似一閃一晃，衝于錦撲來。

燈乍暗，眼猶昏，于錦大喝道：「老四，進來人了，快拔青子！」連忙側身，往開處一踏，就勢將奪回的殘信一團，往身上一塞。那邊趙忠敏喝道：「哎喲，好東西，著打！……三哥，桌上的信呢？快快收起來！」內間屋，黑影中，劈哩咔嚓，聲音很大；後窗已被扯落，震出四四方方的一塊微亮來，還有一個腦袋影。

于錦一俯身，早已拔出綁腿上的手叉子來。急凝目光尋著，恍見一條瘦影往堂屋逃去，正像阮佩韋，他料定也必定是阮佩韋。頓時大怒，如餓虎撲食，喊一聲：「哪裡走！」匕首一挺，惡狠狠照阮佩韋後肋扎去，間不容髮，便中要害。

阮佩韋頭往後一轉，冷風到處，忙往左一塌身；「嗤」的一下，衣破皮穿，鮮血流出。阮佩韋卻一咬牙，罵道：「好奸細，滾出來！」「颼」地竄向屋外，「蓬登」和剛闖進來的一個人正撞了個滿懷，失聲道：「呀！我！」被那人一把抓住，往外一掄；阮佩韋就勢一竄，挺然立在院心。

于錦跟蹤追出來，那人當門攔住道：「誰？」于錦一匕首刺下去，那人微微一退步，用力一架，「叮噹」！激起火花，把于錦截住。于錦咬牙切齒，不管他是誰，定要拚命；一領匕首，重撲上來。

趙忠敏也將手叉子拔出來，又往床上一撈，撈著他的刀。左手提匕首，右手掄刀，兩眼像瞎子似的，一閉一睜，略定眼神，急視後窗。要從黑影中、後窗口，尋找仇敵，後窗扇大開，上一扇的窗格早已扯落。

李尚桐飛身躍入窗口，騎著下扇窗格；於窗開處探身，厲聲罵道：「好不要臉的奸細！」

趙忠敏把眼一瞪，喊一聲，躍上板床，挺刀刺去。李尚桐掄窗扇下打，「咔嚓！」刀砍在窗格上。李尚桐把窗扇一推，趙忠敏翻身退下床來。

李尚桐一跨腿，越窗而入，站在床上。「啪噠」一聲，窗扇飛出來，照趙忠敏砸去。趙忠敏急閃身，窗扇直砸前窗上。「咯登」一聲，墜地音響很大。後窗口又黑影一閃，時光庭也跟蹤竄進窗口，踏到床上。

那李尚桐是要撲下來，叫著時光庭，要一齊活擒這吃裡扒外的奸細于錦、趙忠敏。時光庭忙扯李尚桐，大喝道：「于朋友、趙朋友，趁早實話實說！要動手，沒有你的便宜！」這時于錦剛追到外間，趙忠敏還留在內間，二人都擺出拚命的架勢，並不理時光庭的吆喝。

　　于錦只拿著一把匕首，嗔目視敵，見對面的人把堂門堵住，已將搶信的阮佩韋放出去，心中越怒。對面這個人連問：「什麼事，什麼事？」臉衝屋裡。面目一點也看不清，只辨出身形體段很胖大，好像鐵牌手胡孟剛，又像馬氏雙雄。

　　于錦不能裝糊塗，厲聲說道：「對不住，你老哥讓開，我和姓阮的有死有活！」回頭叫道：「趙四弟快來，姓阮的把信搶去了，你快出來。」

　　趙忠敏已被李尚桐、時光庭牽制住，也急得直叫道：「三哥，咱們跟他們拚了吧，這裡還有兩個小子哩！」

　　阮佩韋站在院心，肋下傷破，往外滴血，他一點也不管，只很得意地對門口叫道：「姓于的、姓趙的，你真夠朋友，真敢亮傢伙。我倒要請問你，你們做出什麼私弊事了，教姓阮的揭破，要殺人滅口？我倒要請問請問！」

　　從那後窗進來的李尚桐也叫道：「姓于的、姓趙的！你們的真贓實據已經落在我們手裡，你還說什麼？你不是奸細，你二人嘀嘀咕咕寫的是什麼信？你們要是沒私沒弊，把信交出來，教大家看看，我李大爺就饒你不死！」又對時光庭道：「時大哥，他們有一封信，是給飛豹子的。」

　　趙忠敏罵道：「好你們一群小人，你把太爺們看成什麼人了。于三哥，你快進來，這是李尚桐狗養的幹的！三哥，咱們不能這麼栽給他。姓李的，你們不把信退出來，我宰了你！」大罵著，掄刀向李尚桐亂砍。

一人拚命，萬夫莫擋。李尚桐和時光庭一齊招架，竟非敵手。而且地窄屋黑，擋不住趙忠敏硬往前上。時光庭比較識得利害，急喝道：「姓趙的，咱們出來招架！」忙一拉李尚桐，穿窗退出。

趙忠敏就要往外竄，于錦大喝道：「老四，不要遭了他們的暗算，快過來，上這邊來！」趙忠敏依言奔過來，把自己的刀遞給于錦。

外間屋門口那個高大的漢子，堵住門口，連聲喝問什麼事？

于、趙二人氣炸兩肺，渾身亂顫；竟不問是誰，各順手中刀，要拚命奮鬥。師兄弟二人聯肩並進，對著門口大喝道：「朋友，你閃開，沒有你的事，我們單找姓阮的。呔，姓阮的，我弟兄跟你遠日無仇，近日無恨，你不該揣著一肚子髒心爛肺，拿人當賊！姓阮的，你趁早把我們的信放下，咱們還算罷了。你不把信交出來，那可不怨姓于的、姓趙的翻臉無情。姓阮的，你是要命？還是退信？你說！」

阮佩韋跑到院中，就燈下一看，信紙只剩半截；忙奔過來，隔窗冷笑道：「你找我要信，我還找你要信呢！你們鬼鬼祟祟的，你想瞞誰？你想要信麼，這倒現成；咱們到上房，當著大家打開看。只要信上沒有毛病，我姓阮的給你磕頭賠禮；剛才那一刀子，算你白扎。你要是吃裡扒外，給飛豹子當奸細，到鏢行來臥底；相好的，嘿嘿，我不問俞鏢頭怎麼樣，從我姓阮的這裡說，我就要把你亂刀分屍！你識相的，趁早把那半截信交出來！」說罷，一疊聲喚起人來。

這時候動靜已大。于、趙二人在屋中，已聽得外面奔馳呼叫之聲。阮佩韋在前邊叫罵；于、趙二人兩張臉變成死灰色。此事已經鬧大，情知要轉過面子來，便須有死有活。于、趙二人喊了一聲，掄兵刃齊往外闖；那堵門口的人依然堵著門口。于錦向那堵門口的人喝道：「閃開，閃開！你不閃，我可要扎你了！」

堵門口的人屢問不得一答，好像很惶惑。不想于錦話未住聲，早和趙忠敏雙刀齊上，照那人猛劈下來。「噹」的一聲，那人叫了一聲，往後一退，于、趙二人飛身闖出屋外。這個人並非胡孟剛，也非馬氏雙雄；這個人正是受傷的松江三傑第二人夏靖侯。

于、趙二人闖到院心，不顧性命地向阮佩韋撲去。黑影中，奔到的幾個青年，豁刺一分，叫罵著包圍上來。松江三傑的夏靖侯聽到阮佩韋的惡詆，于、趙的怒辯，方知果然生了內奸。他往後退這一步，乃是他老成持重，不願傷人。他手中劍一順，厲聲喝道：「好朋友，你們做的好事，你怎麼連我也要砍？你可知夏二爺不是好欺的！眾位閃一閃，看我一隻腿受傷的人，也要教訓教訓你！」劍花一轉，急攻上前，腿受箭傷，依然勇猛。

店院只有一盞壁燈，這時忽然大亮，從四隅又挑出數盞燈籠。

櫃房裡的人忽然聽見暴響，夥計們也都驚動。鐵牌手胡孟剛正在櫃房聽候動靜，一聞暴響，忙將店夥攔住，掄雙牌搶過來，大叫道：「是哪位好朋友要想賣底？我姓胡的會交朋友，我倒要會會這位幫忙賣底的好漢！」其他鏢客也都大罵，連瞭高的人也忘了職守，跳下來要拿于、趙。

于、趙情知沒有好；眾鏢客刀劍齊上，都衝他們攻來。他二人罵道：「你們不問青紅皂白，拿屎盆子硬往自己人頭上扣！……」二人立刻一湊，背對背站好，各掄兵刃，振吭大吼：「太爺跟你們這一群瞎眼的奴才挑了！」

有人吆喝道：「相好的，只把信交出來，我們準給你留面子！」

于、趙罵道：「什麼叫面子，你們不用誘我，要信沒信，要命有命！你們把太爺宰了，也不能給你信！」喧叫聲中，夏靖侯、李尚桐、時光庭、岳俊超、孟震洋等紛紛亂竄。受傷的人如奎金牛金文穆等，也都奔出來，只有阮佩韋，卻乘隙退到上房，忙著裹傷、看信。于、趙二人目睹眾人攻到，昂然不懼，刀光揮霍，拚打做一團。

正在不得開交，忽然西牆上現出雙影，是十二金錢俞劍平和智囊姜羽沖。忽又從東牆頭現出二影，是夜遊神蘇建明和當日剛到的霹靂手童冠英。這四位老英雄潛藏店外，聽候消息。乃是路照悄打暗號，催回來的。

十二金錢俞劍平本承望阮、李、時三青年暗中監視于、趙，哪想到一步來遲，鬧成這樣；教隨行的海州捕快看在眼裡，何等丟人？他急對姜羽沖說道：「五爺，快教人上房，留神外賊乘亂夾擾，我先排解去。」一縱身踏到店院，搖手高呼：「諸位朋友，快快住手！」

眾人都聽不見，聽見也不理，仍在猛攻亂打。燈影中，俞劍平見于、趙二人眼看就要毀在眾人亂刀之下，忙奔到近處，大喊道：「朋友快快住手，我俞劍平來了。夏二哥、李賢弟，有話好講，不要誤會，不要自相殘害。」連呼數聲，夏靖侯首先撤退下來，欲訴所見；俞劍平連連擺手，仍教別人停鬥。

時光庭、李尚桐幾個青年，不依不饒，不肯退下來，只嘵嘵地叫道：「俞鏢頭你可來了！咱們這裡真出了奸細啦！姓趙的、姓于的明幫鏢行，暗助飛豹子，他偷遞消息，給咱們賣底了！拿住他，審問他，不要臉的東西，不要跟他講面子！他現在有真贓實據，教咱們阮大哥捉住了！他竟敢動刀子，要把阮大哥殺了！」

俞劍平十分著急。鐵牌手胡孟剛、奎金牛金文穆忙道：「俞大哥，你也太厚道了。像這種東西，不把他亂刃分屍，倒是面子。你不教大家動手，你打算怎麼樣？」

夏靖侯也提劍搖頭道：「這兩個東西太可惡，明明是奸細，倒瞪著眼發橫；把阮老弟傷了，還給我一刀。依我說，把他倆拿下來，捆著他們，見他們的大師哥去。」

俞劍平低聲道：「得了，得了！夏二爺應該生氣，胡二弟你是主人，你怎麼也這麼說？你想，他倆還跑得了不成？咱們有話好說，若是這麼硬拿硬審，一定問不出真情來。還是拿面子擠他。」遂又振吭叫道：「諸位好朋友，請看我俞劍平的薄面，快快住手吧！你們再動手，我可要磕頭了。」

夏靖侯、胡孟剛這才明白俞劍平的用意。同時，蘇建明、童冠英、姜羽沖也一齊奔到院心。姜羽沖匆匆地把孟震洋調到一邊，催他趕緊上房瞭敵，不要管別的事；又另請一人上房幫助他。然後奔到眾人身後，與俞劍平把李尚桐、時光庭等，做好做歹，一個個地勸住、拉開；立逼住手，退到一邊。

俞劍平、姜羽沖把眾人分別喚退，來到于、趙二人面前，齊聲說道：「于賢弟、趙賢弟，到底是怎麼一回事？為何鬧得這麼大的誤會，竟動起刀來，豈不教人笑話？他們哥幾個年紀輕，有言語不周的地方，請你二位跟我說，我給二位評理。」

于、趙二人動手的工夫雖然不大，但是雙拳難敵眾手，早被這一幫青年殺得渾身是汗，吁吁帶喘。時光庭、李尚桐閃身驟退時，趙忠敏含嗔拚命，竟挺刀追砍過去。忽見俞劍平當頭站住，衝他連連作揖，他故作看不見，利刃仍然遞出去。

于錦忙喝道：「老四住手。」把趙忠敏扯到自己身邊，便閃目四顧，見群雄齊聚，姜羽沖正在那裡盤問時、李，俞劍平衝自己作揖打躬。于錦便把腳一頓，一陣難堪，不覺得一鬆手，「噹啷」一聲，把刀和匕首投在地上，他咳了一聲道：「老四，咱哥兒們認栽了！」用胳臂一肘趙忠敏，低聲道：「丟下青子！」

趙忠敏還要遲疑，但只一張眼，便見店房上，店院內，全是鏢客。他們原來都沒有外出，全藏在附近，預備要看自己笑話的。他們冷嘻嘻，熱哈哈，一個個地都看著自己。趙忠敏忍不住心頭火起，竟衝眾人大罵起來；連打架的、勸架的，都攪在一起。眾青年都不是省事的，一個個忿不可遏，爭著上前，又要交手。

于錦、趙忠敏先後把兵刃投在地上，並肩一站，挺身拍胸，傲然毫無懼色，卻都氣得渾身打顫。俞劍平橫身護住二人，急忙吆喝：「諸位仁兄，快把兵刃放下，咱們有話好好地說！」老一輩的英雄將一群青年攔住，勸開。俞劍平趁著這空，對于、趙二人道：「二位賢弟，他們胡鬧，全看在我的面上，快快跟我來！」

十二金錢俞劍平到底把于錦、趙忠敏穩住，直拖到上房，進了內間。眾人立刻一擁而入，跟到上房。上房中燈火輝煌，照出眾人的臉色，個個掛出十二分的瞧不起，個個拿眼珠子盯著于、趙。于、趙二人面似青鐵，目眥欲裂。

俞劍平先請二人坐下，才待開言；時光庭、李尚桐竟持刀進來，把門窗看住；于、趙二人冷笑一聲，面現鄙夷之色。俞劍平忙向眾人一看，作揖道：「諸位，咱們都是自己弟兄，鬧一點小誤會，沒有解不開的。諸位請閃一閃，我和于、趙二位賢弟說幾句話……」

于、趙二人突然站起來道：「俞老鏢頭，我只衝著你！我得請問請問，這群人是幹什麼？」話未完，李尚桐罵道：「別裝糊塗不要臉了！你們自己幹的好事，你們問誰？」頓時又要吵起來。

馬氏雙雄忙過來要將李尚桐、時光庭勸出去。李、時二人不肯走。李尚桐大聲向眾人說道：「那不行，我兩人不能離開，這不是打架。我說俞老鏢頭，這不是尋常鬧誤會的事，咱們這裡出了內奸，這決不能含糊，咱們得三堂會審，當面對證；我和時光庭、阮佩韋是原告。姓于的、姓趙的，你還發橫，腆著臉想蒙人？當著大家，趁早說實話吧！我說阮大哥，阮大哥你過來呀，那封信呢？」

阮佩韋從人背後，應聲擠過來，一隻手高舉那封殘信，叫道：「現有真贓實犯，相好的，你還賴什麼？」

眾人盯著那信，忙一閃，讓阮佩韋進了內間。阮佩韋滿臉得意，指著于、趙，對俞劍平道：「俞老鏢頭，你問問他二人，這封信是怎麼個講究？」

趙忠敏坐在那邊，不由得一欠身，似欲起來奪信。阮佩韋忙往後一退。時光庭、李尚桐急橫刀過來相護。

阮佩韋冷笑道：「哼哼，相好的，你還打算搶回去麼？小子你也太渾了！」

趙忠敏吼了一聲，就跳起來，奔阮佩韋撲去，被于錦一把按住。

十二金錢俞劍平早已一斜身，伸一臂遮住了于、趙，伸一臂攔住了時、李，大聲說道：「時賢弟，你們幹什麼？怎麼還打？」

于錦將牙咬得亂響，從鼻孔中哼出冷笑來，道：「俞老鏢頭，我只衝著你來說話，不錯，我姓于的寫了一封信。……」

阮佩韋立刻應聲道：「你寫了一封信，你背著人做什麼？」

時光庭也接聲道：「你寫了一封信，你要寄給誰？」

李尚桐也道：「你小子有膽把信念出來麼？」頓時又對吵起來。

十二金錢一看這情形，急急地回身，把于、趙重讓坐下，轉臉對著時、李、阮三人，長揖及地說：「三位請暫不要說話，眾位瞧得起我，請往外屋坐一坐。」

蘇建明看出俞劍平要屏人密詰于、趙，忙吆喝道：「諸位哥們，咱們全往外閃一閃吧，別在這裡了。」與松江三傑，分別將眾鏢客拖到外間，又暗向俞門弟子左夢雲推了一把，指了指兵刃。

左夢雲點頭會意，忙帶劍進屋，侍立在師父身旁。馬氏雙雄拉過鐵牌手胡孟剛來，低囑數語，教他進去。胡孟剛依計，放下雙牌，拉童冠英進了內間。

經這一番淨堂，內間屋只剩下俞氏師徒站在中間，阮佩韋、時光庭、李尚桐三人站在門口，于錦和趙忠敏坐在桌旁，生氣喘氣。

胡孟剛與童冠英走進屋來，立在趙忠敏身邊，十二金錢俞劍平就坐在于錦身旁，說道：「這是怎麼說的，咱們有話不會好好地說麼？于賢弟，消一消氣，凡事都瞧我。阮賢弟，你這是怎麼了？身上哪裡來的血？阮賢弟受傷了吧，你請坐下。

時、李二位也請坐下，咱們慢慢地講。胡二弟、童二哥，你坐在這邊。」又眼望外面叫道：「姜五爺，姜五爺！姜五爺請進來呀！」

蘇建明忙應聲代答道：「姜五爺在房上巡邏，他怕豹子乘亂進來。」

俞劍平心中暗喜道：「還是智囊！」忙道：「蘇老前輩，請你費心告訴諸位，千萬不要亂；快請幾位上房，把姜五爺替下來。我在這裡勸勸他們幾位；外面的事請蘇老前輩和夏氏昆仲，多偏勞分派分派吧。」

俞劍平做好做歹，把這七言八語的亂吵壓住；把店內店外巡風的事情也派人戒備好了；這才親自斟兩杯茶，送到于、趙的面前。胡孟剛一見這番舉動，他也搶到外面，取來壺碗，給阮佩韋、李尚桐、時光庭三人，各斟上一杯茶。

俞劍平眼望著這幾個人的臉神，緩緩說道：「你看這是怎麼鬧的，都是自己人，都是賞臉給我俞某和胡二弟幫忙來的，倒鬧得動起傢伙來了！這簡直是笑話，看把趙賢弟、于賢弟氣得這樣。我說阮賢弟，我可不是攆你；勞你駕，你和李、時二位先到外間坐坐。我跟于賢弟，先談幾句私話；回頭咱們再講別的話，你看好不好？」

阮佩韋大笑道：「俞老鏢頭，你也太客氣了。這是什麼事？這是什麼人？是人，你老才能拿他當人看；做人事，你老拿他當人事辦。你老怎麼還這麼客氣？乾脆一句話吧，咱們這裡頭出了奸細了！我可不是屈枉好人，俞老鏢頭，你瞧！」又將那兩頁殘信高高舉起，道：「真贓實犯，讓我抓著了，還跟他講什麼仁義道德？」

這時候，胡孟剛等拿眼盯住于、趙。那時光庭和李尚桐更橫刀保護著阮佩韋。阮佩韋越說聲越高，一指肋下道：「你老再瞧瞧我這裡，他若不是情虛理短，他幹什麼扎我一刀！這不是要殺人滅口麼？」復一指時、李道：「我自己說了還不算，你老再問問他倆。」

時光庭、李尚桐異口同聲答道：「我們兩個也在場，俞老鏢頭，我們可不該說，這種下流的奸細，你老還把他當客陪著，我們三個人可受不住了！我們阮大哥為你老挨了一刀。多虧他手底下還行。倘若不濟，當真教人家給扎死呢？你老要明白，阮大哥可是為朋友，他不是專跟誰作對！」說到這裡，外面有人喝起彩來。

阮佩韋將那殘信連連搖晃，又發出得意的笑聲道：「人家倒想扎死我呢！只可惜沒扎準！人家江湖好漢為朋友兩肋插刀，不算回事；我姓阮的挨一刀兩刀的，更賣得值。……不過有一樣，姓于的、姓趙的，你真不虧心，動刀子做什麼？你們不是奸細，你敢把那一半殘信交出來麼？你敢給俞、胡二位看一看麼？喂，你只要真敢交出信來，讓大家一看，你只要沒私弊，我姓阮的情願給你磕頭賠罪，這一刀算你白扎了。」

俞劍平本想攔阻，但一見雙方互詆；看看阮佩韋，又看看于、趙的神色，忽然眉頭一皺，口開復閉，暫不發言。

第五九章　雲破月來

于錦聞言激怒，眼瞪著阮佩韋手中的殘信，手指著阮佩韋的臉，罵道：「不錯！我扎你了，我就是扎你了！你搶了我的信，你還想教我獻出來？哼哼，你做夢吧！你看我弟兄哪一點好欺負？……我，我，我枉在武林混了，我不能受這種無禮。俞鏢頭，我弟兄平白教人這麼糟踐，你老看該怎麼辦？我也聽聽你老的。

「姓阮的，他，他，他膽敢把我的信給搶去，還撕成兩半！俞鏢頭，我得問問你，我弟兄是衝著你老來的。我們不錯，是寫信了，寫信就犯私麼？我是給你老幫忙來的。我不是來當罪犯的。我請問他憑什麼搶我的信，憑什麼拿我當奸細？俞鏢頭，我們得要問一個明白。我弟兄教人這麼侮辱，我弟兄不能這樣認栽！」

趙忠敏也發話道：「著啊！我們寫信了，我們犯了什麼歹意，就不許我們寫信？我們得要問個明白。」

那弟兄二人，趙忠敏有粗無細，于錦為人卻精明。十二金錢俞劍平偷窺他的神色，他也偷窺俞劍平的神色；于錦不由地動了疑心，一咬牙發狠，索性對著俞劍平發作起來了，把胸膛連拍道：「俞鏢頭，我這裡揣著信哩！但是，我卻不容人家私偷暗搶。只要有人明著來搜，我弟兄倒可以教他把信取了去。我弟兄在這裡等著，淨聽你老的。你老看該怎麼辦吧！」說罷，氣哼哼一拉趙忠敏，兩人往桌上一靠，雙手掩胸，二目微瞑，把劍拔弩張的眾鏢客都看成無物。

十二金錢俞劍平聽了這話，把劍眉一皺，向阮佩韋瞥了一眼，又一看于、趙，又看看眾人。眾人在外間，伸頭探腦往內窺，一時鴉雀無聲，只聽喁喁私議。似有一人說道：「搜他！」

十二金錢俞劍平急急地往外掃了一眼，微微搖頭。他仰面一想，忽復側臉，向阮佩韋施一眼色；轉身來，這才向于、趙二人朗然叫了一聲道：「于賢弟，趙賢弟！」

二人睜眼道：「怎麼樣？」

俞劍平笑道：「二位請聽我一言。我道是你幾位為什麼事，鬧這大吵子，原來只是為一封信。這真真豈有此理，我剛才竟沒問明白！我俞劍平這次失鏢尋鏢，承諸位好朋友遠道奔來幫忙；彼此心腹至交，誰都信得及誰。我剛才出去查勘賊蹤，半路被人叫回來；只聽說你二位和阮賢弟三人鬧起來，我實在不曉得是為一封信……」

阮佩韋忙道：「一點不錯，就是為一封信。他倆鬼鬼祟祟的，背著人嘀咕，私傳信件，洩咱們的底細，給飛豹子當奸細！」

俞劍平搖手道：「賢弟慢講！于賢弟決不是那樣人，這裡頭一定有誤會，……于賢弟，剛才我不是說麼，我在外面，你們在店裡鬧起來，我焉能知道？賢弟剛才那麼說，倒像我引頭似的，豈不屈枉我的心了？現在這封信在誰手裡呢？可是阮賢弟私看了，還是拿去了？」

于錦寒著臉，目注阮佩韋，漫不答聲。趙忠敏忍不住，指著阮佩韋說道：「就是他搶的，我們不見個起落沒完。姓阮的，你眼瞎了。我們哥們就是不吃你這一套，倒要看看你小子能把我們怎樣？」

俞劍平忙攔著道：「趙賢弟別著急，那不要緊……阮賢弟，來！我跟你說句話。」他湊近了一步，深深作揖，低聲言道：「賢弟，你看我的薄面，把信退給他們二位吧。」

阮佩韋怫然道：「那可不行！這是真贓實犯，我白挨了一刀子，反退給他，我圖什麼？俞老鏢頭，這信裡一定有詭，不然他們還不至於跟我這麼玩命。我要冤屈他，我情願把腦袋輸給他！」

李尚桐、時光庭也立刻幫腔道：「對！這是我們三個人的事，我哥倆的腦袋也賠上。他要不虧心，為什麼寫信怕教人看；要退給他也行，咱們當眾打開信看。」阮佩韋立刻把搶到手的半截殘信又拿出來，高高舉著，就要舒展開。

俞劍平哈哈一笑道：「這信裡也許有事，也不怪三位多疑。賢弟別忙，你們誰也別看，我一個人看，拿來給我。」說著把手伸了出來。

阮佩韋略一猶豫，立刻說道：「你老可得念給我們聽。」

俞劍平道：「這個自然。」阮佩韋這才遞了過去。

于錦、趙忠敏兩人，當此時一齊變色，四隻眼齊看俞劍平的手。于錦仰頭冷笑道：「好好好！俞老鏢頭要親自看我們的私信，足見賞臉！這就叫知人知面不知心，本來多好的交情，也當不了起疑。趙四弟，咱們倒要看一看，誰是英雄，誰是狗熊！你們只管看吧……」

不想眾目睽睽之下，十二金錢俞劍平把這搓成一個團的殘信，從阮佩韋手中接過，竟扣在掌心，連打開都不打開；立刻一轉身，滿臉陪笑，走到于、趙二人面前。俞劍平把殘信往于錦手中一遞，退一步，躬身一揖，說道：「于賢弟，趙賢弟，對不住！我俞劍平交友以誠，只許我做錯了事，教好朋友信不及我；我卻從不敢信不及好朋友。這是阮賢弟一時魯莽，眼拙心熱，把事做得太冒失了。我俞某事前實不知道。就是阮賢弟，也總怪他年輕心實，不會料事，疑所不當疑，才鬧出這笑話來。還看他一心為我，多多擔待他吧。諸位賢弟全都是我拿帖特地請來的，我要有不周到之處，還請各位當面指教我，責備我。這一回真是誤會，看在我的面上，我們揭過去吧。天不早了，大家散散，明天我再給二位賠罪。」

俞劍平滿臉陪笑，向于錦道歉。然後扭轉頭來，復向阮佩韋說道：「阮賢弟，我謝謝你。你這一番好心全是為我，反倒得罪了人，況且又受了傷；我心上太過不去了！咳，讓我來看看你的傷吧。」滿臉上露出過意不去的神色，催左夢雲：「快到那屋裡，把我的刀傷藥拿來！」

這一來出乎于、趙二人意料之外，也出乎阮、時、李眾人意料之外。阮佩韋、時光庭、李尚桐全都瞪著眼看著俞劍平；阮佩韋連俞劍平的話全不答了。

俞劍平一拍他的肩，他往旁一退；忽然面泛紅雲，眸含怒火道：「咳，我姓阮的裁了！」扭頭就往外走。

俞劍平忙伸手拉住阮佩韋的胳膊，連聲叫道：「賢弟，賢弟！」緊握著阮佩韋的手，連連搖動，又長歎了一聲道：「賢弟，沒法子，我實在對不過你。」又向眾人道：「眾位請回去歇息吧！」

張目一尋，看見胡孟剛惡狠狠瞪著于、趙，又看見老拳師蘇建明綽鬚微笑，和馬氏雙雄互相顧盼，似有會心。俞劍平忙叫道：「蘇老前輩，馬二弟，馬三弟，你請費心，陪著于賢弟、趙賢弟，回屋歇歇吧。這一場誤會都是俞某不才，未能先時開解，才招惹起來的；平白教于、趙二位和阮賢弟犯起心思來，我心上實在下不去。我要請阮賢弟到隔壁，我給他裹一裹傷。還有胡二弟、童二爺，你也跟我來。」說罷，向眾人一揮手。

他又回顧于、趙，低聲說道：「咱們今晚上，就算揭過去了，二位快歇著吧。趕明天，我俞某還得請二位格外幫忙，我還有話說。」又復一揖，瞥著眾人，一齊往外間屋走去。

趙忠敏看了看俞劍平，又瞪眼看著于錦，不知該怎麼辦好了。那于錦一臉怒氣漸漸消釋，接了這兩頁殘信，看了看，信手一團，要往懷中揣起。但見眾人面色猶有不平，便倏地眉頭皺起，逕將那殘信換交右手，往懷中一揣，霍然站了起來，向俞劍平招呼道：「俞老鏢頭慢走！」

俞劍平止步回頭，藹然答道：「賢弟，凡事全看我吧。」

于錦大聲道：「你老先別走。你老這麼一來把信交還我們，實給我們留下偌大的面子；總是瞧得起我們，我們弟兄領情了。……現在，咱們就明天再見。……」說至此，目視眾人，又冷笑道：「這封信我可就揣起來了。可是別人有看不下去的，請只管出頭。事情擠到這裡，我們弟兄雖只兩個人，也還沒把自己看小了，刀擱在脖子上，我弟兄情願接著！哪位有心思，不滿意，哪位只管說！」說完了，叉腰一站，目光閃閃，吐露凶光。

趙忠敏也跟著並肩一站，順著話碴叫道：「你們誰不願意，只管上來，我哥倆今天賣了！」

這話一放，外間屋起一陣騷動，阮佩韋臉上一變化，腳步停住，頓時一擰身，首先冷笑道：「我姓阮的，就看不下去！我就不願意！」

童冠英恰在門旁，連忙說道：「算了，算了！」趕緊把阮佩韋推到外面，連時光庭、李尚桐，也推了出去。

老英雄蘇建明急從裡間走到于、趙身旁，輕輕一拍肩膀，說道：「二位老弟，回屋裡歇息吧。你要明白，胳膊折在袖子裡，打了牙肚裡咽。咱們全是為好朋友來的，真要鬧出吵子，豈不教外場笑話？況且咱們是衝著誰來的，咱們沒給好朋友幫忙，另給添膩。來吧，天還沒亮，二位先睡一覺再講。別教俞鏢頭為難了。他夠受的了！」

于錦抗顏不答，目注外間屋；見眾人聚而不散，仍然呶呶紛議，俱各面現不平。忽有人喊了一聲道：「不行！這個信總得當眾看看！這麼完了，算怎麼一回事呢？」

只聽俞劍平連聲勸阻，竟勸阻不住。于錦不由得怒氣又起，面對蘇建明，大聲說道：「蘇老前輩，這不能算完！我弟兄很明白，我弟兄平白教人折了這一下，就這麼了結，我們也真成了無恥的匹夫了！我說俞鏢頭、胡鏢頭二位別走，我們還有話。」

胡孟剛回身站住，沉著臉說道：「二位有什麼話，只管說出來。」

于錦看著胡孟剛的臉神，連聲狂笑道：「我弟兄有話，當然要說出來。」

于錦說著，把身上那一團殘信，與俞劍平還他的另一團殘信都掏出來，前進一步，來到八仙桌旁，油燈之下；向眾人厲聲發話道：

「眾位朋友！我弟兄和眾位有認識的，有不認識的；有有交情的，有沒有交情的，可總是武林一脈。我弟兄這回前來幫忙尋鏢，完全衝著俞老鏢頭和我們錢師兄的交情。我弟兄不錯是來幫忙，可沒有犯法。我們弟兄不拘寫信給誰，那是我們的自便；誰也管不著，誰也查考不著。想不到我弟兄由打前兩天起，不知哪一點做得不地道了，竟有那瞎眼的奴才，把我們當了奸細，冷言冷語，也不知聽多少。教我弟兄答對也不好，裝傻裝聾也不行。我們弟兄沒法子，方才寫了這一信。這一封信是我弟兄要寄給一個人的；信裡說的什麼話，咱也犯不上告訴交情淺的人。

「哪知道由這封信起，又教鼠輩們動起疑來！我就不明白，我弟兄哪一點像下三濫！阮佩韋、李尚桐、時光庭這三個小子，公然窺窗偷聽我弟兄的私話，公然動手搜搶起我弟兄的私信來了；我于錦和師弟趙忠敏雖然無能，可不能隨便教人家作賤。有人硬要拿刀子，搶看我們私信，我就把性命給他，我也不嫌不值！現在這封信落在俞老鏢頭手裡，多承他看得起我們，當場交還給我們了。這是他老人家講交情、有眼力的地方，不怪人家名震江湖。按說我弟兄隨便教人家這麼誣衊，這絕不能算完。可是我們看在俞老鏢頭面上，我弟兄就這麼咽了……」

于錦一口氣說到這裡，外面嗤嗤有聲；他也不暇答理，把兩團信交在手裡，說道：「……這封信不是有人不放心，要搶看麼？好，我就拿出來，請大家看看。可就是一樣，不許髒心爛肺的小子們看！」「啪」的一聲，把手中的兩團殘信都丟在桌上，吆喝道：「你們來看吧！誰要看，誰就過來。」氣哼哼地往桌旁椅子上一坐，一張白臉氣成死灰色。

他那師弟趙忠敏專看于錦行事，也就氣哼哼地跟著坐在一旁，口中也罵道：「你們來看吧！這信上有的是好話頭哩！快看，看晚了，可是摸不著了。」

當下，鐵牌手胡孟剛見信團擺在桌上，不覺得就要伸手，其他別人也要踅了過來。十二金錢俞劍平到底善觀風色，急急趕上前來，橫身一遮道：「于賢弟，你這可是多此一舉！賢弟，你怎麼還是信不及我俞劍平？你們雙方都是朋友，都是為我賣命來的。我剛才什麼都說了，你還教我說什麼？賢弟快把信收起，只要二位能擔待姓俞的，從此我們就別再提這回事了。一錯百錯，全是俞某的錯，諸位不是都衝我來的麼？」

于錦道：「老鏢頭，請你不要誤會我們的意思。我知道俞老鏢頭拿朋友當朋友，不論自己受著多大委屈，也不肯教朋友為難。不過我這次為勢所迫，不得不請大家看看這封信；也可以當面分證分證，到底誰是朋友，誰不是朋友。

「俞老鏢頭，我于錦就是這種賤骨頭的毛病，他越拿我不當人，我偏叫他稱不了心；想動我的信，我就敢拿刀扎他。殺人的償命，我寧可死在刀頭上，也不受這種欺負；除非把我們哥兩個亂刃分屍，命沒有啦，信自然由著小子們看了。俞老鏢頭行為光明磊落，待人熱腸；就是塊鐵，也把它握熱了。老鏢頭既拿我們當人，也不管我們弟兄做了什麼對不過人的事，你信也不看，事也不究，更教我們心上過不去。你老越這樣，我弟兄更得請大家當面把信看了，我們也好明明心。」

趙忠敏道：「對！我們總得明明心！可有一樣，這封信只許拿我們當朋友的人看。髒心爛肺的狗男女趁早別過來；只要過來，我拿刀子戳個兔羔子的。」

阮佩韋實在氣不過，猛然回身，被眾人攔住，急得他伸脖子瞪眼叫道：「姓于的少說閒話，少放刁！姓趙的，你別裝不懂什麼！俞鏢頭聽你們這套，我阮佩韋就不信這個，我倒要看看你們兩塊料是什麼變的。姓于的，你憑幾句花言巧語，想把大家拒住，不肯看你的信麼！大家不看，我看，我看！俞鏢頭不看，我看！我挨這一刀，我得挨個值得。就這麼模模糊糊完了，從我這裡說，就不行。你想拿唾沫把這層皮沾下去，你算想歪心了。來來來，我說老時、老李，咱們三個人一定要看看……我只怕你小子虧心，不敢讓太爺們看！」

時光庭一聽這話，大聲應了一聲，就要往屋裡擠。李尚桐卻察言觀色，頗有些疑慮；只挨過來，拿眼盯住了于、趙，要看他是否情願。不料趙忠敏一見阮、時二人探身要看，突然瞪著眼把信拾起來。李尚桐迷惑了，在場眾人也人人迷惑；到底不知道這封信是寫給何人的，也不知道信中究竟有什麼秘密。

他們雙方又爭吵起來。俞劍平橫身擋門，把雙方隔開，一疊聲向眾人說：「眾位怎麼一定要看朋友的私信？你們明是為我，可是比罵我還難過呀！」

趙忠敏一味倔強，不知起落，于錦卻有發有收。心知此信不令眾人一看，必不得下台；若教眾人看，又未免丟人。心思一轉，忙從趙忠敏手中，把信要過來，正在向眾人叫板眼。

此時蘇建明忽然邁步上前，替俞劍平向眾人一揖道：「眾位哥們，這可不是這麼個鬧法了。于、趙二位這一來，很夠朋友了，你們不要再訌了，這封信咱們不看行不行？咱們交朋友，不就是憑著個心麼？我說趙賢弟、于賢弟，你二位如要瞧得起我蘇建明，我倒要向二位討臉。我可不是要看信。我請二位把信念念，教大家聽一聽，就算解過這場誤會去了。」

蘇建明的話，就是給于、趙開路。趙忠敏還不明白！立刻冷笑連聲道：「好好好！」面對眾人道：「這封信我們就交給蘇老前輩，我們只教他老人家看。」把信立刻遞給蘇建明。

蘇建明把兩團碎信舉著，在燈前一晃，對眾人說道：「這封信我敢保，決無對不住朋友的地方。若有對不住人的地方，于、趙二位不會燒了麼？不過，我特為給于、趙二位轉面子，明明心，我還得念給大家聽聽。」說罷，凝老目，開聲朗讀，卻又說道：「這簡直是多此一舉。」

這兩頁信被撕成四半，團成亂球，沒法子持讀。夜遊神蘇建明把它展開，鋪在桌子上，湊對著。眾目睽睽，都擠過來。俞劍平、胡孟剛本是當事人，反倒被擠在一隅，馬氏雙雄立在眾人背後，忙發話道：「眾位閃一閃，在外間屋不也聽得見麼？」

眾人都不肯往後退，只蠕動了動，一個個把脖項伸得長長的，眼珠子齊盯著蘇建明的嘴。不想蘇建明俯著頭，對著燈，只顧尋繹信中的詞句，口中嘖嘖有聲，直看下去一整頁，還沒有念出聲來。一個鏢客催促道：「蘇老師，大家都等著你老念呢！你老別自己個明白呀！」

蘇建明哈哈大笑，道：「用不著念，這信不是給飛豹子的。哦，原來飛豹子姓袁，並不是綠林……于、趙二位實在是好朋友，咱們可真是錯疑心人家了。」

眾人一齊聳耳，待聽下文；蘇建明讚而不述，信的內容還是沒說出來。胡孟剛實在急了，口中說道：「不成，我得看看，我別憋死！」把人群一分，鑽過來道：「我來念吧。」低頭一湊，嘿嘿，也一直地看下去，不言語了。

還是夜遊神蘇建明抬起頭來，對眾人道：「我這就念，眾位留神聽。于賢弟、趙賢弟，二位真夠朋友，眾位請放寬心吧。」這才朗讀道：「正凱師兄大人萬福金安：自別之後，想念實深，伏維道履清吉，式如私頌……」

這是極俗的幾句客套，于錦的文理並不甚佳。但是，眾人聽了，立刻泛起一陣呶呶之聲，都相顧道：「原來是給他師兄的，不是給飛豹子的……可是他藏著不教人看，為什麼呢？」

蘇建明又念道：「敬啟者，小弟二人自奉師兄之命，前來助訪鏢銀，深承俞劍平不加嫌棄，十分推信。弟等亦顧慮武林義氣，事事靠前，不肯落後，以符彼此交情。此一月來，武林朋友到場相助者，絡繹不絕；有鏢行馬氏雙雄、金弓聶秉常等，還有拳師蘇建明、歐聯奎，亦有綠林沒影兒魏廉，更有江湖俠客松江三傑、霹霹靂手童冠英、智囊姜羽沖諸公，人才濟濟，不限一途。奈劫鏢者實是高手，分批奔訪，迄未勘出下落。歷時一月，始探得劫鏢大盜綽號飛豹子，在苦水鋪出沒，乃遼東口音。

「弟等驟聞此訊，不覺心疑，猶恐傳信不足為據，經弟加意探詢，尋鏢人等皆謂劫鏢者為遼東一豹三熊，但不知其出身。又謂為首之人豹頭環眼，年約六旬，能用鐵菸袋桿打人穴道，善打鐵菩提。由此觀之，此人定是寒邊圍之快馬袁承烈袁場主矣。所可怪者，袁場主本非綠林，家資豪富，何故入關劫鏢，做此犯法之事？此實令人百思不解；而察其年貌、武功，處處相符，則又斷無可疑。弟本奉命助俞訪鏢，今劫鏢之人倘為袁承烈場主，則雙方皆為朋友。在此助俞不可，幫袁更屬不可……」

蘇建明念到「袁承烈」三個字，不覺把聲音提高。內間屋、外間屋頓時騷動，互相傳告這：「飛豹子原來叫袁承烈，是遼東人。怎麼遼東綠林，沒聽有這麼一個人呢？」

馬氏雙雄也湊過來，詢問俞劍平：「俞大哥，你可知道，跟你結過樑子的，有這麼一個叫袁承烈的人麼？」

俞劍平面現沉默，搔頭不答；其實這信中的詞句，他一字也沒忽略，都留神聽見了。但他外面不露形跡，反而湊到于錦身畔，握著于錦的手說道：「于賢弟，你原來是兩面受擠！賢弟，我很信得過你，你對得起我俞劍平！」

于錦傲然一笑，道：「俞老鏢頭，我可不敢自誇，你再聽蘇老前輩往下念。喂，蘇老前輩，請你接著往下念……小子們瞎了眼，拿爺們當了什麼人了。不用我自己辯白，有信作憑證！」

這一句話，阮佩韋三個人又炸了。阮佩韋正被童冠英扯手拍肩，攔在外間；此時一聽信的上款，和李尚桐、時光庭二人，不由相顧愕然，起初斷定此信必是給飛豹子暗通消息的，哪知人家乃是給師兄錢正凱的！跟著直聽到劫鏢人是「寒邊圍快馬袁承烈」這一句話，三人更加愕然。

于錦一發話，阮佩韋有點張口結舌；李尚桐卻是能言善辯，立刻反唇相譏道：「小子，少要扯臊！你小子本是幫著俞老鏢頭尋鏢來的，若得著飛豹子的實底，就該當眾一說，你瞞在肚子裡，究竟揣著什麼鬼胎？你小子脫不了奸細的皮子，我們沒有誣賴你！」

趙忠敏罵道：「你們這些東西，拿好朋友當賊，你還沒有誣賴我們麼？」

馬氏雙雄忙又勸阻，俞劍平拉著于、趙的手道：「于賢弟、趙賢弟，你看著我，暫且讓他們一句。」低聲道：「他三位本已自愧莽撞了，賢弟讓一句，就是讓我了。」

夜遊神大聲道：「你們別拌嘴了。你們願意聽我念信，就少說一句吧！」

眾人齊道：「咱們誰也不要說話了，蘇老前輩快念吧。是是非非，真真假假，咱們全看這封信吧。」

蘇建明又接著念道：「弟等今日進退兩難，不知如何是好。由前天起，眾人對弟等又似引起疑猜，處處暗加監防。弟二人在此，如坐針氈，十分無味。弟等此時究應速速退出局外；或仍在此濫竽充數；或佯作不知，兩不相助。望吾兄火速指示，以便照辦。專此奉達，別無可敘，即候德安！

「再者，現在尋鏢人眾將弟等看成奸細，冷譏熱諷，令人難堪。弟二人不敵眾口，無法變顏與之爭論，更不便驟然告退。依弟之見，最好袖手不管，各不相幫。望吾兄火速來一信，假說有事，先將弟等喚回，以免在此受窘。萬一此間走漏消息，眾人必疑弟賣底矣。一切詳情容弟回鏢局面陳，再定行止，此為上策。……」

蘇建明把信念完，于錦和趙忠敏面向眾人，不住冷笑，時時窺看俞劍平的神色。

俞劍平捫鬚聽著，起初神色淡然，好像不甚理會信內的話，只注意于、趙二人。但聽到後頁這飛豹子名叫袁承烈，又是什麼遼東一豹三熊，不由臉上帶出詫異來；尤其是「袁場主本非綠林」這一句，大值尋味。俞劍平不禁動容，眼望著馬氏雙雄，帶出叩問的意思。眾人立刻也七言八語地說：「飛豹子不是綠林麼？」

俞鏢頭率眾尋鏢經月，因曉得飛豹子是遼東口音，大家都往遼東綠林道想去。想來想去，遼東綠林知名之輩連個姓袁的也沒有，因此把事情越猜越左了。俞劍平半生在江南浪跡，北只到過直隸；雖曾輾轉托人，往遼東搜尋飛豹子的根底，至今仍未得到確耗。現在于、趙二人這封信上，卻稱飛豹子為場主，已經確實證明他不是綠林。遼東地多參場、金場、牧場，這飛豹子莫非是幹這營生的麼？

老拳師蘇建明把念完的信，隨手放在桌子，將大指一挑，朗聲說道：「諸位，我說怎麼樣？于、趙二位賢弟真是好朋友。這絕沒錯。人家是專來給俞賢弟幫忙的，他焉能給飛豹子做探子？……」還沒有說完，早圍上來幾個鏢客，伸手來搶看這封信。有的人擠不過來，就紛紛議論飛豹子袁承烈的來歷，竟把于、趙無端被誣的事忘了。但是于、趙二人可沒有忘了；阮佩韋、李尚桐、時光庭三人也沒有忘下；俞老鏢頭更是沒有忘下。

時光庭聽完了信，悄對李尚桐說道：「敢情這個小子真不是奸細！李大哥，你說怎麼辦？回頭這兩個小子一定衝咱們念叨閒話！」

李尚桐低答道：「就不是奸細，他也免不了隱匿賊蹤之過。他本是幫著俞老鏢頭查鏢訪盜的；他既然知道飛豹子的底細，不肯說出來，他就是對不住朋友。他還敢炸刺不成！」

時光庭強笑道：「你說的不對！你我還好辦；阮賢弟可吃不住勁，咱們把他調出來，商量商量吧。回頭于、趙兩個東西要找後帳，咱們三個人合在一塊答對他！」

第六十章　仇讎針鋒

趁著亂勁，時、李二人忙把阮佩韋調出來。阮佩韋剛才的話很衝，此時果然垂頭喪氣地說道：「我看走了眼，白挨一刀子，丟人了！」時、李二人同聲勸他，把他拖出正房。

卻當阮佩韋往外走時，于錦早已瞥見，嘻嘻地冷笑一聲，張口欲誚罵；環顧眾人，忽又忍下去，臉上不由帶出驕傲之態來。趙忠敏見眾人已然釋疑，也要發話，被于錦攔住了。兩個人握手示意，各裝出沒事人的樣子來，置身局外；往屋隅一躲，一言不發，靜看俞劍平作何舉措。

在場群雄紛紛究詰飛豹子袁承烈的來頭。奎金牛金文穆自言自語道：「飛豹子不是綠林，這傢伙是幹什麼的呢！跟俞爺怎麼個碴呢？……我說俞大哥，這飛豹子袁承烈既跟你結仇，你一定認識他了？」

馬氏雙雄也湊過來對俞劍平道：「關外有金場、牧場，還有人參場，這姓袁的又叫快馬袁，什九是幹牧場的。我說俞大哥，你不是沒到過遼東麼？你跟他一個幹牧場的，怎麼結的樑子呢？」又回顧胡孟剛道：「喂，胡二哥，你和當年幹牧場的人有過節沒有？」

眾人都這麼問，十二金錢俞劍平不遑置答，眼光看到外屋，聽阮佩韋隨著李尚桐、時光庭出去了，便突然站起來走到于錦、趙忠敏面前，深深一揖，滿臉懇切，手指著心口，慨然說道：「二位賢弟，你很看得起我俞劍平，我心上感激，我也不必說了。我和二位交情還淺，我和令師兄是換命的弟兄。二位信中的意思，我已經聽明白了。二位是幫我來訪鏢的，可是現在又突然發覺劫鏢的袁承烈也是朋友，你二位就為難了……」

剛剛說到這裡，松江三傑再忍耐不住，就突然大聲發話道：「于、趙二位是好朋友，咱們誰都很佩服的。剛才這個碴，咱們說破就算完，咱們誰也別提了，我們說正格的。我說于三弟，你二位是幫忙來的，還不願意把鏢尋訪著麼？我請問請問二位，到底飛豹子袁承烈這小子是幹什麼的？是怎麼個出身？請二位趕快說出來，咱們大家聽一聽，好找他去，衝他討鏢。」

此言一出，頓時有數人附和，同聲說道：「著啊，于、趙二位既跟飛豹子姓袁的認識，就請你二位費心，把這傢伙的來頭、巢穴、黨羽，一一說出來。你就是給咱們鏢行幫大忙了，一下子把豹子弄住，那就是你二位頭一件大功。」

鐵牌手胡孟剛哈哈大笑，很得意的說道：「這可好了！我們大夥費了一個多月的工夫，也沒把豹子的準根掏著。二位賢弟竟能知道他的實底，這太好了。衝著俞大哥和我的面子，你二位就費心說說吧。就算二位跟飛豹子認識，也不要緊。我們不過是打聽打聽他的身世、來歷，我們還是按江湖道，依禮拜山，向他討鏢；決不會把二位抖露出，教二位落了不是。」

眾人七言八語，于錦、趙忠敏一聲不響，環視眾人；猛然站起來，仰面大笑。笑罷，于錦將面皮一繃，用很冷峭的口吻，向眾人說道：「對不住！眾位的意思，是拿我們當賣底的人了？」

眾人忙道：「豈有此理，二位不用提了，二位絕不是賣底的。」

于錦大笑道：「諸位起初疑心我賣鏢行的底，現在又拿話擠我賣飛豹子的底；我弟兄不知哪根骨頭下賤，竟教人這麼小看！」

歐聯奎忙道：「二位錯想了！我們看信，已知二位和飛豹子認識，決不能教你賣友，我們只求你把飛豹子的出身說一說。」

于錦怒極，將手一插腰，正色厲聲道：「我明白！眾位是教我弟兄說實話。對不住，我兩人的意思全寫在信上了；難為蘇老師念了這半晌，諸位還沒有聽明白！我弟兄教人家瞧不起，拿我們當奸細，弄得寫一封私信，也教人家給抄搶了去。我弟兄如今的嫌疑還沒有摘落，我們呢，還在這裡待罪；怎麼諸位又說起別的話了？對不住，我弟兄的機密全都寫在信上了。諸位要想詢問這封信以外的話，哼哼，不管哪一位，不管怎麼說，恕我弟兄沒臉再講。就拿刀子宰了我們，我們也不能多說半句！」說著，轉對俞劍平道：「俞老鏢頭，我弟兄靜聽你老人家的發落！」

眾人一聽于、趙二人猶存芥蒂，忙紛紛勸解。于、趙忍不住瞪眼大嚷起來。

十二金錢急急地將胡孟剛推了一下，向于、趙二人重複一揖到地，慨然說道：「二位賢弟，再不要說了！這些位朋友都是給我幫忙的一番盛意，恨不得把飛豹子的實底早早根究出來，好搭救我們胡二弟的家眷；他們可就忘了二位為難了。二位的苦衷，我俞劍平最為明白。我剛才不是說麼，二位本來是幫我的忙的，助訪鏢銀來的；可是現在忽然發覺這劫鏢的袁某人也是你二位的朋友，二位這才做了難。覺得幫誰也不對，不幫誰也不好；二位這才背著人商量，打算潔身引退，事先要寫一封信問你那大師兄。二位這辦法實在很對，就是我俞劍平設身處地，我也要這樣辦的……二位不用著急。我俞劍平斷不肯強人所難，教好朋友兩面受擠……」

俞劍平轉顧眾人道：「諸位快不要問了。憑眾位怎麼問，他二位實在不能回答。他二位跟俞某是朋友，跟飛豹子也是朋友，那封信上已然說得明明白白；都是朋友，幫誰也使不得。我說于賢弟，可是這個意思吧？總而言之，既然有這等情節，我們應該拋開于、趙二位這封信，我們大家另想辦法，根究飛豹子的蹤跡，我們不應該從于、趙二位口中，打聽飛豹子半點的消息，至於這封信……」

俞劍平叫著于、趙二人的名字道：「二位賢弟，這信我依然奉還二位。二位只管發出去，且看令師兄如何答覆便了。我們這裡，照樣還是先回寶應縣，再轉奔火雲莊，到子母神梭武勝文武莊主那裡登門投帖；請他給我們引見飛豹子，我們定期會面，索討鏢銀……」

俞劍平又向眾人笑道：「再說，賤內大遠地從海州尋來。我講句笑話吧，她也許訪著一點線索，特意邀著朋友，給我送信來了。我們訪求飛豹子並不為難，何必定要擠于、趙二位呢？我說對不對，胡二弟？」

說罷，俞劍平站起來，把殘信索到手中，仍交于錦。他一面勸阻眾人，不要呶啾，催大家各歸各屋，趕早安歇，明早好一齊上路；一面命人上房，把智囊姜羽沖換回；略將奪信還信之事，告訴姜羽沖。又抽空邀著老拳師夜遊神蘇建明和鐵牌手胡孟剛，偕同去找阮佩韋、李尚桐、時光庭三人，把三人安慰一番，親手給阮佩韋裹好傷，說了許多密話，是教三人不要灰心的意思。然後，十二金錢俞劍平回來，由姜羽沖陪伴著，重新極力安慰于、趙二人；但只說了許多好話，並不打聽飛豹子的來歷。

趙忠敏性直，于錦心細。兩人你望我，我望你，雖深感俞鏢頭的推誠相待，仍有點餘怒未息，同時疑誣頓雪，又很得意。俞劍平接著勸道：「算了吧！你二位和阮佩韋不熟，他一向如此冒失的。我們大丈夫做事，丟得起，放得下；既然自己的苦心已得大家信諒，我盼望二位明天再不要提起了。二位想想看，阮佩韋這時候該多麼後悔？二位為我擔點嫌疑，任勞任怨，我俞劍平心裡有數。」

智囊姜羽沖此時坐在俞劍平身旁，就跟著幫腔，往外引逗于、趙的話。姜羽沖先因眾人只顧內訌，忘了外患，他就急急登房，暫代敵。等到亂過去，他這才跳下房來，忙找到蘇建明、阮佩韋，先把信中原委問明；想了想，這才來到上房，故作不知，當著于、趙的面，向俞劍平探問：「剛才是怎的亂了這一大陣？」俞劍平又把剛才之事說了一遍。

姜羽沖順著口氣，把阮佩韋抱怨一頓：「交朋友不該這麼多疑！」跟著向俞劍平道：「這個飛豹子原來姓袁，叫袁承烈，不是綠林，是遼東開什麼場子的，又叫快馬袁，這定是開牧場子的了。俞大哥，你從前可跟這樣一個人物打過交道？有過樑子麼？」說時，眼角掃著于、趙。

俞劍平綽鬚微笑道：「這個，先不用管他，我現在記不得了。好在內人快來了，我想她必不是空來。我的意思還是回寶應縣，聽聽內人怎麼說，隨後再往火雲莊去。」

姜羽沖欣然說道：「這個我知道，我聽說俞大嫂還邀來一位蕭武官，是俞大哥的師弟，當然探出飛豹子的實底來了。大嫂一到，定有捷音；我想飛豹子這一回再沒處藏躲了。」復用戲謔的口吻說道：「俞大嫂乃是女中丈夫，不愧為俞大哥的賢內助。當年你賢伉儷聯劍創業，爭雄武林；凡是俞大哥的事，俞大嫂一定纖悉皆知。並且女人家心細，俞大哥忘了，俞大嫂一定記得。這個飛豹子的來歷，我敢說俞大嫂一定曉得。」

俞劍平笑道：「我最健忘，賤內比我年歲小，的確比我有記性。」

姜羽沖道：「那更好了。」

俞劍平道：「所以我說，不必再在此耽誤，我們速回寶應縣，實為上著……」

姜羽沖做出踴躍的樣子來喝彩道：「對！」好像一到寶應，一見俞夫人丁雲秀，這飛豹子一準不能遁形潛蹤了。

俞劍平這樣說話，姜羽沖已經明白。這意思就是說：「鉤稽飛豹子的底細，我們另有辦法。朋友不肯告訴我，我無須乎教朋友做難。」

趙忠敏聽了，不甚理會；于錦卻覺察出來了。人家越是不肯問，就是越形容自己跟飛豹子交情近；當下默然。趙忠敏只看于錦的形色；于錦既不言語，他也就裝啞巴了。

跟著，姜羽沖和俞劍平又提到回寶應縣，訪火雲莊的步驟。因又問到俞劍平當年創業，得罪過什麼人；飛豹子三字反倒軼出口邊，全不談了。可是仍不冷落于、趙二人，俞、姜二老照樣的一句半句向于、趙談談問問。

于錦尋思了一回，忍不住了，朗然說道：「剛才那封信，俞老鏢頭只聽見念誦，還沒有看。這封信已經扯碎，我也不打算發出去了。」

俞劍平道：「可以另寫好了，再發出去。」

于錦道：「那也不必，俞老鏢頭，由這封信總可以看出，我弟兄絕沒有洩漏我們鏢行的機密。我們鏢行本有行規，我弟兄就不管行規，也得看在我大師兄跟俞老鏢頭的交情上。前兩天我弟兄無端被人當奸細看，心中實在不好受……」

姜羽沖忙道：「好在是非大明，已經揭過去了。」

于錦道：「誤會是揭過去了，但是我們和這飛豹子究竟是怎樣個來往，俞老鏢頭不肯問，我卻不能不表一聲。老實說，我們只是欠人家的情，沒跟人家共過事。」

話到口邊，姜羽沖趁這個機會，淡淡地問道：「這個人不是開牧場的麼？你二位怎會欠他的情呢？」

于錦翻著眼睛，掃了姜羽沖一眼，面對俞劍平道：「俞老鏢頭，我們跟飛豹子的交道，本來不該說。我弟兄奉大師兄錢正凱的派遣，前來助訪鏢銀，事先實不知這劫鏢的就是飛豹子袁某；臨到鬼門關一場鬥技，方才斷定是熟人。

「這個袁某的確不是綠林，的確是在遼東開牧場子的。我們跟他也並無淵源。只在六、七年前，我們鏢局押著一票鏢出關，因為押鏢的鏢客在店中說了狂話，行在半道上，竟出了岔錯。我們的鏢被馬達子麥金源抄去了。大師兄錢正凱帶著我，出關訪鏢；誤打誤撞，又和破斧山的瑞寶成一言不和，動起武來。我們人少勢孤，被人家包圍。我們大師兄展開絕技，與瑞寶成苦鬥，眼看不得了。適逢其會，這個飛豹子押著馬群，從瑞寶成的線地上經過。他和瑞寶成素有認識，當那時他是路過破斧山；聽說山下困住了關內的鏢客，他就騎一匹劣馬，由破斧山的二當家陪著，前來觀戰。」

于錦接著說道：「這時我們大師兄和我，還有兩位朋友，已經危急萬分，被人家圍在兩處，各不能相顧。可是我們大師兄視死如歸，絲毫不怯，依然苦戰不休。這個快馬袁想是存著『惺惺惜惺惺』的心思，手拿一根大鐵鍋菸袋，竟策馬突圍，撲到戰場，把瑞寶成勸住。問明原委，知是誤會，對我們兩家說：『同是武林一脈，不打不成相識。』極力給我們排解。

「瑞寶成很敬畏這個快馬袁，當下頗留情面，不但把我們放了，還邀上山寨，當朋友款待。我們大師兄十分感激，在宴間與瑞寶成、快馬袁，極力結識。到這時快馬袁方才說，他並非山寨的主人，他也是過客，特來順路拜山的。他好像很佩服我們大師兄的膽氣和武技，拿著我們當朋友看；問我們大師兄是哪裡人，開什麼鏢局？因何事出關？錢大師兄據實相告，這快馬袁大笑，自說也是關內人……」

說到此，姜羽沖不覺回問道：「哦，他也是關內人，是哪一省呢？」

于錦眼珠一轉笑道：「這個我可是忘了。」

俞劍平向姜羽沖點了點頭，笑道：「恐怕是直隸人。」

于錦道：「也許是的。」

俞劍平道：「以後如何呢？」

于錦道：「以後麼？錢大師兄就將失鏢尋鏢之事如實說出來。這快馬袁十分慷慨，對瑞寶成道：『這位錢朋友的武功乃是武當北派正宗，和瑞爺門戶很近，你們二位很可以交交。不過人家到遼東來，人地生疏，全靠朋友照應。他這不是訪鏢來的麼？瑞爺看在武林份上，何不幫個小忙，替他查找查找？』那瑞寶成就大聲說道：『錢鏢頭的鏢，我倒曉得落在誰手裡了，不過錢鏢頭這位趟子手說話太難聽，所以我剛才不能不和錢鏢頭比劃比劃。其實錢鏢頭的大名，我也是久仰的。』轉臉又對我大師兄說道：『老實告訴你，你的鏢落在麥金源手裡了。』

「我那大師兄立刻起身道謝，就要找麥金源去討。快馬袁和瑞寶成一齊勸阻道：『麥老四為人古怪，只怕情討不易。』這快馬袁拿出自己的名帖來，又勸瑞寶成也拿一份名帖；由他二位出頭，備下禮物，派破斧山的一個小嘍囉，面見麥金源，以禮討鏢。居然只費了十幾天的工夫，把原鏢取回。」

于錦接著說道：「我們大師兄因此欠下了快馬袁的情，至今已經六、七年，始終未得一報。那時候，小弟本也在場，知道此人本非綠林，乃是牧場場主。他這人生得豹頭環眼，手裡拿著一根大鐵鍋菸袋，說話氣度非常豪爽。我們乍來時，雖聽說劫鏢的人，生得豹頭環眼，手使鐵菸袋打穴，我們也是心中一動。但因不知劫鏢人的姓名，而快馬袁又非綠林，我們也就沒有聯想到是他。這一次在苦水鋪，得知劫鏢的人外號叫做飛豹子，我們這才知道一準是他了……」

姜羽沖道：「那也不見得吧！他一個開牧場的，無緣無故，跑到江南劫鏢，做這犯法的事，又是何意呢？」

于錦又看了姜羽沖一眼道：「他為什麼劫鏢，我可不知道；我只曉得快馬袁又叫飛豹子罷了。」

俞劍平道：「快馬袁真叫飛豹子麼？」

于錦道：「一點不錯！原因他在牧場，有這快馬袁的外號，乃是……」說至此一頓，卻又接口道：「我索性說了吧。他的岳父叫快馬韓，這是繼承他岳父的外號。後來他和遼東三熊因奪金場，比武爭霸，仗他一人之力，把遼東三熊全都打敗，並且把三人收為門徒。人家遂贈了這麼一個外號，叫做『飛豹子單掌敗三態』。現在這裡劫鏢的主兒生得豹頭環眼，正和快馬袁的相貌一樣，論年紀也是五六十歲，使的兵刃又是鐵菸袋桿，並且外號又都叫飛豹子，這十成十準是他了。飛豹子快馬袁素日在關外寒邊圍子，開著牧場；我們卻不曉得他究因何故，跑到關內劫鏢？但是他既指名要會俞老鏢頭，猜想他或者跟俞老鏢頭從前有過過節兒，我們可就不曉得了。

「俞老鏢頭，我已將真情實底說出來了，你老跟我們錢大師兄是患難弟兄，又是同行；現在這劫鏢的飛豹子就是快馬袁承烈，快馬袁又對我們鏢局有恩……我們先不知他是快馬袁，還則罷了；既知道他就是快馬袁，請你老替我弟兄想想，我們能怎樣辦呢？所以我們弟兄迫不得已，才想告退。又恐怕我們大師兄也許另有兩全之策，我們這才偷偷寫信，要請問請問他。我們決沒有當奸細的心思，我們只怕對不住兩方面的交情罷了，誰知道反為這個，遭大家白眼呢？」

于錦侃侃而談，一口氣講罷，目視姜羽沖，仰面一笑道：「我要說，不用誘供，我可以不打自招。不過要像阮佩韋那麼拿我不當人，硬擠我吐實，我可就頭可斷，嘴不能輸。或者哪一位拿我當傻子，總想繞著彎子來套問我，我也偏不上當，教他趁不了願。我就是天生這種混帳脾氣！幸而俞老鏢頭大仁大義，拿我們當朋友，沒拿我們當小孩子，我只得實說了。說是說了，我可就對得住俞老鏢頭，又對不住飛豹子了。我實不該給人家洩底，我現在只有和我們趙四弟趕快潔身引退。」說至此戛然而住。

話鋒衝著姜羽沖攻擊上來。姜羽沖老練之至，臉上連動都不動，反倒哈哈大笑道：「好！還是于賢弟痛快，于賢弟真是快人快語，我佩服之至！于賢弟是怕兩面得罪人，其實你不會跟你們令師兄出頭，給說和說和麼？……真個的，快馬袁的家鄉在哪裡？」

于錦搖頭道：「對不住，這個我說不出來。至於說和，只怕我兄弟沒有那麼大臉面！」

俞劍平心知于、趙猶含不悅，便向姜羽沖示意，拋開正文，只說閒話。左夢雲從外面進來，趨近俞劍平，似要耳語。俞劍平道：「有話大聲說，不要這樣了。」

左夢雲囁嚅道：「阮佩韋和時、李二位……」

俞劍平道：「哦，他三位錯疑了好朋友，心上不得勁，待我過去勸勸他。」向于、趙道：「天已不早，二位歇歇吧。」急站起來去見阮佩韋。

阮佩韋很懊喪地坐在另室，眾人知他沒趣，就勸說道：「阮大哥，多虧你冒險挨這一刀，咱們才得探出飛豹子的真姓名來。又知他是遼東開牧場的，這實在是奇功一件。」

蘇建明捫鬚笑道：「別看我剛才那麼說，若沒阮賢弟出頭做惡人，于、趙的信我們真沒法子索看。阮賢弟這一回任勞任怨，給俞、胡幫忙不小。」

這麼勸著，阮佩韋稍微心寬，面向時光庭、李尚桐，歎了口氣道：「我真渾！我這一來，算是得罪錢正凱哥們了……」

眾人忙道：「那不要緊，等到事後，俞鏢頭自然會想法子給你們兩家和解。」

不想九股煙喬茂蹭過來，忽然說出幾句冷話，向歐聯奎道：「交朋友全靠有眼珠子，瞎目瞪眼的人總得吃虧，饒吃虧還得罪人。人家于錦是我們鏢局本行，有行規管著，人家怎會給賊做底線？拿人當賊，不是作賤人麼？依我看，咱們得擺酒席，好好地登門給人家道歉。」

阮佩韋勃然變色，時光庭、李尚桐尤怒，站起來道：「對對對！我們三個人全是瞎眼的渾蛋，得罪人了！」

李尚桐口齒最厲害，冷笑道：「阮大哥，咱們衝著喬鏢頭，咱們也別在這裡裝渾蛋了！」

蘇建明老頭子很不高興，道：「喬師傅這是怎麼說話！」

周季龍把喬茂推出去，大家又重勸阮佩韋等三人。

俞劍平跟著左夢雲急急進來，向阮佩韋道：「阮賢弟，虧你這一來，我們得知許多線索。你一心為我，得罪了人，還受了傷。還有時、李二位，你們哥三個全是為友燒身……你三位別聽閒話，我俞劍平自有道理。」

俞劍平兩面安慰，費了許多話，才將事情揭過去。隨後把老一輩的英雄都邀過來，一同揣摸這快馬袁的為人。俞劍平想不起袁承烈這個名字，更猜不出因何與己結仇，馬氏雙雄熟知北方武林人物，也不曉得這個人的根底派別。

蘇建明、童冠英等本是江南的武林，和遼東牧場簡直如風馬牛。大家你問我，我問你，亂猜一陣，誰也猜不出來。末後幾個老英雄都說：「這個人什九必是俞鏢頭的仇人轉煩出來的。或者這個人現時開牧場，從前也是綠林；俞劍平當年創業時與他有過樑子，也未可知。」

姜羽沖道：「不必瞎猜了，還是回寶應縣，訪火雲莊。」

於是大家略略歇息，轉眼天亮了。十二金錢俞劍平即請夜遊神蘇建明率一半人，留在苦水鋪一帶設卡；其餘的人都隨俞劍平、胡孟剛、姜羽沖回去；吳玉明徑由苦水鋪回東路卡子。

童冠英堅欲跟俞劍平赴火雲莊，至於南路卡子，他要轉煩別人替他去。但赴火雲莊是攻，看卡子是守，別人也不願退後。鬧了半晌，姜羽沖道：「好在上南路卡子去，也得通過寶應縣城，咱們到城裡再定規吧。」童冠英方才不說什麼了。

俞劍平、胡孟剛、童冠英和兩、三個受傷的人騎馬先行。其餘少年有的雇牲口；有的坐太平車子，一同出離苦水鋪。俞劍平這幾個人都騎的是自備的好馬，由早晨動身，傍晚便進了寶應縣城。

此時義成鏢局的總鏢頭竇煥如，已與青松道人到火雲莊去了。現在鏢局的，只有沈明誼、無明和尚和義成鏢局的幾位鏢客。俞劍平、胡孟剛先對無明和尚說了些客氣話，跟著向鏢局中人打聽近日情形。

義成鏢局說是郝穎先去了之後，一舉一動，被敵監視，很不容易著手。竇煥如與青松道人等昨日才去，還沒有回信。跟著吃完晚飯，喝茶休息，把受傷的夏靖侯、葉良棟幾個人留在鏢局，請醫療治。俞劍平就要馬不揭鞍，連夜馳赴火雲莊。童冠英道：「俞大嫂不是後天就來麼？你怎麼不等一等？」

姜羽沖道：「我們的人熬了好幾夜，得歇一晚上。還有他們坐車的人，現在還沒到，我們應該候一候他們。」

俞劍平心中焦灼，迫不及待。胡孟剛掛念獄中被扣的家眷，覺得既已訪知飛豹子身世，就該立赴火雲莊；如能抵面一鬥，立討鏢銀更好；不然的話，便應設法到遼東，搜他的根子去。

俞劍平對眾人說道：「依小弟之見，我打算和胡二弟，再請幾位，現時就動身；別位可以明早走。我和胡二弟趕到火雲莊，恰在夜半，我們就索性乘夜入莊踩探一下。等到白天，咱們的人也到齊了，再登門投帖，拜訪那個武勝文。姜五爺，你說這麼辦，好不好？至於這飛豹子，既知他在遼東開牧場，有名有姓，自然不難究問。我此刻就寫信，請這裡的師傅們給發出去，托北京、保定的同行，轉煩遼東同業代訪。」

沈明誼皺眉道：「由江南發信到遼東，往來還不得一個多月？還不如由我們海州鏢局，托海船送到煙台，轉往營口。山海關的景明鏢行，不是跟馬氏雙雄共過事麼？」

俞劍平道：「這也可以，我們不妨雙管齊下。」

胡孟剛道：「好！咱們就立刻辦起來！」

十二金錢俞劍平便索筆墨，親自修書。胡孟剛也要寫信，姜羽沖道：「胡二哥，你念我寫吧。」

無明和尚在旁插話道：「這個快馬袁原來是一個開牧場的，他不遠千里，跑到這裡劫鏢，劫的又是鹽鏢！他不惜身罹重罪，做這等大案，猜想他和俞、胡二位必有極深難解的仇隙……」

九股煙道：「那還用說？」

胡孟剛急急瞪他一眼道：「你又……」

俞劍平一面寫信，一面答道：「是的，是的。這飛豹子一定是跟我過不去，無奈我和胡二哥實在琢磨不出來。」

旁顧童冠英道：「這飛豹子的姓名，我們昨天才探出來；明師父剛到，還不曉得，童師傅費心替我說說吧。」

童冠英就移座挨近無明和尚，把昨晚于、趙之事，對無明和尚說了。這無明和尚生得瘦臉長眉，好像個得道高僧，骨子裡卻是武技超絕、做事狠辣的拳家；他的外家功夫名震一時。他此來乃是過路，被竇煥如挽留住，請他照看鏢局。他因聽說靜虛和尚正助俞、胡訪鏢，他也要和俞劍平結納結納，故此留下了；靜虛和尚跟他乃是兩個宗派，童冠英卻和他很熟；兩人當下說得很熱鬧，可是一句出家人的話也沒有，完全說的是江湖勾當。

不大工夫，俞劍平把信寫好，投筆站起來道：「這時剛起更，胡二弟，走吧！」跟著姜羽沖也寫好了信，各信都由俞、胡、姜、馬等人共同列名，交給義成鏢局的人，煩他發出去。

外面人已將鞍馬備好，點著燈籠，兵刃、暗器也都檢點了。俞劍平拉著胡孟剛，對無明和尚說：「明師父，火雲莊的子母神梭武勝文和這劫鏢的飛豹子袁承烈，一定素有認識，交情很深；現時飛豹子或者就在火雲莊。……」

童冠英道：「這些話我都對明師父說了。俞大哥的意思，是要邀明師父一同去，是不是？我已跟他說好了，他說我去他就去；我自然是去。姜五爺，你快派人守卡子吧，我們一僧一俗，今晚陪俞大哥到火雲莊去一趟。剛才聽沈明誼師傅說，郝穎先他們就住在火雲莊藥王廟；明師父去了，更方便。別耽誤了，誰去誰留，快點安排，咱們立刻出發吧。」

姜羽沖對胡、俞說：「就是這樣，請松江三傑夏靖侯二哥留守寶應縣，就便養傷。請夏建侯大哥、谷紹光三哥，暫守東路卡子。俞大嫂來到時，這裡已經備好了公館，再請留守的人趕快送信來。」

松江三傑本不願意留守，俞劍平一再拜託道：「三位已經很受累了，守卡子也是要緊的事。」又道：「賤內若到，可以問問她有什麼事，就教她趕快轉赴火雲莊，不必在這裡耽誤了。」

胡孟剛道：「我們走吧！」把腰帶一緊，頭一個站起來。蛇焰箭岳俊超道：「俞大哥，對不住，我得明天走。我的蛇焰箭全用完了，還得趕緊買辦硫黃火藥，動手現做。」

姜羽沖道：「岳四爺明、後天走，全可以。」又將俞門弟子左夢雲留下，好招呼他的師娘俞夫人丁雲秀。

十二金錢俞劍平、胡孟剛、智囊姜羽沖、霹靂手童冠英及其弟子郭壽彭，無明和尚，連馬氏雙雄馬贊源、馬贊潮，沒影兒魏廉、九股煙喬茂，共十個人，帶一個領路的趟子手，連夜出離寶應縣，由趟子手挑燈先行，把馬鞭力打，如箭似地飛馳而去。

這時二更剛過，晴空無雲，天色黑暗。眾人銜枚急走，但聽得蹄聲得得，衝破寂靜的曠野。一口氣走出六十多里，距火雲莊還有二十里地；前面正有一座小市鎮，應該進鎮打尖歇馬。

胡孟剛說：「我們只飲飲牲口，還是往前趕。」

姜羽沖道：「就是趕到，恐怕也快天亮了。」

俞劍平道：「趕著看。聽說火雲莊沒有店，在這裡歇歇馬也好。」遂由趙子手上前覓店砸門，把牲口餵飽了。天氣熱，大家開了房間，忙著洗臉，擦汗，吃茶。這些人都是老行家，在店房內，一句話也不說。卻是砸門聲，馬蹄聲，仍驚動了住店的客人。

從別的房間，走出一個客人，到廁所解溲。俞劍平推門往外瞥了一眼；那人打著呵欠，走回己室。俞劍平便走出來，到馬棚看了看。隨後付了店錢，大家扳鞍上馬。

再往前走，距火雲莊還有二三里，大家把馬放慢。一鉤新月從薄雲透出微光，已經是下半夜了，姜羽沖招呼路上多加小心。俞劍平把兵刃抽出來，一馬當先，搶到最前面，緊護著嚮導走。九股煙喬茂夾在當中走，惟恐受了暗算。忽然一陣風過處，背後又有蹄聲。無明和尚的馬不好，落在後面，恰好聽見，忙招呼大眾留神，諸人駐馬傾聽，果然有馬蹄奔馳之聲，好像這匹馬越走越近，忽然又轉了彎，往岔道上走遠了。

胡孟剛大瞪眼道：「難道這又是飛豹子的黨羽？」

姜羽沖道：「不要理他！我們還是往前走。」

俞劍平微哼了一聲，心下恍然。無明和尚道：「要是賊黨，做什麼不追過去看看？」

俞、胡二鏢頭齊道：「追就上當，他們要誘咱們走瞎道。」

大家策馬又往前行。

趟子手舉鞭指著前面道：「到了。」

眾人在馬上一望，黑忽忽一大片濃影，住戶至少也有一、二百家，那藥王廟就在莊內靠東南隅。

俞、胡、姜、馬一行翻身下馬，趟子手道：「我們怎樣進莊？」

俞劍平道：「這時刻多早晚了？」

趟子手道：「有四更天了吧。」

俞劍平道：「人先進莊，馬稍留後。」將馬拴在莊外樹林內，留人看馬。本想多留兩三人，九股煙害怕不肯幹，沒影兒爭功也不肯幹，只可單留下童門弟子郭壽彭一人；其餘的人一齊進莊。

俞劍平當先，無明和尚押後，急繞莊巡視一遍，一見可疑之處，便由趟子手引導，躡足潛行。徑往東南隅走去。不想在莊外繞看無人，剛剛進內，便聽見颼的一聲，一條人影從人家房上飛竄過去。九股煙喬茂叫了一聲：「有人！」

幾位老英雄把兵刃握在掌中，身子全都沒動。沒影兒魏廉一聲不響，往臨街宅牆上一躍，登高急尋，那人影已隱匿不見。魏廉還想搜尋，被俞劍平輕輕喚住，催他下來，說道：「天已快亮，不便動手了，咱們快找郝穎先郝師傅去為要。」

十二金錢俞劍平暗自詫異。這地方是火雲莊，不是古堡，這武勝文不管他真面目如何，在表面上總算是當地紳士，他不該在本鄉本土做出綠林舉動。就是飛豹子胡鬧，武勝文也該加以阻止；怎麼這裡竟有夜行人出現？俞、胡、姜等全都這麼設想，不肯貿然動武，可是為防意外，俞劍平和童冠英便左右護著趟子手往莊裡走。

轉眼來到藥王廟附近；俞劍平命趟子手上前叫門。童冠英叫著無明和尚，要趕奔廟後，從後面跳牆進去。

無明和尚笑道：「我不去！那一來，我真成了跳牆和尚了。」

沒影兒魏廉道：「童老師，我陪你去。」

馬氏雙雄道：「咱們一同去。」四人立刻離開前邊，繞奔廟後去了。

餘眾貼牆根藏在黑影裡，由俞劍平陪著趟子手，來到藥王廟山門口；登上石階，輕輕彈指扣門，裡面無人應聲。九股煙喬茂此時忽然勇敢起來，掄拳「啪啪」一陣狂打。姜羽沖忙奔過來，將他攔住道：「手輕點，別驚動四鄰！」

九股煙道：「怕什麼？夜半叫門，不犯法呀！」

胡孟剛低聲道：「你這人說話總是另一個味道，咱們不是……」一句話未了，半空「唰」的一聲，一道寒光打來。胡孟剛、姜羽沖往旁一竄，俞劍平就一俯腰；山門上「錚」地響了一下，一支暗器（袖箭鋼鏢之類）釘在門上了。嚇得九股煙喬茂失聲一喊，拚命竄開。

眾人急尋暗器來路；早又「唰」的一聲，接著發出一支暗器，衝俞劍平打來。俞劍平一側身，伸手把鏢抄住，翻手還打出去；跟著把趟子手一提，提到牆根。發暗器的地方在側面房上，距廟很遠，暗器打得很有力。俞劍平還鏢打到，那人影一晃，沉下房脊，隱隱聽見一聲冷笑。胡孟剛大怒，喝道：「什麼人？」

無明和尚怒吼一聲，把戒刀一亮道：「什麼人膽敢擾亂佛門善地？」那人影從牆根黑影中竄出來，飛身上房。俞劍平、姜羽沖、胡孟剛也忙搜索過去。頭一個衝過去的是無明和尚。

那人影在房上伏腰飛跑，轉眼間跳落平地。無明和尚追過去，往前一撲，掄刀就砍。那人狂笑道：「朋友又來了？這回你可得不了便宜！」抖手又打出一鏢，無明和尚急閃。

那人撥頭又跑，轉過一條小巷，忽然站住；口打胡哨，從暗處竄出兩個人，把無明和尚打圈圍住。無明和尚昂然不懼，用他那揚州土話，厲聲喝道：「好個劫鏢賊，你就來吧！」

頓時對上手，刀鋒乍交，敵人忽叫道：「咦，這是個出家人？」

無明和尚罵道：「出家人也要開殺戒！」這刀光揮霍，力抗三敵。

俞劍平等跟蹤尋到。月色微明，俞劍平略瞥戰況，心頭一轉，急忙喊道：「前面可有郝師傅麼？」敵人倏然一退，內中一人應聲道：「我是程岳，來的可是師傅麼？」

兩方面竟是自己人，頓時住手。俞、胡、姜三人湊近一看，原來是程岳、戴永清和白彥倫三個人。兩邊的人聚在一處，俞劍平道：「白賢弟辛苦，你們三人埋伏在這裡做什麼？可是飛豹子來了麼？那個武勝文就公然拿出綠林手腕，對付咱們人麼？」

白彥倫環顧眾人道：「說不得，這武勝文刁滑極了！我們教他擺佈得一點也動彈不得。大哥，我們進廟去吧！不然的話，他又會支使出鄉團來搗亂了。」

大家在外面不便多談，忙踐階而上，來到山門口。胡孟剛道：「廟裡還有人麼？怎麼總叫不開？」白彥倫道：「硬叫門，自然叫不開，我們有暗號。」

戴永清道：「待我來。」取出飛蝗石子，用一塊白布包上，這白布上面有記號，抖手打入廟內。回頭對俞、胡、姜道：「你瞧，回頭就有人開門。」

石子投入一響，廟中竟無人開門。白彥倫道：「唔，難道都睡了不成？」俞、姜二人低聲：「不對！白賢弟，我們有幾個人從後面跳牆進去了，別是他們鬧起誤會來了吧！」

白彥倫道：「都是誰？」

胡孟剛道：「是霹靂手童冠英和馬氏兄弟、沒影兒魏廉。」

白彥倫道：「不好，咱們快進去看看。」

黑鷹程岳道：「我去。」才躍上牆頭，那山門已然豁刺地開了。後面當真也險些動了手，童冠英剛剛躍上後山門的牆，背後便飛來了一石子。魏廉忙叫道：「我是鏢行！」楚占熊方從隱身處出來。

白彥倫、楚占熊等引俞、胡、姜、童一行人，進了藥王廟的一所跨院。這廟殿宇很多，有兩個僧人和一個火居道人住著。前前後後，空房子極多，隨便可住，就是失修太甚。因火雲莊沒有店，借民房不便，義成鏢局竇煥如托人給住持僧許多香資，把三間禪房借妥；郝穎先等先後兩撥人都住在這裡。

大家齊進禪房。點著了燈，未遑就座，先由楚占熊陪著魏廉，把莊外的郭壽彭和那十一匹馬，先引進廟來，拴在空廡內。

黑鷹程岳道：「我們外面還得安放人，白店主請在這裡說話，我去房上瞭望。」

白彥倫道：「就在廟裡吧。」程岳點頭出去，躍上大殿。

姜羽沖道：「你們戒備得這麼嚴密麼？」

白彥倫道：「唉！這武勝文真真不是好貨！我們這些天，教他們打著鄉團的幌子，監視得一步也施展不開。」

九股煙喬茂咧嘴道：「好，倒是我們探窺人家，還是教人家窺探我們呢？」

胡孟剛怫然道：「喬爺，這些話少說一句，行不行？你怎麼跟誰都是這樣？」

白彥倫倒笑了，說道：「九股煙喬爺的口齒，我早就聞名的。」

俞劍平道：「郝師傅怎麼沒見？竇煥如鏢頭、青松道人、九頭獅子殷懷亮，他們由前天動身，難道全沒到麼？」

白彥倫道：「他們昨天到的……」

胡孟剛最為心急，搶著說道：「豹子在這裡沒有？我告訴你，我們訪出他的根底來了。他姓袁，叫袁承烈，又叫快馬袁，是遼東開牧場子的。你們這裡究竟怎麼樣？竇鏢頭他們幾位全上哪裡去了？請你趕快說一說，我們還打算此刻就到武勝文莊內去一趟哩！」

白彥倫忙將經過的情形扼要地說了一遍。原來白彥倫等第一撥人，和郝穎先等第二撥人，先後到武勝文家裡投帖拜見，沒得結果。

劫鏢之事，武勝文先說一概不知。可是他又道：「俞鏢頭名氣太大了，有人要領教領教他；也許得罪了人，有人要較量較量他。我倒也聽見一點影子。」跟著又明白說道：「我這裡倒真有一位朋友，羨慕俞鏢頭的拳、劍、鏢三絕技，要想見識見識。」

白彥倫、郝穎先等一聽這話，忙追問他這位朋友的姓名，武勝文卻又不肯指明。他對郝穎先附耳低聲道：「此人乃是綠林，說出來不便。我可以把這人的相貌說給郝爺聽，就煩你轉告俞鏢頭。這人的相貌正是豹頭環眼，年近六旬。」分明影射著飛豹子。

武勝文又說：「還有一位年輕的武林，也要見見俞鏢頭。」郝穎先忙把事情攬到自己身上：「既有這兩位朋友，郝某不才，倒要自己見見。」武勝文忽又把話推開道：「郝師傅要想會會敝友，現在他一老一少全在芒碭山。郝師傅不嫌辛苦，可以到芒碭山找他去，我可以派人陪了去。」

芒碭山離此地甚遠，郝穎先恐去了撲空，不肯上當。拿很刻薄的話擠兌武勝文，堅請武勝文把那人邀來。武勝文笑道：「那得過些日子。」

總而言之，行家遇行家，拿空話探實情，是一點也探不出來。末後只可動真的了。郝穎先和白彥倫、黑鷹程岳，幾個人一商量，打算夜探火雲莊；但是白彥倫和黑鷹程岳前已探過。這火雲莊內外戒備森嚴；你這裡沒動，人家那裡已經派人看上了。打更的，巡夜的，全不是尋常百姓，武功都很好。他們有時拿出鄉團的面孔，來阻擋鏢行；有時拿出綠林的手法，來搜探鏢客。

白彥倫初到的當夜，住處便教人家搜了一回；幸被看破急趕，那人跳牆跑了。

武勝文家出來進去的人很多；白彥倫等總想探一探飛豹子究竟在那裡沒有？可是挨不進門去。

有一次，黑鷹程岳瞥見兩個美貌女子，騎驢來到武家門口，下驢時，看出她們穿著鐵尖鞋。次日便見這兩個女子，結伴前來逛廟。這藥王廟不到廟期，一無可逛；兩個女子卻到處遊觀，連鏢客的寓所也進去了。正趕上程岳回來，六目相對，互盯了幾眼。其中那個體態輕盈的女子笑了笑，對女伴說：「咱們走吧。」

程岳急進屋檢查，一物不短，卻多了一支袖箭。再綴出來時，那女子不進武宅，反走到武家鄰舍去了。

郝穎先和黑鷹程岳、白彥倫、楚占熊等，又分做兩撥，由白天起，故意溜出火雲莊，假裝回縣，藏在青紗帳中，耗到半夜，突然奔回去。哪知剛到火雲莊口，不知怎的，人家早得了信；竟燈籠火把的，出來多人。那武勝文騎著馬，把郝穎先、白彥倫的名字叫出來，對他手下人說：「這是熟人，你們怎麼拿熟人當匪警呢？」給明著揭破了。

如此設計多次，總未得手。郝穎先、白彥倫都覺得武勝文明明可疑，卻訪不著一點實跡，自己面子上太難堪，因此含嗔不肯空回。等到最後，經他們加意窺查，竟窺出子母神梭武勝文家必有地道通著外面，外面也另有巢穴。曾經一次、兩次，望見大撥的人在武宅鄰近，忽隱忽現的出沒。白、郝等因此越發地流連不歸了。卻幸兩家對兵互窺，彼此逗弄，武勝文還保持著紳士的面目，只防備鏢客窺探，並沒有認真動武。雙方才沒激出事來。

白彥倫把數日來的情形，對俞、胡、姜、童諸人說了，又說：「現在青松道人、九頭獅子殷懷亮、竇煥如，這幾位已到，由郝穎先師傅引領，到西北隅搜探武家的地道和別處的巢穴去了。他們說好，要盡一夜之力搜一搜，大概也快回來了。」

眾人聽罷，都不信武勝文竟有這麼大勢派。胡孟剛尤為忿怒，恨不得報官抄他；只可惜礙著武林規矩，又沒有抓著他的把柄。

胡孟剛道：「若真抓住把柄，武勝文就是窩藏要犯，這個罪怕他吃不起！」

俞劍平打算到武家附近看看，又覺著時候太晚了。童冠英躍然說道：「我們只在門前宅的繞一繞，還不行麼？」

戴永清、白彥倫齊說：「不行！他會支使鄉團出來跟著我們。聽說他還是這裡鄉團的什麼頭兒呢！」

眾人都想去到武宅看看。白彥倫攔不住，終於先派幾個人，前往試了一試；果然碰見巡夜的人，頂回來了。

俞劍平道：「算了吧，白趕了一夜；我們還是跟他明著來。」遂將禪房略加收拾，支起幾個鋪。大家安歇了，可是全睡不熟，便躺著商量辦法。

轉瞬天亮，郝穎先、青松道人、九頭獅子殷懷亮，連同巡視莊外的竇煥如，一同回來。俞劍平等一躍而起，相迎問訊。

九頭獅子殷懷亮道：「郝師傅真可以，這一回居然把武勝文私設的地道探出來。就憑這個，咱們很可以稟官告發他。」

眾人一聽，齊聲說道：「妙極，妙極！武勝文刁滑萬分。我們這一下子，豈不是抓住他的把柄了？」

童冠英向郝、殷三人道：「你們諸位還不知道哩，飛豹子的姓名、來歷，現在也掏著了。」

姜羽沖道：「諸位請坐！現在一切都有頭緒了，俞大哥、胡二哥可以好好地歇一會兒。我們吃完早飯，就一直見武勝文去。」

胡孟剛眉飛色舞說道：「我們找他要飛豹子的行蹤。他如不說，便拿地道的話點破他，揭開了明底。我真急了，我是什麼面子都不顧了。」

姜羽沖忙道：「不可如此。俞大哥、胡二哥，你二位可以客客氣氣跟他講面子；至於威脅的話，不妨由別人代說。」

童冠英道：「誰陪著去呢？這個可是得罪人、做惡臉的事。」

馬氏雙雄笑道：「這可沒法子，只可由軍師爺出場了。軍師的口才是好的，說話最有力量。」

姜羽沖皺眉道：「非我不行麼？」

眾人笑道：「非你不行！」大家越說越高興，可是全忘了問這地道長短如何，怎樣探出來的。還是慣說破話的九股煙喬茂，忽然發話道：「這地道倒是犯法，倘若人家把它堵死呢？」

郝穎先微笑道：「只怕他現在堵來不及，這地道有一里多長呢！」

在場群雄到底公推姜羽沖、郝穎先、白彥倫、童冠英四個人，陪同俞、胡二位鏢頭前往登門拜望武勝文。另跟著黑鷹程岳、沒影兒魏廉，假裝投帖的鏢行夥計。

戴永清笑道：「喬爺總得跟去，全靠他認人哩。」

九股煙很不情願道：「這上桌面的事，可沒有我。」

胡孟剛道：「不錯，喬老弟總得去。」

童冠英說：「我們何不請青松道長、無明方丈一同去？一僧一道去了，也顯著我們俞大哥、胡二哥交遊廣闊。」

青松道人、無明和尚一齊推辭道：「我們出家人排難解紛，是可以出面的；出頭尋人生事，恐怕不便。」

姜羽沖道：「我倒想起一策，二位很可以同去；反正由我做壞人，說狠話就是了。我們去的人最多能代表我們江南武林各派。無形中警告他：得罪俞、胡，便是得罪我們江南整個武林。」

大家遂又轉勸一僧一道，青松、無明只得首肯。跟著又勸俞、胡、姜三位：「趕快歇歇吧，省得到場說話沒精神。」

當時議定，大家又躺下，可就忘了在外面安人了。那邊武勝文在本鄉是人傑地靈，早就得著了信息；鏢行的秘密，他竟知道了多半。歇到辰牌，胡孟剛跳起來道：「這可夠時候了，我們去吧。」

白彥倫道：「一清早堵被窩拜客，似乎差點。」

胡孟剛道：「不早了，鄉下人起得早。」

竇煥如道：「總該吃過早飯。」

胡孟剛唉了一聲道：「把我急死了！」楚占熊等全笑了。

姜羽沖道：「胡二哥沉不住氣。你臉色不正，帶出熬夜的相來了。」

胡孟剛心中有事，實在不能成眠。十二金錢俞劍平到底與眾不同，他居然說睡就睡，又很靈醒。歇了一刻，聞聲睜眼，坐了起來；看看天色道：「我們怎麼吃早飯？這時未必有飯館吧？」

白彥倫道：「這可沒有，我們就煩廟裡的火居道人代做。」

胡孟剛道：「趕緊做飯，吃完就走。」

於是又耗到吃早飯的時候。大家好歹就算吃飽。俞劍平、胡孟剛、郝穎先、白彥倫、童冠英、青松道人、無明和尚、九頭獅子殷懷亮、姜羽沖一共九人，都穿上長衣服，袍套靴帽，打扮齊楚。由程岳、魏廉三人持帖，拿了預先備好的禮物，齊奔武勝文的家宅。

走進巷口，便見兩個閒人遛來遛去；武勝文家門口還站著一個長工模樣的人。一見鏢行群雄來到巷口，那兩個閒人抽身便走；向武家門口的長工打一手勢，那長工立刻翻身進宅。群雄相顧，微微一笑。看這武宅，坐落巷南，是所高大房子；幾乎壓了半條巷，起脊門樓，高牆聳立，內似築有更道，與鄰舍的竹籬柴扉矯然獨異。

眾人便要驅馬直抵門首，俞劍平擺手說道：「不可。」就在巷外下馬。武勝文交遊雖廣，像這些騎馬客人也不常見，頓時引來好多看熱鬧的。

俞劍平、姜羽沖等昂然入巷，由魏廉、喬茂看馬，程岳投帖。武宅門房出來一個長工，陪笑說道：「你老找哪一位？」

程岳道：「我們是江南俞劍平、胡孟剛幾位鏢頭，專誠拜訪貴宅主。」遂把名帖遞過去。

長工接名帖一看，並列著九個人名，又看看禮單，笑道：「對不住，敝莊主現時沒在家。請您稍候。我進去言語一聲。」

程岳忙道：「俞、胡諸位久聞武莊主大名，這次是打由海州專程來的，務必一見。」

長工道：「是，是！我知道，請您稍候一會。」說完把禮單、名帖都拿進去，好半晌不出來。

俞、胡、姜站在階前，餘眾在對門牆根立等。從宅內走出來一個人，又從巷東口進來一個人。

良久，那長工才出來，滿臉陪笑道：「剛才我們管事的說了，諸位都是遠來的生朋友，偏巧莊主出門了，有失迎候，很對不起。不知諸位住在哪裡，請留下地名，容莊主回來，一定趕緊答拜。禮單請先拿回去，敝管事不敢作主。等莊主回來，您再當面送……」這長工言語便捷，面澤齒皓，顯見不是鄉下人。

程岳冷笑道：「噢，武莊主沒在家，未免太不湊巧了。這一次俞、胡二位鏢頭是專誠求見；不見佛面，不能輕回。我們久仰武莊主武功驚人，交遊很廣，斷不會不賞臉。請仔細看看這名單。列名的這幾位都是親到的，人數不多，可都是江南各宗各派的武林知名之士；素常散居各處，如今聚在一起，就是專為向武莊主領教……是有事情才肯來的。請你費心再回稟一聲。武莊主如在近處，不妨請他回來，我們在這裡稍候一會。」程岳說這話聲音很大，為的是要師父聽見。

俞劍平、姜羽沖微然一笑，往前挪了一步，登上台階。忽從裡面走出一個長衫人，年在中旬，精神滿面，用沉重的聲調說道：「長福，什麼事？客人還沒有走麼？」

程岳張目道：「足下是哪一位？我們是從遠地專誠來拜訪武莊主的。」

長工忙道：「這是我們管事先生……先生，剛才我把莊主不在家的話說了。這位說，客人全是武林名家，各處聚來的，一定要看看莊主。不見佛面，不肯空回……可是這話麼？」

程岳正色道：「一點不錯，就是這個意思。」

管事先生走過來，向程岳舉手笑道：「俞鏢頭是親到的麼？那可勞動了。敝東確才出門，不過今天一準回來。」且說且看道：「哪一位是俞鏢頭、胡鏢頭？」

俞劍平打量此人，拱手答道：「就是敝人姓俞，足下貴姓？武莊主究竟何時可以賜見？」

那人答道：「原來是俞鏢頭，久仰久仰！在下姓賀。俞鏢頭乃是江南第一流有名武師，今天光臨荒莊，真是幸會，只可惜敝東出去了。哦，怎麼還有別位武林名士，越發地不敢當了。那麼辦，我替敝東暫且擋駕，你老先請回。敝東昨天看朋友去了，原說今天回來。回頭我就派人請他去，我一定把諸位這番賞光盛意，告知敝東，敝東一定要答拜的。」滔滔不絕，堅詞擋駕，卻又力保今天回拜。這人又索過名帖，點名問訊眾人。

姜羽沖發話道：「我們這幾個人已經具名在帖上了，請無須乎逐個動問。請你轉告貴東，我們先回去，過午再來，倒不勞他答拜。」

胡孟剛大聲說道：「我們遠道而來，定要見一見！」

俞、姜退下台階，管事人還說客氣話。眾人早已走出來，出巷上馬，徑回藥王廟；卻有程岳、魏廉留在巷外把著。這一次拜訪，武勝文竟拒而不見。

馬氏雙雄問道：「這是怎的？」

姜羽沖道：「他們許是驟聞俞大哥親到，有點驚疑，也許怕我們報官捉他。」

童冠英道：「對！他們鬧得太不像話，可是避不見面，行麼？」

俞劍平也覺這一次拒不見面，出乎意外。胡孟剛更是有氣，拍案發狠道：「不行，這不行！我看他一定不跟我們見面了，我們得跟他動真的！」

正說處，外面有腳步聲。跟著聽見一個響亮的喉嚨叫道：「俞鏢頭在這院住麼？」

戴永清忙迎出來道：「你是哪位，要找誰？」

俞劍平、童冠英探頭望見，道：「哦，原來是武莊主家的管事賀先生。」還同著一個黑臉漢子、一個瘦子，共是三人；前面由藥王廟的火居道人引路，從大殿轉向禪房來。

俞劍平等迎出禪房。這賀管事三人遠遠的作揖道：「俞鏢頭、胡鏢頭，沒有累著啊！」讓進屋來，未容遜座，便遞上武勝文的一紙名帖，手中還捏著一大把紅柬，道：「俞鏢頭、胡鏢頭、郝鏢頭、白鏢頭，諸位請了！剛才諸位走後，在下立刻打發人給敝東送信。敝東一聽，後悔得了不得。敝東乃是鄉下人，素日最好交朋友，諸位都是武林名人，貴客遠臨，敝東很覺榮耀，恨不得和諸位立刻見面。無奈敝東今天出門實在有事羈身，不能恭迎；所以忙著打發我來安駕。敝東一準過午回宅，申牌時候設個小酌，恭請諸位賞光，到敝宅聚聚。敝東理應回拜，不能親來；因恐諸位怪罪，所以順便教小弟轉達一聲。鄉下地方沒有可吃的東西，只不過是一杯水酒……」

他環顧眾人道：「屆時務請諸位英雄賞臉，通通全去。敝東本打算教聽差長福來請，又怕他笨嘴笨舌；末後還是由小弟來了，真是簡慢得了不得，諸位千萬原諒。哦，我還忘了一句話，敝東自慚卑微，不足以待高賢；另外還邀了幾位陪客，也都是武林同道，是諸位很願意見面的。」說到這裡一頓，眼盯看眾人。

眾人俱都聳然一動，互相顧盼。胡孟剛失聲道：「哦，還有陪客，是我們願見的？」姜羽沖忙拿眼光暗攔他，大聲說道：「貴東也太客氣了。怎麼還有別位武林朋友，都是誰呢？」

賀管事道：「談不到客氣，敝東還覺得抱歉呢。」把下半句問話，竟拋去不答。姜羽沖不肯放鬆，又緊追一句道：「陪客都是哪幾位？說出來我也許認識。」

賀管家笑道：「敝東交遊很廣，我也說不上來。」說著把紅帖散給眾人道：「俞、胡、姜諸位鏢頭，還有白彥倫白爺、郝穎先郝爺，都到敝宅去過，我是認得的。這位是青松道人，這位是無明方丈。這是請帖，請你哂收……還有別位，恕我眼拙認不清。哪一位是童冠英童老英雄？哪一位是殷懷亮殷老英雄？……」他的意思要把帖遞到每人手內，就此認清面目。

沒影兒魏廉搶過來，把帖接到手內道：「你交給我吧，請坐下吃茶。」

鏢行群雄想不到，子母神梭武勝文會來這一手，竟挑明簾，發請帖，邀請赴宴。胡孟剛瞪著眼，看看俞劍平，看看姜羽沖，不曉得敵人之宴，應否踐約？別位鏢客也很納悶，剛才登門拒見，現時設宴相邀，猜不透武勝文弄何把戲。（哪知人家起初乃是留出空來，集眾一議；現下設宴相召，又是謀定而行。）

當此時，鏢客都看著俞劍平和姜羽沖，這一番或赴宴，或謝絕，要言下立決；當著人沒有商量餘地。俞劍平說道：「賀先生，謝你費心！不知申牌時候，貴東能到麼？」

賀管事道：「敝東乃是主人，一定要到的。」

俞劍平脫然說道：「好！請帖我本不敢領，但既承貴東錯愛，自當趨候。只要杯茗共談，就很好了，賜酒卻不敢領。我們是生客，焉有乍會面就叨擾之理；不過座上還有別位武林，我俞劍平又該替貴東當知客的了。」遂在請柬上，打了一個「知」字，仰面道：「我準時踐約，請貴東務必準時到場……」

轉瞬到了申牌。俞劍平、姜羽沖檢點赴宴的人數。預備入座的只有八個人，除俞、胡、姜而外，霹靂手童冠英、漢陽郝穎先、無明和尚、青松道人和竇煥如鏢頭。隨行的是童門弟子郭壽彭、俞門弟子黑鷹程岳。其餘的人由九頭獅子殷懷亮、馬氏雙雄率領，暗帶兵刃，做為外援。俞劍平道：「赴宴的人太多了。」眾人說：「不可不小心。」

八個人打點要走，忽又有人來到藥王廟。那個賀管事陪著一個四十多歲的紫面紳士，騎馬來請。見了俞、胡，說道：「宴已擺好，請諸位賞光。」

俞劍平笑道：「武莊主太客氣，還用人催請？」竟慨然允行，一齊上馬。來到巷口，離武宅尚遠，忽然轉了彎。俞劍平道：「怎麼不在武宅麼？」紫面紳士陪笑道：「武莊主說，窄房淺屋，難以招待高賢，他是臨時借的屋。好在離這裡不遠，也在巷內。」

童冠英和姜羽沖互看了一眼，也不言語，心中都想：「武勝文到底有些顧慮呀！」

引到另一處宅子，比武宅較小，倒很整潔。紫面紳士下馬，早有僕役模樣的人過來照應；俞劍平也都下了坐騎。二門內闖然出來一個金剛般的大漢，穿一身華服，大聲說：「俞鏢頭請來了麼？」舉目一看，賀管事道：「這就是俞鏢頭、胡鏢頭……」

那大漢笑道：「幸會，幸會！我就是武勝文，久仰，久仰！請裡面坐。」跟武勝文出來的，高高矮矮，還有六七個人，一看便知不是鄉農。

鏢行群雄細看這院子，小小四合院，旁通跨院，似有一塊廣場。正房三間全部通開，已擺好了席座；俞劍平看了看東西廂房，心中明白，這裡大概是個學房兼練武場，一定也是武勝文的產業。

第六一章　約期鬥技

鏢行群雄到子母神梭武勝文巷前，武勝文把鏢客邀到另一處小院，讓進上房，賓主落座；口致寒暄，互相打量，跟著各叩姓名。鏢客八人自俞、胡以下，都據實報告。武莊主這邊，那六七位陪客或自稱是鄉鄰，或自稱是朋友，僅只報出姓來。胖瘦二老姓王姓魏，壯漢姓熊，美少年姓雲，又一個姓霍，一個姓許，一個姓唐，也不知道這些姓是否可靠。但看相貌，這七個人都不像鄉農，個個眉目間流露出英悍之氣；不過全不是豹頭虎目。飛豹子依然不露面。

青松道人記憶力最強，坐在客位，一聲不響，用冷眼把對方陪客的姓氏、口音、相貌，暗暗記下。鐵牌手胡孟剛是當事人，到此不由精神奮張，雙眸閃閃，蘊吐火焰，好像一觸即發。智囊姜羽沖緊緊傍著他，潛掣衣襟，不教他發作。

臨來本有約定，和對方開談，教俞、胡二鏢頭專講面子話，做客氣人；所有較勁、找真、裝惡面孔、說威嚇話，都歸智囊姜羽沖和霹靂手童冠英出頭；無明和尚、青松道人，這一僧一道，就預備在旁邊，打圓盤，往回拉，以免當場弄僵，下不得台；那義成鏢店總鏢頭竇煥如和漢陽郝穎先就管保護俞、胡，預防不測。

究竟此事也和鴻門赴宴差不多，萬一弄僵，敵人或有過分的舉動，那時竇、郝就給黑鷹程岳、沒影兒魏廉、童門弟子郭壽彭、九股煙喬茂等挨個傳信，可以快速地勾引外援；以應急變。俞、胡在桌面上談，黑鷹程岳等在院中站；馬氏雙雄和蛇焰箭岳俊超密率鏢客，潛伏在莊外；老拳師蘇建明與大眾留守廟口。只要說翻了，蛇焰箭的火箭一發，不到半頓飯工夫，他們鏢行大眾立刻馳進火雲莊，抄莊搜鏢，捉拿武勝文，緝捕飛豹子。

鏢客這邊劍拔弩張，佈置得如此緊張，哪知全用不上！

子母神梭武勝文獻過了茶，剛剛請教完了姓名，不待鏢客發話，就開門見山，劈頭說道：「久仰俞鏢頭的拳、劍、鏢三絕技名震江南。在下當年也很好武，心裡佩服得了不得。近年馬齒加長，家務纏身，久已不練了；可是仰慕豪傑的心，越老越熱。近聽人說，俞鏢頭為查找已失的鏢銀，光臨敝縣（寶應），在下很想借這機會，見見高賢……只嫌無因至前，又未敢冒昧。這幾天，我有一個敝友，也是個好武的漢子，不知他從哪裡得著一點消息，他說：『俞鏢頭如要訪究鏢銀，他倒有個主意。』俞鏢頭，你老久闖江湖，也知道咱們江南有個白沙幫吧。白沙幫的勢力，可以說南北聞名。我這敝友和白沙幫想來有個小聯絡。他也是渴慕俞鏢頭的武技，早想求見，苦於無緣。他得著這點消息，就打算親訪俞鏢頭，一來獻策，二來求教。可是他又怕……怕人家錯疑了他，說劫鏢一案，他也知情，豈不是引火焚身？因此，沒人介紹，他又不敢貿然求見了。」

武勝文接著說：「日前他路過敝莊，跟我說起此事，我就慫恿他：『何不藉此機會，結識一位朋友？俞鏢頭是當代英雄，眼神一定夠亮，耳目一定夠靈的；你懷好意前往，斷不會無故多心的。』他聽了我這話，還是猶疑；他說：『素少往還，無因至前，知人知面不知心；劫鏢案情過於重大，人們的嘴若是隨便一歪，我可就討不了好，倒跟著打罣誤官司了。』他總這麼遲疑不決，我也不好過於勸他。……」

武勝文身材魁梧，聲若洪鐘；他手搖一把大摺扇，在主位比比劃劃講著，好像很直爽，胸無城府似的。眾鏢客看著他的嘴，相視微笑；都覺得他這個人看似粗豪，他這措詞太滑太妙了，簡直教人抓不著一點稜角。

胡孟剛忍不住要插言，武勝文又道：「胡鏢頭，且聽我說完了。……敝友在我這裡住了幾天，隨後就走了，緊跟著……」向郝穎先一拱手道：「俞爺的令友郝穎先郝爺，還有那位白彥倫白爺，先後光臨敝莊，我就對二位說起這事。如果俞鏢頭信得過敝友，我倒可以介紹介紹。敝友如願意幫忙，把已失的鏢銀的蹤跡代訪出來；可是要求俞鏢頭賞臉，把拳、劍、鏢三絕技當面指教一下，他好開開眼界。

「這是敝友的一點奢望，也是在下仰慕高賢的一種癡想。不知俞鏢頭近日尋訪鏢銀，已有頭緒沒有？如已訪出線索，那就無所謂了；假如還沒有訪實，那麼敝友這番微意，倒很可以請諸位斟酌斟酌。他是很想攀交效力的，只要不招出意外的牽連來。」說完，目視俞、胡。

十二金錢俞劍平陡然站起來，縱聲大笑道：「俞某的微能末技，想不到莊主和令友竟這麼看重，我一定要獻拙了。承問訪鏢的事，蒙江南武林朋友慨然相幫，早已訪出眉目。訪得此人姓袁名承烈，外號飛豹子，又名快馬袁，乃是遼東牧場場主；大概也是謬聞俞某薄技，願求當場一賽的，倒也不是志在劫財的綠林。

「我們連日踩探，恰已根究出他的落腳地點；不過這裡面還關礙著當地一個知名之士，要動他，還有點投鼠忌器。但是案關國帑，刻不容緩。我們已經想好了法子，這就要按規矩去討。不過，若有好朋友出頭幫忙，或者獻計代討，我們仍是求之不得的。小弟的意見，是公私兩面都要弄得熨貼，總以不傷武林義氣為要。令友既有這番熱腸，我十分感激；但不知這位令友貴姓高名？何不請來當面談談？根究鏢銀的話，也可以和令友當面商計，倒覺得直截了當。武莊主，尊意如何呢？」

俞劍平眼衝武勝文一看，又加了一句道：「令友要敝人試獻薄技，足見抬愛；要麼就在此時此地，也都可以。何妨把令友請來一會？」又往在座陪客瞟了一眼道：「在座的令友，也有願賜教的麼？」

俞劍平的話宛如巨雷，直截了當的發作出來。姜羽沖、胡孟剛、童冠英、郝穎先都知他平日最有涵養，如今也燃起少年的烈火來了。

武勝文始而一震，旋又大笑。那姓魏姓王的兩人也都一動，互相示意。那美少年就冷笑了一聲，要起身答話，被那姓許的陪客拉住了。武勝文忙把大指一挑道：「俞鏢頭名不虛傳！俞鏢頭，我剛才說的，句句是實言。領教俞鏢頭三絕技的心，在下我和敝友正是相同；不過真要獻身手領教的，卻只有敝友。我不是說過了，在下本是武林門外漢，早年縱然練過，可惜學而未精；現在更完了，全就混飯吃了。我們可以這樣定規……」掐指算了算，面露疑難之色，向王、魏二老那邊湊過去，低聲議論。

那美少年此時突然立起來，以清脆的語調說道：「俞鏢頭，你如肯把你的拳、劍、鏢三絕技當面賜教，後天一早，請你到北三河湖邊一會，你看可好？」

鐵牌手胡孟剛登時跳起來，前湊一步，雙目如燈道：「後天一早？後天一早，你敢保教那飛豹子準時到場麼？」

美少年斜睨一眼，冷冷一笑道：「什麼豹子不豹子，我倒不曉得。後天一早，準有人在那裡，和你們鏢行答話就是了。」

鐵牌手盛氣虎虎，叫道：「那是什麼話，我們找的不是你！」

俞劍平劍眉一挑，急一橫身道：「二弟且慢。」

姜羽沖伸手把鐵牌手拉著坐下。俞劍平轉身對少年抗聲道：「好！既承定期，大丈夫一言為定，閣下貴姓？在下願聞大名。飛豹子和足下是怎麼稱呼，你閣下可否見告？」回首指著眾鏢客道：「這都是自己人，說出來敢保無妨。」

少年也抗聲道：「後天一早，一言為定。在下行不更名，姓雲名桐。……」

俞劍平緊跟一句道：「我還是請教，飛豹子是閣下什麼人？」

少年道：「大丈夫四海之內皆兄弟也。我跟他就算是慕名的朋友，和足下一樣。」

說這話時，武勝文變色欲攔，已經攔不住了。鏢客這一邊猶恐對方變計毀約，姜羽沖忙又擠上幾句道：「武莊主，當著這些朋友，我們講的都是桌面上的話。剛才雲朋友定規的見面日期，可能算數麼？」

武勝文忙全盤托住道：「請儘管放心，我們的話不管誰出口，有一句是一句。」說罷忙跟這二老一少重湊在一處，低聲商量。最後由武勝文當眾說道：「後天一早，敝友準時到場。不過我們處處得按武林道的規矩辦，中間不許官面出頭橫攪。俞鏢頭乃是江南知名的英雄，這一點請你答應了，我管保敝友就是天塌了，也不爽約。」

俞劍平奮然道：「那是自然。」原打算教姜羽沖、童冠英出頭做臉，現在事事不由人算，仍由俞劍平直接訂約了。而且三言兩語就定了局，並沒有多費唇舌。

末後，鏢客這邊仍由智囊姜羽沖、霹靂手童冠英、竇煥如三人，和對方的二老一少，協定後日會面的步驟辦法。講定以武會友，當事人之外，雙方都有觀光的朋友；拳、劍、鏢三絕技，當場領教；兵刃暗器隨便使用。不過，這些全按鏢行較技討鏢的路子走，武莊主擔保飛豹子屆時到場；俞鏢頭擔保只由鏢行出頭，決不借助官勢。臨期得由雙方派人巡風，以免驚動地面。

當下，雙方的代表磋商細節，俞劍平和武勝文另換了一副面孔，客客氣氣，講起交情話來。少時酒席擺上來，八個鏢客分為三桌，連童門弟子郭壽彭、俞門弟子程岳、沒影兒魏廉等，也都邀入座席。武勝文與那美少年、胖瘦二老、姓熊的壯漢，還有別位陪客一齊就座。

俞劍平笑道：「武莊主何必這樣客氣？」

武勝文道：「諸位遠來，理當共謀一醉。」吩咐一聲敬酒，僕人早在每人面前，斟好一杯清酒。武勝文忙將俞、胡面前的酒杯先端過來，淺嘗了一口，掉杯換斟，陪笑說道：「這是一杯村酒，滋味還好，諸位將就喝一些吧。」

俞劍平笑了笑說道：「武莊主太見外了，這不是鴻門宴，誰還信不過誰。」竇煥如和武勝文先本認識，就接聲笑道：「我們武莊主不賣蒙汗藥，來啊，我們一塊兒乾一杯吧。」賓主舉杯一飲而盡。

主人殷勤相勸，俞、胡、姜三鏢頭和到場諸友，各飲了三杯酒，略吃幾口菜，互遞眼色，相偕站起來，道謝告辭：「諸位，我們後天再見！」武莊主親送到巷口外，鏢客拱手謝別，走出十數步，紛紛上馬回廟。子母神梭忙把飛豹子請出來，商量怎麼赴約。

鏢客一行宴後歸來，九頭獅子殷懷亮、馬氏雙雄、夜遊神蘇建明，都爭著詢問赴會的結果如何。俞、胡答道：「飛豹子還是沒露面，但已訂好約會，後天傍午在北三河湖邊相見。」轉問黑鷹程岳、九股煙喬茂等人道：「你們在院內巷外，可曾見什麼異樣人物沒有？」

沒影兒道：「巷內巷外，人出人進，他們的人埋伏不少。」黑鷹程岳和郭壽彭說：「請客的院內似有別門，通著鄰院，廂房裡瞥見一人，戴著墨鏡，窺探我們。」

俞、胡、姜道：「這個人我們都看見了。」跟著又說道：「別管他，我們先辦正事。」先遣幾個少年鏢客在廟外巡邏，一些老手就在藥王廟趕忙佈置。派急足傳書，知會各路；要調集群雄，藉此一會，向敵人討出真章來。一面又忙著備馬，即刻派人馳往北三河，查勘地勢，然後大家一起奔北三河去。

但這火雲莊地方，仍要留下幾個硬手；萬一赴會不得結果，便要不惜翻臉，圍剿子母神梭武勝文的家了。這次縱沒有抓住武勝文通匪的確證，但漢陽郝穎先等已發現了兩處秘密隧道，潛通著武宅。除了叛逆、教匪、劇賊、窩主、作奸犯科，一般良民富戶，豈有私掘地道的？這正好拿來威嚇武勝文，到吃緊時，可以借此逼獻飛豹子的行蹤，也可以藉此報官，搜剿武氏私宅。子母神梭初見面時，小看了郝穎先，口角上曾經大肆訕嘲。哪知道漢陽打穴名家並非浪得虛名，子母神梭密築的三股地道，竟被郝穎先勘破兩處。

大家商量完，忙忙地換班吃飯，預備上北三河查看門場。忽有一匹馬，從寶應縣城如飛奔來。巡邏的鏢客忙迎上去；原來是振通鏢局鏢客金槍沈明誼。他跑得渾身是汗，走進廟來。胡孟剛搶上前問道：「沈師傅，有什麼事？」

沈明誼不待問，面對俞劍平急忙報導：「俞鏢頭，您的夫人俞大嫂已經快到寶應縣來了；還同著一位姓蕭的武官、一位姓黃的先生，還有一位姓胡的客人，是個癟子。大概明天趕不來，後天一準趕到。」

在座群雄道：「哦，俞夫人親身來到，必定有很好的消息。這位武官是俞鏢頭的師弟，這位癟子是誰呢？」

十二金錢俞劍平乍聽也是一怔，想了想道：「她明、後天才能到麼？這位武官是我們的九師弟，叫做蕭振傑。這姓胡的又是哪個？既是殘疾人，邀來做什麼呢？」

沈明誼接過一條熱毛巾，把臉上的汗拭淨，又含茶漱口，精神一爽，這才說道：「有好些要緊的話哩。這位姓胡的癟子，據說也是您的一位師弟，名字叫胡什麼業，我給忘記了……」

俞鏢頭矍然道：「哦，我想起來了，不錯，他叫胡振業，是我的五師弟。是的，由打六七年頭裡，我聽人說，他得了癱瘓病，已經告病退隱還鄉；可惜路遠，我也沒去看他，此刻他想必是好了。他倒出來了？……沈師傅，內人有什麼話捎來沒有？」

沈明誼道：「有話。俞大嫂來得很慌張，她是從海州繞道邀人去了。據說她已經得知劫鏢大盜飛豹子的切實來歷。她說，這飛豹子不是外人，實在是你老當年已出師門的師兄，叫做什麼袁振武……」

俞劍平大驚道：「什麼？袁振武？我的師兄？」

沈明誼道：「不錯，是叫袁振武，說是您從前的大師兄。」

俞劍平臉上倏然失色，道：「飛豹子就是袁振武？飛豹子叫袁承烈呀！……承烈、振武，字義相關。哼！一準是他了！奇怪！奇怪！沈師傅，內人當真是這麼說麼？她從哪裡得來的消息呢？」

在座群雄也一齊大詫，道：「怎麼，俞鏢頭還有一位師兄麼？沒聽說過呀。」

俞劍平眉峰緊皺，喃喃自語道：「不能，不能！袁振武袁師兄早死了，他不能……難道他又活了，他莫非沒有死？」

那鐵牌手胡孟剛尤其驚異，連聲問道：「俞大哥，你不是你們丁老師的掌門大弟子麼？怎的還有一個師兄？你還拜過別位老師麼？」

蘇建明道：「俞賢弟，你不是還有一位郭老師麼？」

智囊姜羽沖只表驚異，暫未開口，這時方才發話道：「俞大哥，這位袁振武可是你丁門的大師兄？是不是貴門中，有過廢長立幼的事？」

俞劍平把眼一張道：「唔，可不是！的確有這一位袁師兄，卻不是大師兄，是我的二師兄。」

智囊姜羽沖坐下來道：「我明白了，你們師兄弟平日的感情如何？」

俞劍平搖了搖頭，手撫前額，憶起舊情，對這紛紛致詰的群雄，茫然還答道：「諸位等等問我，讓我想一想。……真是的，袁振武袁二師兄，我早聽他身遭大難，殺家復仇，人已歿世的了，是怎麼忽然復活？我又沒得罪他，劫我的鏢，拔我的鏢旗，這是怎麼說？……」

俞劍平的確有這麼一個二師兄，並且當年曾在魯東「太極丁」丁朝威門下同堂學藝。師兄弟的感情雖然不惡，但因師尊年老，封劍閉門時，偏愛俞劍平的性情堅韌，不滿二弟子袁振武的剛鋭性格，公然越次傳宗，把掌門弟子的薪傳，交給三弟子俞劍平了。

那時俞劍平的名字是叫俞振綱，字建平；並且那時候，俞劍平的夫人、太極丁的愛女丁雲秀，年方及笄，待字閨中；生得姿容秀麗，性又聰明，也懂得本門武功。那時候，袁振武元配髮妻已死，正在斷弦待續；從那時他便有意，打算自己藝成出師，就煩冰媒聘娶這個師妹。

哪曉得丁武師竟越次傳宗，弄得袁振武在師門存身不住。旋又看見這嬌小如花的師妹丁雲秀姑娘，終以父命，下嫁給俞振綱，而且是招親入贅！袁振武性本剛強，俯仰不能堪，終而藉詞告退，飄然遠行，出離了師門。當時同門諸友盛傳他已負怒還鄉，從此要退出武林，不再習技了。

這樣子，俞劍平對這袁師兄，本無芥蒂；這袁師兄對於俞劍平，難免不怡，也是人之常情。光陰荏苒，一晃十年，俞劍平夫妻到江南創業，忽聞人言：袁師兄已經凶死。……

在他故鄉直隸樂亭地方，原有一個土豪，善耍六合刀，力大膽豪，和一個吃葷飯的秀才勾結起來，武斷鄉曲。袁振武的父親是鄉下富戶，人很良懦，無勢多財。

每逢村中攤錢派役，抓車輸糧，袁財主照例必被強派大份。又如鄉間祈雨演戲，捐金修橋，袁財主更是吃虧；饒多破費，還要受人奚落。袁老翁為此生了一口悶氣，豁出錢來，命長兒袁開文讀書應試，命次子袁振武投師練拳，不為求名謀官，只為守護家產。

到後來，袁開文果然考中秀才，無奈他為人老實口訥，仍不能爭過氣來。等到袁振武練出武功，他為人卻很勇健；回家之後，藉端把土豪暴打一頓，替父親出了一口惡氣。既在師門傳宗落伍，他就一怒引退，改名浪遊，到異鄉遍訪武林名手，別求絕技。數年後，聽人傳說，袁振武家到底受了那個土豪的害，袁老翁活活氣死了。袁振武聞耗奔喪回家，據說雖將仇人弄死，他自己被人群毆，也當場慘斃了。這是早年的話了。

現在事隔多年，這袁師兄已經死過的人，驀地又復活了。二十餘年聲息不聞，想不到他一個富家子弟，竟做了強盜。更想不到做了強盜，指名要劫師弟的鏢！

沉勇老練的俞劍平回憶前情，不由嗒然失神；坐在椅子上，叩額沉思，悄然無言。群雄看著他，喁喁私議，候聽下文。

那個報信來的金槍沈明誼，分開眾人，走到俞劍平面前，叩肩說道：「俞鏢頭，嫂夫人還帶來話，教您不要著急；她邀妥了人，立刻就要趕來的。她說，袁師兄埋頭多年，突然出現，必有驚人出眾的本領和強勁的幫手，教您千萬不可輕敵。她說，她因婦道人家騎馬不便，已經坐轎趕來。教您等著她，不見她的面，千萬不要動手討鏢，千萬不要和飛豹子見面！」

俞劍平似聽見，似聽不見，只唯唯諾諾地答應著；雙眸凝定，陷入深思，口中翻來覆去地誦念道：「後天，後天！……」手指在那裡掐算道：「十五年，十六年，二十年，……呀，整整三十年了。……」鏢行群雄道：「你老說什麼？」

俞劍平把精神一提，道：「是的，整整三十年。……人死了，又活回來，可是的，這三十年，他上哪裡去了？我沒有得罪過他，他貿然出頭，無端尋找我來。……」

胡孟剛瞪大了眼，向俞劍平不住盤問；俞劍平未遑置答。他就轉身來問沈明誼道：「這飛豹子怎麼會是俞大哥的同門師兄呢，靠得住麼？是俞大嫂親口告訴你的麼？」

沈明誼道：「千真萬確，的確是俞夫人親口說的，還會訛錯麼？」

胡孟剛搓手道：「我就從來沒聽說過。喂喂，俞大哥，是真的麼？」

俞劍平信口答道：「是真的。」

胡孟剛又問道：「這飛豹子真是你的大師兄麼？」

答道：「不是大師兄，是二師兄。」

馬氏雙雄道：「那麼你呢？」

老拳師三江夜遊神蘇建明道：「你不是文登太極丁老前輩的掌門弟子麼？」

俞劍平道：「是的，我在師門，名次本居第三；我們老師是越次傳宗的。」

蘇、馬互相顧盼道：「哦，你們大師兄呢？」

俞劍平道：「他因故退出師門了。」

蘇、馬道：「那就莫怪了！這飛豹子一定是你二師兄，反倒落後了，你把他壓過一頭去，是不是？」

俞劍平變色點頭道：「咳，正是！」又道：「你們先別問，讓我仔細想想。若真是袁師兄，他的性情最滯最剛，有折無彎，寸步不肯讓人的。這鏢銀就更麻煩了。……」

眾人聞言，越發聳動。俞劍平沉吟良久，面向沈明誼道：「內人說她明天準趕到麼？」

沈明誼道：「是的，大嫂說，至遲後天必到。」

俞劍平皺眉道：「偏巧是後天的約會，要是後天她趕不來呢？」

沈明誼道：「大嫂千叮萬囑，教您務必等她來到，再跟飛豹子見面，千萬不可跟他硬鬥。……」

那霹靂手童冠英將桌子一拍，笑道：「好關切呀！俞賢弟有這麼好的一位賢內助，還怕什麼豹子？就是虎，就是狼，又該怎樣？你們看，人家兩口子聯在一塊，足夠一百歲出頭，還這麼蜜裡調油，你恩我愛，你等我，我等你！……喂，不是勸你別著急麼，你就別著急；不是教你等著麼，你就老老實實等著。好在咱們的約會在後天，俞娘子趕到也在後天，這不正對勁麼？就是差一半個時辰，還支吾不過去麼？俞賢弟，你還發什麼怔？咱們擎好就結了。」

在座群雄忍俊不禁，紛紛欲笑；可是俞鏢頭待人和藹，性格卻是嚴整的人。眾人覺著失笑無禮，忙忍住了。

童冠英不管這些，仍盯住道：「俞賢弟，說真格的，偌大年紀，用不著臉紅。你把令師兄飛豹子的為人行徑，先對我們講講；我們也好因人設計，合力對付他。後天約會不是就到麼，你何必一個人發悶？憑我們江南武林這麼些人，還怕他來歷不明的一個豹子不成？到底你們是怎麼個節骨眼，難道就為越次傳宗這一點，擱了三十年，還來搗亂？還是另外有別的碴，受著別人架弄，有心和咱們江南武林過不去呢？」

俞鏢頭看了霹靂手一眼，道：「我也是為這個不很明白。不知內人從什麼地方，查出他的根底來。且既已知根，想必訪出他的來意。沈師傅，你來的時候，可聽內人說過麼？」

沈明誼道：「我並沒見著嫂夫人，只是聽她留下的話。大概這飛豹子有點記念前隙，還嫉妒俞鏢頭金錢鏢的大名，方才出頭劫鏢拔旗。聽說不止令師兄飛豹子，還有遼東三熊等許多別人，跟江北綠林也有勾結；勢派夠大的。若不然，他也不敢劫奪這二十萬鹽鏢。我看還是等嫂夫人來到，問明真象的好。」

郝穎先插言道：「這是不錯的，曉得癥結，才好對症下藥。這究竟是飛豹子自己尋隙，還是受別人唆使，必須先弄清楚了，方好相機化解。」

俞劍平道：「只是會期已定，我們必須如期踐約。內人怎麼不把詳情全傳過來呢？」

胡孟剛道：「大嫂怎知道只有兩天的限！」

智囊姜羽沖道：「我們一面準備赴約，一面等候俞大嫂；現在俞大哥先把令師兄的為人對大家講講吧。」

俞劍平微喟一聲，按膝長談，把三十年前的舊話重抖露出來。

俞劍平回想當年，帶藝投師，拜到太極丁朝威門下；他自知後學晚進，技業太低，一向力持謙退，尊師敬業，禮待同門，誰也沒有得罪過。現在這二師兄飛豹子，於三十後驀然出世，劫鏢銀，拔鏢旗，匿名潛蹤，專向自己挑釁；這還有別的緣由麼？不用說，自己橫招他不快的，只有越次傳宗那件事了。但是當年越次，純出恩師獨斷，本非自己營求而得，而且出於自己意料之外。

那時候自己年幼孤露，飽嘗艱辛，承郭三先生薦到丁門，苦於性滯口訥，只知埋頭苦練，不會哄師父，哄師兄，哪知反由此邀得丁老師青目。丁老師那麼剛愎的脾氣，自己一個沒嘴葫蘆，反倒過承器重，好像師徒天生有緣似的。不久，大師兄姜振齊一時失檢，侮慢了鄰婦。師父震怒，將他逐出門牆。袁師兄便以二弟子代師傳藝，儼然是掌門高弟的樣子；不但袁師兄以此自居，同學也多這樣承看。

過了幾年，不知何故，恩師對袁師兄外面優禮如舊，骨子裡疏淡起來。於今追想，必因他脾氣剛傲，老師也脾氣剛傲，兩剛相碰，難免不和了。未幾，丁老師封劍閉門，廣邀武林名輩，到場觀禮，忽在宴間聲說，同時還要授劍傳宗。道是：「有長立長，無長傳賢，三弟子俞振綱資性堅韌，錢鏢打得最好！……」竟突然把自己提拔上去！

那時群雄驟聞此說，無不驚訝；就連俞劍平自己，也震駭失次。恩師這番措置，自有深心，乃為同門小師弟打算；說自己性情柔韌，很得人心。袁振武師兄性情強拗，處處要出人頭地，缺少容讓之心；恩師想必怕他挾長凌壓同門，就這麼廢長立幼，把袁師兄按下去了。

可是恩師丁朝威當日並不那麼說，他廢立的理由，是藉口「金錢鏢法」。本門三絕技，拳、劍、鏢並重，尤其看重「錢鏢打穴」。說師祖曾留遺言，太極拳、太極劍，已有次門，三門廣傳弟子，足可昌大門戶；唯金錢鏢飛打三十六穴，只有本門長支獨擅，發揚光大，全在本門。師祖親留遺訓，再三致意。三弟子俞振綱鏢法頗精，故此立為掌門弟子；二弟子袁振武，屢經督促，奈他性急，不喜暗器，也就無可如何。丁老師說了這話，遂當眾傳宗贈劍，把衣鉢傳給俞劍平。大庭廣眾之下，實在太教袁師兄難堪。

袁師兄當日不露形色，反滿臉陪笑，情甘讓賢。但在兩三月後，他忽稱老母抱病，告退北歸，從此飄然遠行，永離師門了。他自然抱恨極深！況且俞劍平自己拜入師門既晚，袁師兄久以掌門高足自居；今一旦易位，在自己固無爭長之心，在袁師兄豈無落伍之怨？那麼，他現在大舉而來，正是為了雪恥修怨，毫無可疑的了；或者也許受了草野豪客的挑撥，特意替別人找場，也是有的。

這是俞劍平回溯前情所加的推測，但只測出一半罷了。他再也猜不出，除了爭長，還別有一種難言之隙。他們袁、俞之間，還有「妒婚」的宿忿。這只有俞妻丁雲秀當年略有一點覺察。彼時她雖是個小女孩子，可也覺得袁二師兄對己似乎有意；可是舊日女孩子，也不能往深處想。並且袁師兄為人剛直，對師妹雖懷眷愛，仍然以禮自持，形跡上沒有深露。

這樣，在飛豹子可謂既失衣缽之薪傳，又奪琴劍之眷愛，對俞劍平抱著兩種隱恨，俞劍平怎能體驗得出？袁振武又十分要強，不願明面撚酸，只在暗中較勁，終於怒出師門，別走異徑去了。到三十年後的今日，他捲土重來，已將別派武功練到登峰造極。昔日丁老師曾經指出他心浮氣傲，習武似難深入，將來恐踏淺嘗而止、炫才過露的毛病。飛豹子為了這句話，咬定牙關，忍而又忍，也往堅韌一點上做去；尋求名師，苦心勵志，受盡多少折磨，終借一激，別獲成就。

丁門以點穴成名，他苦學打穴；丁門以錢鏢蜚聲，他苦究破解錢鏢之法。他把一桿鐵菸袋，造得銅鍋特大，天天教門下弟子拿暗器打他。他或磕、或躲、或接，居然費了十多年工夫，終於練得能接能打任何暗器了；而且是敵人暗器一到，他能立刻就接，立刻還打。他定要尋找十二金錢俞劍平，和俞一鬥，借此印證丁老師的預斷，到底把他料透了沒有，到底他是心浮氣躁不是！他憋著這口氣，足足過了三十年，今日該發洩了。

在高良澗、苦水鋪，他已和俞劍平潛蹤一試，俞劍平卻很不知情。在鬼門關前黑夜比鬥，飛豹子潛藏於半途中，攔路嘗敵；在暗影裡先和俞劍平交手。俞劍平錢鏢七擲，竟全被他接打過去。他這才仰天一笑，心滿意足。他以為俞劍平的伎倆不過如此，他這才和子母神梭武勝文商定；由武勝文出頭，代向俞氏訂期會見，由暗鬥轉為明爭。他既經嘗敵，確知自己敵得過俞劍平，確知自己立於不敗之地，然後才挑明了簾。這就是他三十年來，受盡折磨，練出來的深沉見識；與當年的一團火氣迥乎不同了。可是他的性情仍然那麼剛，那麼暴。

俞劍平把飛豹子袁振武被廢的經過，和素日的為人，向在場武師約略說了。他又道：「袁師兄一離師門三十年，聲息不聞，山東江南河北久傳他已死。不想現在突然現身，竟率大眾劫鏢銀、拔鏢旗、題畫留柬，指名找尋我；做得這樣狠，顯見他是要在我身上，找補三十年前那口悶氣了。回想當年，實在是家師溺愛我這不材子，處置失當了。我們幾個同門素日都怕袁師兄，一聞廢立，都惴惴不安。內人在那時以師妹的地位，也曾極力圓場，勸過家師多少次，家師只是不聽。

「後來袁師兄告別出師，內人又私抄下一本劍譜，交給我和胡振業五師弟、馬振倫六師弟；暗囑我們三人假傳師命，贈給袁師兄，稍平他的鬱忿。無奈他乘夜悄行，先走了一步，我們趕了一程，沒得追上。我們三門師祖左氏雙俠要把他繼承到三門去，教他做掌門徒孫，他也謝絕了。

「我們二門師叔李兆慶背地裡就說家師：『你當眾立廢，是怕日後同門爭長；可是這樣一來，自然不爭長了，難免日後袁、俞結怨。』我們先師的脾氣十分骨鯁，不聽人勸，他說：『我是為小徒弟打算，一秉至公。』到現在，三十年都脫過去了，偏偏我已經封刀歇馬，袁師兄終於找到我頭上來；而且弄了這麼一手，要多辣有多辣！說實在的，我在師門本是後進，我對袁師兄始終尊敬服從；我們兩人間一點嫌隙也沒有，只有廢立這一件事傷著了他。前人種因，後人食果；先師過於看重我，把本門薪傳交給我，也把苦惱留給了我。袁師兄的脾氣何等剛決！他不出頭便罷，既已出頭，就不惜破釜沉舟。二十萬鏢銀非同小可，怕我一劍、雙拳、十二金錢，終非他那支鐵菸袋的對手啊！」

眾人聽了，無不咋舌，武進老拳師三江夜遊神蘇建明喟然歎道：「那就莫怪了！你當日入門在後，武功遜色，令師把你提拔上去，壓過他一頭，即此一端，已樹深怨。何況你們師徒又成了翁婿，他更以為師門授受不公了。」

俞劍平默然不答，馬氏雙雄忙道：「蘇老前輩，你老這可猜錯了。我們俞大哥乃是先接掌門戶，後來才入贅師門的。」

胡孟剛道：「對的，俞大哥實在是傳宗在前，聯姻在後。」

霹靂手童冠英笑道：「反正是一樣，東床嬌婿變成掌門高足，掌門高足變成東床嬌婿，顛顛倒倒，互為因果。想見俞賢弟那時在令師門下，丰采翩翩，深得寵愛，然後才贏得師妹下嫁，可羨豔福不淺！那飛豹子定是個沒度量、有氣性的人，看著眼熱，一準肚裡憋氣的。於是乎三十年前俞公子師門招親，三十年後俞鏢頭拔旗丟銀。這也是因果啊！你就別怨令師吧。」呵呵地笑起來了。

俞劍平笑道：「我們童二哥這兩天啃定了我，要和我開玩笑，真是老少年興味不淺！無如我結記著這二十萬鹽鏢，實在提不起高興來啊！」

青松道人看出俞劍平悶悶不樂，遂說道：「我看飛豹子也算不了什麼昂藏人物。常言說：『疏不間親』，人家丁、俞既是翁婿，他在丁門不過是師徒，如此懷妒，也太無味了。」

童冠英仍笑道：「有味！衝這懷妒二字，就很有味。」

九頭獅子殷懷亮道：「懷妒也罷，銜恨也罷，可是這飛豹子既然心懷不平，怎麼整整三十年，直到今天，才突然出頭？這也太久了，他早做什麼去了？」

青松道人道：「這個，也許此公早先武功沒有練好，自覺不是十二金錢的敵手，造次未敢露面。我說無明師兄，你看可是這樣的麼？」

無明和尚素來貪睡，打了一個呵欠道：「恐怕這位飛豹子懷著乘虛而至的意思吧！他料定施主忽然退隱，把鏢局收市，必是老邁不堪，這才攔路欺人。」

漢陽郝穎先點頭道：「這也許是有的。但是他若這麼料事，可就錯了；我們俞仁兄年雖望六，勇健猶似當年。只怕這飛豹子昔在師門，武功遜色，被俞仁兄壓過一頭；今當三十年後，俞仁兄仍未必容他張牙舞爪吧。」

無明和尚道：「究竟這飛豹子有多大年歲了？」

俞劍平道：「袁師兄大概比我大三歲，今年他也五十七歲了。」

郝穎先道：「到底這事情有點奇怪，怎麼隔過三十年，他早不來找場？怎麼隔過三十年他還不忘找場？」

白彥倫道：「而且他找場，偏偏擇了這麼一個時候，偏在俞大哥歇馬半年之後，偏劫官鏢，這又是什麼講究？」

智囊姜羽沖道：「這倒不難猜測，我看他這是毒！他一定看準了這二十萬鹽鏢，數目太大，料想俞老哥就是要賠，也賠墊不起；他才猝然下這毒手，無非是做案貽禍不留餘地罷了，可就教胡二爺吃了罣誤了。至於他早年為什麼不來，這也可以推測得出。據我們現在得到的各方消息，已知飛豹子是從遼東來的；他本在邊外開著牧場，他就是遼東有名的寒邊圍快馬袁。他並非綠林，也不是馬賊。」

說到這裡，座間突有一人問道：「寒邊圍不是快馬韓麼？怎麼又出來一個快馬袁，怎麼快馬袁又是劫鏢的飛豹子呢？」這問話的是蛇焰箭岳俊超。俞劍平轉顧馬氏雙雄道：「馬二弟、馬三弟，你可知道這快馬袁、快馬韓是怎麼一回事麼？」

二馬搖頭道：「我們也只聽說過遼東長白山寒邊圍有個快馬韓叫做韓天池，這是幾十年前的老輩英雄了。他是個流犯，遇赦免罪，不知怎的，發了一筆大財，在寒邊圍一帶，大幹起來；招納流亡，開荒牧馬，掘金尋參，在當地稱雄一時。他在他的牧場邊界，遍植柳條，做為地界。人們一入柳條邊，就得受他的約束，遵他的王法；以此許多亡命之徒在關內惹了禍，都逃到他那裡去，做逋逃藪。他是個殺人不眨眼的魔王。他這人肚裡很有條道；氣量很大，膽子很豪，頒的規約很嚴。人人都怕他、聽他。官廳就不敢到他的地界裡拿人，可是他的人也不許出界做案。他是有犯必誅，一秉大公；故此人雖怕他，不能不服他，他居然成了一方豪傑了。」

霹靂手童冠英道：「這人分明是個土豪。」

二馬道：「說是土豪也可以，說是土王也可以。他本以販馬起家，馬上功夫很好，故此人們送他一個外號，叫做快馬韓，又叫韓邊外，倒沒聽說有這麼一個快馬袁。」

老拳師蘇建明笑道：「你說的全是三四十年前的舊話了。快馬韓若活著，足有一百多歲了。咱們說的是現在。」

二馬道：「現在麼，我們雖到過遼東，可沒聽說有這麼個快馬袁。」

智囊姜羽沖眼盯著青年壯士于錦、趙忠敏，看二人的神情，分明知道，可是智囊當著人不敢問，於是轉臉向俞劍平示意。俞劍平也不肯問，因為以前曾誤疑過于、趙。又明知于、趙與飛豹子相識，當然不能率然出口了。

于錦、趙忠敏因眾人以前曾疑他給飛豹子做奸細，後將一封私信當眾打開，眾人疑心頓釋；可是于、趙心中生氣，立即告辭要走。經俞劍平再三慰解，一場誤會縱得隔過去，于、趙從此恍如徐庶入曹營，一言不發了。胡孟剛瞪著大眼，看定于錦，也有心要問問；于錦把臉色一沉，露出不屑來。胡孟剛也噤住了，可是非常暴躁，不住地罵街，罵飛豹子不是東西。眾人攔他道：「劫鏢的是俞鏢頭的師兄啊！」

松江三傑說道：「眾位也不必猜議了。反正俞夫人一到，飛豹子的行藏必無遁形。現在我們應該怎樣呢？是等俞夫人，還是照舊準時踐約？要是踐約，我們該打點走了。」

俞劍平遲疑道：「我打算還是準時踐約。不過，既知飛豹子就是我們袁師兄，不能不多加小心罷了。這一來，向他討鏢，還得另想措詞的了。」說時目光一瞬，看了看胡孟剛道：「我要請問袁師兄，我們師門不和，你可以單找我說話，不要連累了朋友。」俞劍平言下面露悵惘，微有難色；他實在願候妻子到後再去踐約，藉此可以知道袁師兄身邊都有些什麼樣的人物。袁師兄本是一個富家子弟，今於三十年後，忽然做大盜，劫官帑，犯著很重的案，保不定他已步趨下流，受宵小蠱惑，真個投身綠林了。若能獲知袁師兄三十年來的景況，便可推斷他的劫鏢本意，也就可以相機應付了。

俞劍平眼看著胡孟剛、智囊姜羽沖；姜羽沖就眼看著俞劍平，說道：「俞大哥，我們不必猶豫了，我們就這麼辦。此刻還是徑奔北三河，一面準備踐約，一面等候嫂夫人。等到了更好；等不到，我們就屆時相機支吾，這是最周全的辦法。武勝文指定的那個會見場地，我們必須先期看明。與其派人去，不如俞大哥親自去一趟。」大家都以為然。

郝穎先道：「索性我們全去吧。我們在這裡，瞎猜了一會子，未免是議論多，成功少。」

這些武師們嘻笑道：「郝師傅又掉文了。」

俞、胡、姜三人立即打點，和老少群雄或騎或步，前往北三河。並派出許多人，把各路卡子上的能手，儘量抽調，請他們一齊集會鬥場。就是四面的卡子，也往當中縮緊，以北三河、火雲莊為中心，打圈兜擠過來。現在仍依本議，凡是硬手，各卡子最多只留一人，其餘一律克期奔赴北三河。

俞、胡並請金槍沈明誼仍辛苦一趟，去催俞夫人；不必再上火雲莊來了，也請她徑赴北三河。並告訴俞夫人，此間已與飛豹子定期會見，請她速到為妙，無須轉邀能人了。因這裡急等她來到，好由夫妻二人齊以同門誼氣，向飛豹子索討鏢銀。商定，鏢行群雄又一陣風的奔北三河去了。

這是鏢客方面的動靜，火雲莊子母神梭武勝文那邊，把個飛豹子劫鏢大盜窩藏在自己家中，也情知事情鬧大，可是他也有他的迫不得已。他們此時自然更忙；散宴後，人出人進，邀這個，找那個；探這個，窺那個，人人臉上神情緊張，不知秘密的做些什麼。

火雲莊東藥王廟內，還有幾個鏢客留連未走。武勝文這邊不再派人前來窺伺；也不打著鄉團旗號，再來盤詰他們了。留守鏢客自然覺得詫異。殊不知俞、胡、姜三人策馬一走，這邊潛蹤隱名的飛豹子，和代友延仇的子母神梭，立刻就知道了動靜。於是由飛豹子起，他們散在各處的黨羽，和那個美少年雄娘子凌雲燕，立刻先一步，也秘密地到了北三河。

十二金錢俞劍平蒙在鼓裡，不深知敵情；飛豹子那邊卻是據明測暗，情形不同。把俞、胡身邊的動靜，探得鉅細皆知，而且俞劍平生平以拳、劍、鏢三絕技自負，曾經打遍江南北，未逢敵手；飛豹子今與俞氏定期在北三河相會，好像有點冒險決鬥，決勝負於一旦似的。其實不然，飛豹子此時早有了必操勝券的把握。此次往北三河赴會，飛豹子早已斷定，憑自己一支菸管，必搶上風；就不搶上風，也可以打個平手，自己穩立於不敗之地。

固然，他們師兄弟結隙已逾三十年之久。在這三十年中，飛豹子挾忿爭名，苦練拳技，自知功候與日俱增；但是他會苦練，又怎敢擔保俞劍平不會苦練？那麼，飛豹子何以有這十成十的把握，敢和俞氏當眾明鬥呢？萬一失敗，自己又怎麼收場呢？

在起初，飛豹子奮起遼東，乍到江南尋釁時，他確是一股銳氣。積累了三十年的忿鬱不平，真有立即登門，立即交手，立即將俞劍平打倒的氣概。然後乘勝仰天一笑，說一聲：「到底誰行誰不行？」丟下狂話，拔腳一走；把俞氏的金錢鏢旗摘去，從此勒令姓俞的不准再在武林耀武揚威……

飛豹子他確是抱這決心，他的謀士幫手縱然苦諫，他也不聽，他一定要這樣做。他斬釘截鐵地說：「姓俞的武功，我是深知。姓俞的自涉江湖，一帆風順；他的功夫就算天好，可是他身處順境，日久也易於擱下。」

飛豹子又道：「他哪能比我？我飛豹子自闖蕩江湖起，哼，也不說闖蕩江湖起吧，我打由二十七歲，負氣離開丁門，我就沒有經過半天順心的事。我受盡了折磨、頓挫、辛苦、艱難，人世間的憋氣，挨蹶的滋味，讓我一個人嘗飽了。我如今整整苦歷三十年，就憑我兩隻胳膊，一顆心膽，闖出長白山半個天下。諸位朋友，你們知道我都受了些什麼？你們只看見我現在一呼百諾，響遍關東了，你們知道我早年都受了些什麼？」

飛豹子虎目怒睜，對手下幫友道：「咱們不說別的，單說功夫吧。你們看我什麼暗器都會接，都會打，你們可知我怎麼得來的呀？常言說得好，來的容易，去的模糊。反過來說吧，來的不易，把握的就牢靠，你們全明白這個道理吧！」

飛豹子道：「我為了學打穴，光跑冤枉腿，就走了好幾省，磕了無數的頭，耗了十幾年工夫。朋友，這『十幾年』三個字，一張嘴就說出來；你要受受看，別說十幾年，就是十幾個月吧，哈哈！」大眼珠帶著激昂驕豪的神氣來。他又說道：「我同時學接暗器，學打暗器，這又是十幾年。一共十六年的苦學，三十年的苦練。……唉，什麼三十年，簡直一輩子。你們看，我今年快六十了，我有一天停練沒有？」

袁振武又惡狠狠地說道：「姓俞的他可不然了！人家，哼！人家從在師門，就很得寵；沒出師門，又娶了好老婆。出了師門，又幹鏢行，幹鏢行的有同門同派的朋友幫助，又有前輩提拔。……我姓袁的是什麼？我敢說，一個人的光也沒沾著。你想呀，我把名字都改了，連姓都差點換過；舊日的朋情交道，我自己全把它剝光。我從二十七歲起，赤裸裸光杆一個人，幹，幹！……

「我好比重死另脫生；他比我，他也配！我一步一個苦，人家一步一個順。人家一個勁的順心、順手、順氣，自然得意已極，就免不了忘掉人世艱難。我敢說他的功夫練得未必紮實；就紮實，今日也必然早擱下了。你想，他都成了名鏢頭了，他還肯起早晚睡，像我這樣自找罪受，自找苦吃麼。我敢保他現在必不如我。……」說罷，虎目一張，把鐵菸袋狠狠一磕，順手又裝上一袋。

這是飛豹子初入關的豪語，也是實情。但他這實情，只看清一面，就是只看清他自己這一面，他卻不曉得俞劍平那一面。在這三十年來，俞劍平也沒一天放鬆了心，放鬆了手。他幹的是鏢行，乃是刀尖子生涯；固然憑人緣，靠交情，仍然依仗真實本領。在這三十年間，俞劍平也和飛豹子一樣，起早睡晚，時刻苦學、苦練，未敢一日稍休。飛豹子日日教他的門弟子，拿暗器打他自己；俞劍平也日日教他的門弟子打鏢、試劍、操手、比拳。若不然，俞劍平焉能保得住偌大的威名？

飛豹子與俞氏遠隔，一在遼東、一在江南。飛豹子縱然「知己」，未免「不知彼」。士別三日，便當刮目，何況三十年的悠久時光！飛豹子的性情剛強，料事稍疏，於是把俞劍平看低了，於是乎險些沒留退步。

第六二章　振袂馳援

飛豹子到底進了關。入關之後，尋隙之前，他不能不打聽對頭的細情。一天過去，又是一天；他天天聽人誇說俞劍平的武功。一劍、二拳、十二錢鏢，據說都到了爐火純青、登峰造極的地步。飛豹子這才憬然聳動，他說：「這小子原來也很棒，不是浪得虛名啊！」可他又說：「不信這小子一帆風順，竟會沒有養尊處優，把功夫擱下。他的本領竟這麼大！」他一邊說，一邊搖頭。一面不相信，一面又不由他不相信。

飛豹子的謀士又給他密出高招。訪察而又訪察，佈置而又佈置，然後猝然發動劫鏢，一劫二十萬；教俞劍平無論多麼大的人情，無論手眼多麼高，這二十萬官鏢足夠他賠償的！然後把鏢一埋，人一躲，睜大眼睛看著魚兒上鉤；這樣一來，教俞劍平賠不起、尋不著，定可壓到元白；逼得俞劍平只有向袁公面前服輸、討情、求鏢一條路可走。然後，可以為所欲為地擺佈俞大鏢頭。並且，他們一豹三熊也不怕劫帑罪重；他們在寒邊圍稱孤道寡，官軍無奈他何。

他們想，亂子惹得太大了，關內不能存身立足，至不濟一溜，拔腿出關一走。一入寒邊圍，官家尚且瞠目，鏢行又能怎樣？寧古塔將軍、盛京將軍都不能剿辦我一豹三熊，諒你俞三勝拳、劍、鏢三絕技，只可在江南稱雄；若到了遼東，人生地疏，只是送死罷了。一豹三熊打好了退身步，這才開手尋隙、劫鏢、拔旗、留柬，在江北大鬧起來。江北綠林又有人暗做他的居停主人，他們一切佈置都胸有成竹。

但是飛豹子的本意，究竟非為劫財，只為出氣。他們也早知道二十萬鞘銀無法運出關外，他們也不想運走。他們在范公堤劫鏢一得手，立刻退出數十里，按預定計劃把贓銀潛運秘地，掃數埋藏了。他們抽身而退，潛蹤西行，來到這高良澗一帶，等候俞劍平和江南鏢行。他們的本意還是先窘人，後比武；還是要和俞劍平邀期見面，挑簾明鬥；看一看俞某的拳、劍、鏢三絕技到底怎樣？是不是江南武林揄揚過火？

飛豹子的謀士給他出毒招，也可以說是穩招，同時又在飛豹子本人和俞劍平對手明鬥之前，先教同黨嘗招試敵，驗驗俞氏的本領造詣如何？然後飛豹子再親自出頭。如此就站好了穩步，不致冒險了。在鬼門關前，飛豹子的左輔右弼，王、魏二老，果然雙雙出鬥，和俞劍平先後交手。而結果，俞劍平名下無虛，王、魏二老俱皆輸招。二老的武功盡可比得過俞劍平，可惜持久力不行。

飛豹子同黨所定的步驟穩極，在黨友試招之後，更由飛豹子潛伏半途，親和俞劍平試打暗器。於是，鬼門關前攔路邀劫，俞劍平錢鏢七擲，全未打著那個長衫之客；那長衫客就是匿名改裝的飛豹子袁振武。飛豹子至此有了把握，自信俞劍平雖負盛名，自己尚敵得過；自己就不能取勝，也不致落敗。為了小心，仍在竹塘中埋下梅花樁做為退路；他又和俞劍平交了兵刃。俞劍平三絕技一劍、二拳、十二錢鏢，他已嘗試了兩種。他深信自己的鐵菸袋、鐵菩提，足可抵禦俞的劍鏢。所未曾接手的，只剩了比拳；飛豹子越發有了拿手。

然後，飛豹子招集三熊、二老和子母神梭武勝文、雄娘子凌雲燕。他道：「我要和俞劍平定期明鬥了。敵人伎倆不過如此，我起初雖然把他看低，現在一經交手，我僥倖還不至於敗在他手下。諸位朋友，你們多多幫忙。」

鬼門關的兩試，古堡的一攻，鏢客們費了偌大氣力，原來只是「試鬥」，只是飛豹子試敵之兵。鏢客們當然不知道，還怕北三河定期決鬥，飛豹子再有躲閃；俞劍平咬定牙關，要在北三河見個真章。哪知人家飛豹子也要在北三河和鏢客們見個真章！

他們彼此針鋒相對，都相聚在北三河；而且挑明了比鬥，既抱決心，也就用不著掩藏了。一切窺伺、試探、遊鬥，也都用不著。不過子母神梭武勝文卻鬧到欲罷不能的地步，起初一片意氣，把事攬到己身；如今見到江南武林雲集，不禁瞠目失色，自恐無以善其後了。

子母神梭道：「俞劍平的本身伎倆無須再試，可是他邀來的能手，我們也不能疏虞，該要隨時看明才好。」

飛豹子卻以為：「我指名要鬥俞某，他的朋友又該如何？」現在大江南北，盛傳俞氏威名蓋世，南方拳家跟他齊名的固然不少，還沒有聽說有超過他的人。

飛豹子遂問武勝文：「姜羽沖這傢伙，我知道他是銀笛晁翼的徒弟；漢陽郝穎先是郝清的侄子，我也曉得。聽說還有青松道人、無明和尚，當年我在關內時，沒聽說有這兩人。還有三江夜遊神蘇建明，我和他在鬼門關交過手，也不過如此，我倆都從梅花樁掉下來了。只是他年紀很大，還動彈得動，也算難得。還有個霹靂手童冠英，我只聞名，不曾會面，也不知他本事如何。此外還有馬氏雙雄、松江三傑，恐怕虛有其名罷了。我聽我們手下人說，二馬只是一勇之夫，松江三傑這一回在邱家圍子上了我們一個老當，看來也沒有出奇的本領。」

飛豹子和他的朋友連夜商議好，就趕緊地預備，正和鏢行這邊一樣地忙。

光陰箭駛，轉瞬到了赴會的前一日的清晨。北三河竟沒有店房。俞鏢頭在訂約的當晚，密派青年鏢客數人潛赴當地探道，並試往民家借寓。苦於人生地疏，借不出房來，黑鷹程岳和沒影兒魏廉，正在街上蹓躂，無計可施。忽有武宅那個管事叫做賀元昆的，拿著子母神梭武勝文的片子，找到程岳和魏廉，說道：「俞鏢頭不必為難，敝宅宅主早給諸位預借好住處了，就在這邊不遠，是七間房，夠住的麼？」

黑鷹程岳和沒影兒魏廉聽了這話，臉上很不痛快，冷冷說道：「閣下貴姓？我們替俞鏢頭謝謝吧！我們這裡還有熟人，已經把房借好了。」

賀元昆笑道：「在下姓賀，咱們前天不是還見過面麼？二位不見得找好了房吧。剛才還聽見二位在那邊打聽空房哩！」

黑鷹程岳大聲道：「你這位先生，請你費心告訴貴上，我們對不住，不能騷擾武莊主的高鄰貴戚的。」

回顧魏廉道：「武莊主果然勢派不小，人傑地靈！無奈我們不能那麼辦，我們打擾武莊主還許可以，若麻煩到外圈去，可真成了笑話了。」

魏廉笑道：「那一來我們打個噴嚏，飛豹子也知道了。只可惜俞鏢頭老經練達，人並不傻。」說著，眼往四面看了看，並無別人，只賀元昆一個。

賀元昆滿不介意，陪笑道：「二位可是多疑了，敝上給俞鏢頭預備的，乃是七間小獨院。二位先生不要猜疑，您何妨先過去看看房。」

黑鷹程岳道：「對不起，我們不看。」

賀元昆笑道：「敝宅宅主實在因為這裡是小地方，沒有店家；俞鏢頭遠來是客，若沒有住處，那可怎麼赴約？所以連夜打發我來代借寓所。也怕諸位住著不方便，才人上託人，借出這麼一所小獨院來；沒想到二位還有那麼一猜。」

黑鷹程岳忙又滿臉堆歡道：「這倒是閣下過想了。我們是只怕無故打擾生人，心上不安，並且我們情實已經找好了房，用不著再找，剛才我們也只是閑打聽，怕貴宅主和貴宅主的朋友臨時來到這裡，沒有地方住，回頭又鬧改日期、改地方；我們這才稍帶著再多打聽一兩處住所罷了。」

沒影兒也接聲道：「是啊，我們是替你們找房。」

賀元昆大笑道：「諸位倒給我們找房？」

魏廉道：「可不是，我們是替貴宅的貴客飛豹子找房，省得他臨時再託故不露。」

賀元昆道：「這些事恕在下說不上來。既然二位不去看房，那麼我們回頭再見。」長揖告別，轉過別巷走了。

黑鷹程岳大怒，一雙黃眼睛直盯出老遠，方才回頭，對魏廉說：「這小子的意思是怎麼講？故意點我們一下麼？」

魏廉道：「這又和苦水鋪一樣，反正攪惑咱們，教咱們撈不著住處罷了。」

程岳道：「咱們的大批人回頭就來，真個的找不著住處，可怎麼辦？」

魏廉道：「咱們找鐵布衫屠炳烈去，他不是說有地方借麼？並且竇煥如竇鏢頭也給找著呢，想來總可以有法子的。」

兩人在北三河轉了一圈，看當地形勢，竟很荒曠。又重到雙方邀定的地方一看，乃是河岔上一座大廟，前有戲台，本是一個廟集，現時已過了會期。兩人蹓躂著，不時遇見異樣的人。到一小巷，忽遇見小飛狐孟震洋和鐵布衫。問他二人時，居然把房借妥。又問：「借了幾間，可是單院麼？」

屠炳烈道：「自然是小單院，一共七間房，對付著住，總夠了吧？」

沒影兒魏廉、黑鷹程岳一齊詫異道：「什麼，也是七間，在什麼地方？」兩人互相顧盼，不禁後悔；剛才莫如將計就計，跟那姓賀的一同去看房。

魏廉湊近一步道：「屠大哥，這個房主可靠得住麼？跟子母神梭有認識沒有？」遂將剛才賀元昆投刺獻寓的話告訴孟、屠。

屠炳烈道：「這不可能！」

這七間房乃是屠炳烈的密友施松陵給勻出來的；前在苦水鋪，屠炳烈就曾轉託施松陵代探火雲莊的動靜。不過，恰值施松陵事忙，答應下，沒有辦。現在屠炳烈親自登門，施松陵情不可卻，就把一個跨院騰讓出來。

屠炳烈性子直，抱怨魏廉道：「姓賀的一定又是詭計，你們二位當時怎不跟他去看看房，至少也認出他們一個巢穴來。」

沒影兒魏廉搖頭道：「我們只顧跟他們較勁了，又猜疑他們眼見我們打聽不著空房，故意露這一手，奚落我們；可惜沒有轉面想想。」

飛狐孟震洋忙道：「別後悔了，二位答對得很好。你若真說沒有借著房，反而跑到對頭跟前尋宿去，那太丟人了。依我看來，他們也未必準借著房；就借出來，他們那七間也未必跟屠大哥借的七間是一家。他們看見屠大哥借好了房，才故意搗鬼，教咱們自己動疑。」

黑鷹程岳道：「不要理他們就完了。咱們快看看房去，趕緊回去，給大夥送信。」

魏廉道：「對！俞老叔跟大夥今天務必全趕來才好。若不然，又像苦水鋪，教他們得機會戲弄人了。」

當下，鐵布衫屠炳烈、飛狐孟震洋，急將程岳、魏廉引到借寓之處。這七間房是個小跨院，跟宅主另走一門，倒也方便，只稍嫌人多房少。屠炳烈道：「若是不夠住，還可以再找房東，把前院勻出三間。」

程、魏齊道：「夠了，夠了，這就很夠交情；再說天熱了，怎麼都可以將就。」

借寓所、勘會場的事辦妥；寶應縣義成鏢局的竇煥如鏢頭帶著兩個鏢客，也已來到北三河。彼此尋蹤相見，立刻往回走，給俞劍平送信。

俞劍平、胡孟剛、智囊姜羽沖、霹靂手童冠英、三江夜遊神蘇建明師徒、松江三傑、馬氏雙雄、漢陽郝穎先武師、阜寧白彥倫店主、九頭獅子殷懷亮、奎金牛金文穆、蛇焰箭岳俊超、青松道人、無明和尚，這些成名的英雄；單臂朱大椿、黃元禮叔侄、金弓聶秉常、梁孚生、石如璋、路明、楚占熊、歐聯奎、鐵矛周季龍，這些有名的鏢客；還有振通鏢師雙鞭宋海鵬、單拐戴永清、追風蔡正、紫金剛陳振邦；還有少年壯士阮佩韋、李尚桐、時光庭、葉良棟、孟廣洪，以及俞門弟子左夢雲、童門弟子郭壽彭；大批的武林拳師如潮湧，或騎或步，齊赴北三河。

各路卡子上的人，霍紹孟、少林僧靜因等，凡可抽調的，也都一個一個搶先奔北三河，都想會會這個遼東大豪飛豹子。金槍沈明誼匆匆地翻回去，催請俞夫人丁雲秀快快趕來，不必再投火雲莊，徑可直奔北三河；好與俞劍平夫妻兩個，會見那當年怒出師門的師兄，今日強劫二十萬鹽鏢的巨盜飛豹子快馬袁。

到了雙雄會見的前一夕，北三河臨河的這家民宅，頓然聚集了江南許多鏢客、拳師。天氣很熱，滿院扇子晃來晃去，小小七間房幾乎容納不下。那天初次宴見，已由智囊姜羽沖、竇煥如、童冠英等，與子母神梭武勝文那邊的人說好一切。現在俞劍平等來到，那子母神梭又遣人來，登門投帖送了許多西瓜鮮果，無形中是來促駕。十二金錢俞劍平收下禮物，取出一張名帖來，說道：「我也不答拜了，替我敬謝貴上，明天我們準時到場，彼此全不要誤了。」

智囊姜羽沖調動群雄圍著小院小巷，安下幾個少年壯士，以防敵人萬一再來打攪。但現在飛豹子要親自上場，像這些遣人誘敵的舉動早已不做了。現在他們倒防備鏢客，怕他們暗與官府通氣。因此，在鏢客住處的附近，的確有人探望。鏢客也派出人來，到各處巡視；彼此相逢，互瞥一眼，互相退藏。

到了下晚，俞劍平和胡孟剛一面預備明日的事，一面盼望著急。忽然，從外面跑進巡風鏢客來，說是前途來了兩乘轎，幾匹馬，好像是俞夫人來了。胡孟剛忙說：「快迎接去！」

霹靂手童冠英拉著俞鏢頭說道：「可盼來了，怎麼樣，賢弟還不快接娘子去？」鏢客晚輩居多，全要出去迎接；俞劍平忙緊走了數步，攔住這些少年道：「諸位這是做什麼？出去這些人，像接官差似的，教外邊人看到眼裡，太不好了。」

姜羽沖道：「這話很對，咱們不要太露出形跡來。」

俞劍平遂只命大弟子程岳、二弟子左夢雲趕快迎上去，「省得教你師母挨門打聽，引人注意。」程、左應聲，立即出去。

俞、胡、姜等在屋中等候；霹靂手童冠英只於十七八年前和丁雲秀會過一面。那三江夜遊神蘇建明，機緣不巧，始終沒見過這位助夫創業的女英雄。其餘別人也極想曉得俞夫人怎樣訪獲豹蹤，忍不住全跑到院心來，幾乎像站崗排班。俞鏢頭笑著皺眉，也沒法子阻攔。智囊姜羽沖和鐵牌手胡孟剛只得替俞劍平說話，請在場群雄各安就位，別教俞夫人乍進來受窘。

不一刻，程岳、左夢雲把兩乘小轎和四匹馬引到門前。頭一匹黑馬，馬上是一個三十幾歲的男子，氣度灑脫，白面無鬚，看著很眼生，又像個儒者。來到門前，甩鐙下馬，往旁一站；穿長衫，戴草帽，抽出一柄摺扇，徐徐搧著。旁邊一匹斑馬，是一個少年壯士騎者；乃是俞門五弟子，名叫石璞，今年才二十一歲。前為回籍完婚，從海州北返關外；本說半年後方回轉雲台，現竟提早兩月回來。此刻他騎著馬，背著包，一到門口下馬，忙向儒生拱手請進；自己趨至師母轎後，解下幾個包來。

又一個騎馬的人，還帶著馬夫，就是那個武官蕭老爺，官印國英，原任守備，記名遊擊；先前是太極丁門下的小弟子，俞劍平的同門師弟。他在師門原名振傑，當時屬他最幼；現下早已年逾不惑了，並且也發了福，少時呆相絲毫沒有了。只見他當門下馬，甩鐙離鞍，抬頭一看道：「是這裡麼？」腳一著地，顯得身材魁梧，比俞鏢頭高半頭；留著掩口鬍鬚，穿著武職便服，目如朗星，面黑透亮，說話響如洪鐘。程岳剛剛迎出來，忙請安應道：「是這裡，師叔。」

蕭守備早一回手，將馬韁交給馬弁，也向儒生讓了讓，他自己一退步，忙去攙扶坐轎的人下轎。

這頭一個坐轎的人，大家都以為是俞夫人丁雲秀，哪知轎簾一挑，乃是一個病夫模樣的老頭兒。身材比蕭守備矮得多，比俞鏢頭也差一二寸；瘦頰疏眉，鬚眉蒼然，眼眶深陷，病容宛然；並且一隻腿很不得力。蕭守備俯著身子，伸手攙他，他到底不用蕭守備接駕，容得扶手板一撤，便一步邁下轎來；武功是很有的，人雖頹老，雙眸炯炯，偶然一睜，依然吐露出壯士英光。只聽他用很尖銳的嗓音笑道：「九弟，你不要看不起我呀！我是病，不是弱。」這個病夫實已失容，教人乍見，幾乎難以相認。

這人也是丁門弟子、俞鏢頭的五師弟，名字叫胡振業。在當年，丁門群徒共有九人，其中頂數飛豹子和俞劍平這兩位高足武功深造；其次便是胡振業，略堪匹敵。到後來胡振業武功精進，與袁、俞儼然成了鼎足之勢。不幸他狠鬥罹疾，身受病磨，幾致不起，終致落了殘疾。現在驟看外表，好像五十多歲的人，比俞劍平還年長，實則剛剛四十八歲。

胡振業便笑著，眼望著門，衝那儒生說道：「請啦，黃先生！」一瘸一拐，邁上台階。師弟蕭守備、師侄程岳，憐他腳步不穩，慌忙一邊一個，過來扶著他；他甩著手，走得更快。卻又催那儒生說：「走走，別客氣，咱們先進去。」且說且回頭道：「師姐，我們先進去了。」於是胡、蕭二友陪著那個儒生一同走進院去。

那另外一乘轎，此刻轎簾一挑，扶板一撤，俞夫人丁雲秀低頭走下轎來，平身往巷口左右微微一看，然後回眸望到門口。

門裡外有許多鏢客和拳師的腦袋，少年人多，老年人少；都側著身子，歪著脖子，偷看俞夫人。

俞夫人微微一笑：「這些淘氣的小孩子們！」不禁回看他們一眼，他們全把頭一歪，退藏不迭；俞夫人不禁又想起當年的事來了。因她身精拳技，助夫創業求名，人們都拿她當稀罕看。

在她年輕時，幾乎動一動便被人驚奇指目；直等到鏢局創成，鏢道創開，用不著伉儷聯鏢並騎了，她方才退處閨中。屈指算來，將近二十年，不遇此景象了；不意今天又年光倒流，重遇見這些好事的頭、詫異的眼了；想著可笑，又復可慨。那二弟子左夢雲站在身旁，還要攙扶師母。師母不用人攙，自己下轎，曳長裙，很快地邁出轎竿，健步如飛，上了台階。

沒影兒魏廉側身迎上來，請安問好：「大嬸您好，您身子骨硬朗！我給您打發這轎去。」

俞夫人道：「哦，介青老侄，你也出來了。」

魏廉陪笑道：「大嬸，您不知道麼？我陪著大叔，也跑了一個多月了。您瞧這怎麼說的，把大嬸也勞動出來了。」

俞夫人笑道：「我有什麼法子呢？你或許不知道吧，這劫鏢的竟不是外人，乃是我們從前的一位師兄，跟你大叔有碴。我一聽這個，才很著急，我不能不出來了。這位袁師兄武功硬極了，只怕你大叔敵不過他。依我想，硬討不如情求！我這幾天淨忙著託人呢。」又道：「這轎子先不用打發，教他們連牲口帶轎，全弄到院裡來吧！可是的，院子容得下不？」

魏廉道：「房東有車門，交給我辦吧！」

說話時，九股煙喬茂一湊兩湊，湊到旁邊，忽然聽出便宜來；忙一溜上前，也請了一個安。跟著又打躬又打揖道：「俞大嫂，您老好，咱們老沒見了！」

俞夫人愕然，忙側身還禮，把喬九煙一看，並不認識。喬九煙面衝魏廉一齜牙，回頭很恭敬地對俞夫人說道：「大嫂不認得我麼？小弟我姓喬……」

正要報名，沒影兒魏廉登時發怒，惡狠狠盯了喬茂一眼，大聲接道：「大嬸，您會不認得人家麼？人家乃是鼎鼎有名的九股煙喬茂，喬九爺，還有一個漂亮外號，叫做『瞧不見』。九股煙瞧不見喬爺，乃是很有名的人物。他總跟俞大叔套近乎，論哥們；可惜俞大叔不敢當，總管他叫喬九爺。」

俞夫人丁雲秀察言觀色，連忙說道：「原來是喬九爺，久仰久仰！」笑對魏廉道：「介青老侄，你快給我安置轎夫和馬匹去吧。」

魏廉這才冷笑著出去，又盯了喬茂一眼。

喬茂一溜閃開，旁人相顧偷笑。左夢雲恐師母誤會，忙解說道：「這位喬師傅和魏大哥總逗嘴，喬師傅一攀大輩，魏大哥就抖露出他的外號；喬師傅的外號是不喜歡人家叫的。」

俞夫人只微微一笑，她其實早已聽出來了。

她舉步進院，霹靂手童冠英從旁迎上來，大聲叫道：「大嫂才來麼？俞大哥從前天就等急了。」

丁雲秀抬頭一看，也不認識，但仍很大方地斂衽行禮。童冠英打量丁雲秀娘子，徐娘半老，精神猶旺；看外表像個三十八九歲的中年婦人，其實她四十九歲了。個兒矮、身不胖、肩圓、腰細，眉彎、鼻直、瓜子臉依然白潔，不過稍帶淡黃；一雙眸子照舊清澈如水；嘴唇很小，已不很紅潤了，額上橫紋刻劃出年紀。美人遲暮，正與俞劍平這耆齡壯士湊成一對。走起路來腳步很輕快，卻是氣度很沉穆，於和藹可親中流露嚴肅，儼然大家主婦。

童冠英心說：「名不虛傳！」回眸看了看俞劍平一眼，就微微發笑：「這真是天造地設的一對！」

只見丁雲秀眼光把全院老少群雄一掃，坦然說了幾句「承幫忙，承受累」的話。胡孟剛、馬氏雙雄、姜羽沖等比較熟識的人搶先迎接、施禮、打招呼，有的叫俞大嫂，有的叫俞奶奶，旁邊青年夾雜著叫孀母。

丁雲秀逐個還禮，單對胡孟剛說道：「二爺，我們真對不起您！您也聽說了吧，這劫鏢的還是我們一位師兄呢。教二爺跟著為這大難，我們無論如何，也得想法子給二爺討出鏢來。」又很鄭重地說：「您放心，現在我們有辦法了。」

胡孟剛忙道：「大嫂別這麼說，這是我們大家的事！大嫂請屋裡坐吧。」俞夫人又和姜羽沖、馬氏雙雄說了幾句話，由二弟子左夢雲引進上房。房狹人眾，滿屋都是人了。丁雲秀極想和俞劍平說話，一時竟顧不得。在座這些老一輩的鏢客、拳師，多一半她都認得，應酬話占了很大工夫。那一邊，俞劍平鏢頭忙著接待多年未見的兩個師弟和那個面生的儒生。

俞劍平待承朋友的本領，令他的老朋友都很欽佩。世故和熱忱，被他調和得那麼好，既懇切又自然。蕭守備陪同中年儒生和病漢胡振業聯翩進院。蕭守備就大聲叫道：「俞三哥，小弟我來了！」

俞劍平從屋中走出來，降階而迎；向三客一拱手，竟搶一步，先抓著跛漢胡振業的手，一捧一提道：「哎呀，五弟，你教我都不認識了！」

胡振業淒涼地一笑，叫道：「三哥！」向四面一望，一彎腰，且拜且說：「三哥，你還這麼壯實；我完了，死半截的人了。」

俞劍平急忙把他扶住，緊緊握住雙手，搖了搖，說道：「五弟，你你你怎麼……咱們哥們又見面了。我聽說你大病了一場，痊癒了麼？你還大遠地來一趟！」輕輕拍著胡振業的肩膀，側臉來看蕭國英守備，大聲說：「九弟，你哥倆一塊來了，呵！你真發福了……喂，別行禮，咱們老弟兄，不要來這個。」

俞劍平把手一鬆，過來又把蕭守備攙住。然後，面向儒生陪笑道：「您別見笑，我們老弟兄，好多好多年沒見了。」這才向生客作揖，又問蕭守備：「這一位尊姓？同你一塊來的麼？給我引見引見。」

跛子胡振業笑道：「三哥猜錯了，這一位和九弟也是初會。這一位姓黃，是我邀出來給三哥三嫂幫忙的。」

俞劍平道：「哦，承顧承顧！」忙又對生客致意。胡振業代為引見道：「黃先生，這一位就是名馳江南的十二金錢俞三勝俞劍平，我們的掌門三師兄。」

俞劍平立即通名道：「小弟俞劍平。五弟，你怎麼和我開玩笑？黃仁兄台甫？」

儒生道：「小弟黃烈文，久仰俞鏢頭的威名，今天幸會！」

俞劍平道：「過獎，慚愧！」回身來，對蕭國英守備道：「老弟，你做官了，怎麼這麼閑在？」且說且讓，一齊進了上房落座，獻茶。

俞門五弟子石璞，放下小包，搶著過來給師父行禮。俞劍平忙亂著；只點了點頭，道：「你回來了，你父親可好？」

石璞答了一句：「托你老的福！」別的話也顧不得說。馬氏雙雄卻知石璞是遼東人，他父親白馬神槍石谷風也是武林名士，遂一招手，把石璞叫到一邊，低聲盤問他話。

新來三客和在座群雄互通姓名，各道寒暄，亂過很大工夫。因為明早就是會期，有許多事今晚要辦，三江夜遊神蘇建明老拳師用開玩笑的口吻道：「咱們都往外面坐坐吧。人家賢伉儷、貴同門，遠來相會，有許多話要講；我們這些人像蝨子似的夾在裡面，人多天熱，騰讓騰讓吧。」

眾人笑著，周旋甫畢，漸漸往外撤。上房除了新來的人，只留下俞、胡、姜和馬氏雙雄；二馬在江寧開鏢店，和俞氏夫婦最熟。老拳師蘇建明頭一個出去又被請回來。上房議事的人，還是那些年高有德的前輩英雄。霹靂手童冠英、九頭獅子殷懷亮、奎金牛金文穆、竇煥如鏢頭等都在座。青松道人與無明和尚，因俞夫人來到，自以出家人不便，悄悄退出去了。蛇焰箭岳俊超年紀輕，輩分長，也被請來。一切還是智囊姜羽沖調度。

俞劍平同兩位師弟說了些舊話，跟著和這位生客黃烈文款敘新交。俞夫人丁雲秀只和胡、姜對談，直到這時還沒得與丈夫說話。鐵牌手胡孟剛忍不住開口引頭道：「大嫂，我們沈明誼沈師傅，迎你老去了，不知見著你老沒有？」

俞夫人欠身道：「見著了，沈師傅忙著給別的卡子上送信，不然就一同來了。」

胡孟剛道：「聽我們沈明誼鏢師說，大嫂已經訪出飛豹子的詳細底細？我們這邊也探出不少頭緒來，我們明天就跟他會面。可是的，這飛豹子既和俞大哥同門，從前到底結過什麼樑子？此人武功究竟怎麼樣？他手底下的黨羽都是些什麼人物？現在蕭老爺和胡五爺一同駕臨；二位既和飛豹子是當年同學，飛豹子的一切，想必很有所聞。咱們趕快講一講明天該怎麼辦，現在也好定規了。」

俞夫人咳了一聲道：「可不是麼，這真得趕快定規了，明天就得見面。……若說起怎麼結的樑子，話就很遠了；可是當初情實不怨俞劍平，完全是師門中為情勢所迫，擠出來的一樁變故。這裡面內情，我們胡五弟、蕭九弟知道得最清楚。」

說時，眼光往俞鏢頭那邊看，俞鏢頭和兩個師弟談著，也正看這邊。俞夫人丁雲秀就一欠身，遙問道：「我說劍平，你到底跟袁師兄見過面了沒有？」

俞劍平道：「這個，總算是見過面了。」

俞夫人道：「是昨天在這裡麼？」

俞劍平道：「不是，還是在苦水鋪、鬼門關，六天前我和他對了面。他自然假裝生臉，我也沒有認出是他來。」

俞夫人道：「怎麼，他的模樣很好認，你竟一點也沒有辨出來麼？」

俞劍平道：「我當時怎會想到是他？況且又在夜間，他居心掩飾著，一見面就動起手來。」

俞夫人大驚道：「你們竟交了手麼？」

俞劍平道：「他派一個生人，假冒著他的名字，伺機投刺，邀我在鬼門關相會。可是他半夜裡埋伏在半路上等著我；剛一露面，就亂投起暗器來了。」

俞夫人道：「他先打的你，還是你先打的他？」

俞劍平看著兩位師弟，臉上帶出不安來，道：「我並不曉得是他親到。他在半途伏弩傷人，我只好發出錢鏢來卻敵護友。」

俞夫人搖了搖頭，胡振業和蕭國英守備一齊聳動道：「原來三哥跟袁師兄招呼起來了。」俞劍平點頭不語。

姜羽沖、胡孟剛道：「你們諸位不明白當時的情形，這飛豹子約定在鬼門關相會，他卻率領多人在半途邀劫；彼時是敵暗我明，敵眾我寡。他的用心就不是暗算，也是志在試敵。我們俞大哥猝不及防，自然要發暗器把敵人的埋伏打退的。那時還虧著蛇焰箭岳俊超岳賢弟，發出他的火箭，才把敵人的動靜，全都照出來。飛豹子的舉動，那一次實在不大光明。」

胡振業對那儒生黃烈文說道：「你聽聽，我們這位袁師兄，夠多麼霸道！……

三哥，你到底把他打退了沒有？」

俞鏢頭登時眉峰緊皺道：「我連發七支鏢，全被一個戴大草帽的長衫客接取了去；後來我們斷定這長衫客就是飛豹子，也就是袁師兄。姜五哥猜得很對，袁師兄伏路邀劫，實在是要考較我，所以當時一攻就退了。」

俞夫人眉尖緊蹙道：「你們總算是過招了，他的武技究竟如何？你們只過暗器，沒有動兵刃麼？」

俞劍平道：「後來追到鬼門關，袁師兄竟在葦塘中巧設梅花樁。我和蘇建明老哥、朱大椿賢弟全都追上去。袁師兄使的是鐵管菸袋，跟我在樁上只對了幾招，就急速走了。後來我們跟蹤攻堡，又撲了一空，他的確是安心試技；只怕明天赴約，要動真的了。」

俞夫人道：「聽他的口氣，到底為什麼劫鏢？是為從前的碴，還是為了別的？或是受了別人的鼓動？」

姜羽沖、胡孟剛一齊代答道：「這飛豹子明著暗著，說來說去，只是要會會十二金錢的拳、劍、鏢三絕技，到底在江南為什麼得這大名；好像純為爭名才起釁的，不曉得他是否還有別故？」

俞劍平道：「唉，我料他必有別故，只是口頭上不肯承認罷了。可是的，你問我半晌，究竟你訪出什麼來了？可知道他找尋我的真意麼？」又問胡振業、蕭國英道：「二位師弟邀著黃先生，遠來急難，我想一定有替我們排難解紛的妙法。我和袁師兄定規明天挾技相見，不過那只是拿他當一個爭名尋鬥、素不相識的武林看待；現在既知他是當年的師兄，這情況又當別論了。」又轉臉望著俞夫人說：「你看該怎麼辦呢？」

俞夫人丁雲秀道：「咳，你不該跟他動手！……真想不到你們會過了招，到底他的功夫怎麼樣？他自然是改了門戶，可看出他是哪一宗派麼？」

俞劍平道：「他和我只一交手，便抽身走了；只憑那幾下，實在驗不出他的真實本領到底怎樣。他的技功又很博雜，一時也不易看出宗派來。你總曉得：到他那年紀，必已達到化境了。他如今用的傢伙，也不是劍了。他改用外門兵刃，是二尺五寸長的一支鐵菸袋桿。」

俞夫人道：「這個我比你還先知道的呢！」

俞劍平道：「哦！他接暗器、發暗器的本領卻不可忽視，比當年太強了。他的暗器是鐵菩提子，也能在夜間打人穴道，不知他從哪裡得來的這種絕技。他接暗器的手法很準，我的七支錢鏢都被他接了。他自然不是用手接的，黑影中看不很清，大概他是用那支大菸袋鍋扣接的。」

俞鏢頭把這當年的師兄現在的武功，向俞夫人約略述罷；跟著又說：「那一次他確是試驗我，沒把真的拿出來。當然了，他一定是來者不善，善者不來；但是我看那份意思，我自料還不致於抵擋不住他。你無須乎掛心，我們明天跟他對付著看。他的幫手是否還有能人，我就不曉得了。」

大家講究著這個飛豹子，不覺全站起來，湊到堂屋。俞劍平又道：「我們在這裡費了很大的事，僅只探出他的外號，後來又探出他現在的名字叫做袁承烈，不是綠林，是遼東開牧場的。我就越發納悶了，我萬沒想到他就是咱們的袁師兄，更沒想到咱們的師兄會幹起劫鏢的勾當來。」說到這裡，開始詢問俞夫人丁雲秀：「你到底從哪裡得著他的底細？」

第六三章　無心窺豹

俞夫人丁雲秀喟歎一聲，這才細述原委道：「這真是想不到的事情！你們在外面鬧得這麼熱鬧，我在家裡，起初是一點什麼也不曉得。也不曉得你們東撲西奔，著這麼大急，連劫鏢主兒的真姓名和真來歷也沒訪明。還是半個月頭裡，唉，也許有二十多天了吧，家裡忽然鬧起賊來。黑更半夜，賊人公然進了箭園，弄得叮噹亂響，我這才有點動疑。我想，咱們家裡萬不會鬧賊……」

霹靂手童冠英就笑道：「賢伉儷以武技成名，居然有賊光顧，真個吃了豹子膽了，恐怕比令師兄飛豹子還膽大！」

丁雲秀聽出他是譏誚，遂莞爾笑道：「倒不是那話。一來，我們那地方很僻；二來，跳進箭園的夜行人動靜很大，分明不像小偷。我就恐怕是仇家，便急忙起來，把那夜行人追跑了。我怕中了調虎離山計，教仇人放了火，所以只追出村口，立刻折回。驗看院裡，才發現客廳門口，插著一把短劍，掛著一串銅錢、一支菸袋和一封柬帖。我就曉得要惹出大麻煩了。這分明是綠林人物插刀留柬，故意來挑釁。並且我琢磨著，這多半跟你們尋鏢的事有關。第二天一清早，就寫好信，把那柬帖派人送到海州，煩他們給你寄來，你可見到了沒有？」

俞劍平道：「不就是那張畫兒麼，我早見到了。我們這裡也接到了一張，海州胡二弟鏢局也接到了一張。」

胡孟剛道：「不是畫著十二金錢落地，插翅豹子側首旁睨，另外還題著一首詩的麼？」

俞夫人道：「正是，原來你們這裡也收到了。我居然沒猜錯，真是和劫鏢有關了。」

胡振業、蕭國英一齊問道：「這畫兒我還沒見到呢！那首詩說的是什麼？」

姜羽沖道：「回頭我找給你二位看。」

竇煥如鏢頭道：「詩是二十個字，我們這裡寄到的是什麼『書寄金錢客，速來寶應湖；鹽鏢二十萬，憑劍問有無。』」

胡孟剛面對新來三客道：「就是這辭，一共三張，畫全一樣，詞句變了。另一張是『速來大縱湖，憑拳問有無。』海州接的那張是『速來洪澤湖，憑鏢問有無。』列出三個湖名，指名要會俞大哥的拳、劍、鏢三絕技。」

胡、蕭二友嘖嘖議論道：「這可有點惡作劇了！袁師兄脾氣剛直，不會弄這些把戲的，恐怕他身邊必有狡詐的夥伴幫他搗鬼。」

俞夫人道：「那是難免的了，二弟且聽我說，劍平等著聽咱們訪的底細呢。」

俞夫人遂又接著道：「我也是一看這畫，曉得有人要尋你作對，可是我還不知道對頭是誰？跟著……」

她一指側立在座頭的俞門五弟子石璞道：「是這孩子新婚之後，從他們遼東故鄉訪得消息。他的父親白馬神槍石谷風石老先生，在他們老家聽武林人傳言，有一位在寒邊圍開牧場的快馬袁，很不佩服江南俞門三絕技。聽說他跟人打賭，要邀找姓俞的。跟著又聽人說，遼東武林有好多位成名的人物和寒邊圍的快馬袁，搭伴邀鬥，已經走了不少日子了。

「石璞這孩子回家娶妻，他父親石谷風就說：『你師父最近被人找上門沒有？』這孩子說：『沒有。』也就擱過去了；只當是江湖風傳，也許不是事實。誰知上月又翻騰起來，他們那裡傳說快馬袁已經到了江南，新近派人回來邀請助手，遼東沙金鵬已經秘密地率徒從海道南下了。白馬神槍石谷風這才著急，趕忙打發石璞這孩子回來給你報警送信。石老先生只琢磨這快馬袁乃是長白山的一位大豪，他就是爭名鬥技；再鬧大點，也無非擺擂台，廣邀能手，必求一勝罷了。再沒想到快馬袁竟走綠林的路子，率眾攔路，公然劫鏢！

「這孩子一到家，就問我：『師父跟姓袁的比武去了麼？』我當時反覆一琢磨，覺得劫鏢的人必是快馬袁。可是他只為爭名，闖這大禍，未免小題大作，他難道不怕王法麼？石璞這孩子告訴我：『師娘不知道這快馬袁的聲勢，他在寒邊圍，承繼岳父快馬韓的基業，在長白山一帶，儼然是個土王，連盛京將軍都惹不起他。他劫奪官帑，惹的禍再大，可是他只要率眾逃出榆關，人們就沒法拿他了。他在寒邊圍召集亡命之徒，掘金、刨參、牧馬。在他界內稱孤道寡，生殺予奪，完全任意，我們不能拿關裡的情形看他。』」

俞夫人一口氣說到這裡，眾人聽了，齊看那俞門五弟子石璞；把這新婚的二十一歲少年看得面色發紅，有點害臊。俞鏢頭因向石璞問道：「你父親是這麼說麼？他現在哪裡？他不能進關幫幫我的忙麼？」

石璞忙肅立回答道：「我父親在家呢，他老是這麼告訴我的，教我趕緊告訴你老多多防備。哪知我一回來，這裡早鬧出事來了。我父親也沒想到飛豹子快馬袁竟敢劫奪這二十萬的官帑。他老本來也要進關，看望你老來；無奈他老現在也正有一件麻煩事，一時離不開身。只教我給你老請安，向你老道歉；等著把事撕捋清楚了，他老也許趕來。」

俞劍平道：「我和你父親十多年未見了，他還很壯實？可是的，他也知道這快馬袁就是我師兄麼？」

石璞道：「這個他老可不知道，只知快馬袁要找你老比武罷了。連弟子也都想不到這快馬袁會是我們的師伯，還是師娘告訴我，我才曉得。」

俞鏢頭又問俞夫人道：「你又怎麼猜出來的呢？莫非從他的姓上推測出來的麼？」

俞夫人微微一笑道：「我哪有那麼大的能耐，豈不成了未卜先知了。」用手一指蕭國英、胡振業二位師弟道：「這還是咱們這兩位師弟，一個無心探明，一個據理猜詳，才斷定劫鏢的飛豹子就是快馬袁，快馬袁就是袁師兄。總而言之，是趕巧了，一步步推出來的。」

俞鏢頭和在座群雄，齊看胡、蕭二友。鐵牌手胡孟剛對明天踐約的事，心裡著急，就搶著問胡振業道：「宗兄，是你猜出來的，還是蕭老爺猜出來的？」

胡振業一條腿不得力，眾人說著話，不覺立起，獨他還是坐著，這時就扶著椅背，站起來說：「訪是我訪著的，猜還是我們蕭師弟猜出來的。我現在不但手底下不成，心思也不給使喚了。我本來早就曉得袁師兄進關了。我們蕭師弟大遠地看望我來，告訴我江北新近出了一個大盜，劫了我們俞三哥的鏢，還拔走鏢旗。饒這麼說，我竟沒有往一塊聯想……」

他沒頭沒腦說了這麼幾句，眾人全聽不明白。他唉了一聲，連忙解釋道：「是這麼一回事，蕭師弟沒看我去以前，我恰巧聽我們黃先生說……」

說著一指儒生黃烈文道：「黃先生聽咱們六師弟馬振倫說，咱們早先那個二師兄袁振武，他沒有死，現在又出世了，眼下在遼東大闊起來。據說他好幾十年沒有進關裡，他總在關外混。哦，說他新近才進關，還帶了許多朋友，還直打聽我們俞三哥。黃先生把這話告訴咱們八師弟謝振宗，謝振宗又告訴了我。你看，這麼著兩下裡一對，不就猜出來了麼？」手扣住腦門子道：「他娘的，偏偏我就琢磨不出來，我真個成了廢物了！」

胡振業的江湖氣很重，說話也很亂。東一句，西一句，有點張口結舌，開言忘語的毛病。他這場病害得很重了。

蕭守備笑著說道：「五哥坐下說話吧。我看你越著急，越說不出話來。還是請三嫂子講，比較清楚些。」

眾人道：「對，由一個人講最好。」

俞劍平笑道：「怎麼非得內人說不可呢？九弟，你告訴我吧。天不早了，趕緊說說，還得想辦法呢。」

蕭守備捫著鬍鬚，把這事從頭說起。這件事果然是由蕭守備猜測出來的。蕭國英守備在山東濱海之區靈山衛做官，最近剿海賊有功，擢升都司，加記名遊擊，調住江南，並給假三月。這時豹頭大盜劫鏢拔旗之事已然喧傳各地，蕭守備在官場已經聽說。他姑念當年的師兄師姊，決趁就職之便，繞道往訪雲台山，慰問此事。

蕭守備和俞鏢頭交誼很深，當年在文登縣太極丁門下習武，他排行第九，年齒最幼。他的武功就是掌門三師兄和師姊丁雲秀教的。俞劍平昔在師門，名叫俞振綱，字建平；後在武林創業，始以字行。又因他的太極劍馳名當代，人家順口都管他叫俞劍平。他就索性改用「劍平」二字為名。

蕭守備把官事交代清楚，要坐海船過海州，訪雲台，再轉道赴任。還沒有登程，忽聞人言，當年的五師兄胡振業死裡逃生，身得重病；病治好了，終落殘疾，現在山東十字路集住閑。聽說生活很苦。蕭守備一聽這話，回想舊誼，不勝慨然。他本來和俞劍平、丁雲秀夫婦最好。丁雲秀是老師的女兒，照應他和老姊姊一樣，現在又是他的師嫂。

其次同學，便是胡振業、馮振國跟他莫逆。他立即改走旱路，到了十字路集，訪著胡振業，帶去不少禮物，還有現錢。胡振業大病初起，手頭十分拮据，好像當年豪氣也銷磨垂盡。一見蕭守備，已非當日小傻子的模樣了；滿面紅光，人很發福，也長了見識，顯得極精幹，極魁偉。胡振業不禁長歎道：「九弟闊了！難為你還惦記著窮師兄。承你遠道看我，我就感激不盡，你還送這些東西來做什麼？」

兩人很親熱地敘舊。胡振業身為病磨，孤陋寡聞，外面的事情，他近來一點也不曉得。連俞劍平停辦鏢局、退隱雲台的話，他也是剛聽人說。面對蕭守備，發著牢騷道：「我是倒了運的人，想不到這些老朋友、舊同學，都沒有忘了我。這兩月也怪，好像是『宜會親友』的日子。你知道謝振宗謝八弟麼？他新近也來看望我了。還有馬振倫馬六弟，聽說也混得不錯。總而言之，倒運走背字的只有我。」

蕭守備道：「謝師兄現在做什麼事情了？」

胡振業道：「謝八弟的操業，告訴不得你，你現在做官了。可是話又說回來，別看謝老八耍胳膊根，究竟混整了，總比我強。他上月看望我來，也問到你了，他還向我打聽咱們掌門師兄來著。問俞師兄還幹鏢行不幹？外傳他已經歇馬，可是真的麼？」

蕭守備道：「是真的，俞師兄目下退隱雲台山了，離你這裡也不算遠，怎麼五哥不知道麼？」

胡振業道：「唉，不知道；就知道，我也懶怠去見他。你看我混得這樣，我誰也懶怠見了。」

蕭守備道：「五哥振起精神來，何必這麼委靡？這回小弟赴任，先到五哥這裡，回頭我就到海州去看看掌門師兄和丁師姊。要不然，五哥，你我一同去吧。」

胡振業搖搖頭，看著他那條腿說道：「你替我致意吧。你告訴俞三哥和丁師姊，就說胡老五混砸了，如今只剩一條腿了！」

胡振業只是這麼灰心喪氣的談了一陣，留蕭守備吃飯，並預備宿處。掌燈聯榻，又說起舊話。胡振業道：「九弟，你可知道咱們那位二師兄袁振武和四師兄石振英麼？」

這兩個老同學頓然憶起當年師門的九友來。大師兄姜振齊被罪見逐，早已不聞聲息，恐怕今已下世。其次是負氣出走的二師兄袁振武和四師兄石振英。袁振武為廢立一事，懷怒北歸。石振英是和袁振武嘔氣，先一步走的。事隔多年，久不見二人的蹤影了。

蕭振傑道：「石師兄改入武當門，我聽人說過。袁二師兄聽說死了。那傢伙脾氣剛暴，以大壓小，說話就瞪眼。我和他頂說不上來。聽說他在故鄉有一個仇人，仇人打死他家裡什麼人，他刺死了仇人，仇人同黨又把他打死了。可惜他一身好功夫，落了這麼一個結局！你還記得吧，老師總說他脾氣不好，到底落在師父那句話上了。」

胡振業聽罷，連連搖頭說：「不對！不對！我早先也聽人這麼說，敢情那是謠言。袁老二沒有死，新近又出世了！」

蕭振傑道：「唔，你聽誰說的？恐怕不確吧。」

胡振業道：「千真萬確，一點不假，是我聽謝振宗親口對我說的。謝振宗謝八弟是聽黃烈文黃先生說的，黃先生又是聽馬振倫馬六弟說的。」

蕭振傑笑道：「這麼輾轉傳說，恐怕又靠不住了。」

胡振業道：「靠得住之至。謝振宗謝老八告訴我，馬振倫親眼看見袁老二了。」

蕭振傑道：「是麼，什麼時候看見的？在什麼地方？」

胡振業道：「這個，可以算得出來。謝老八是在兩個月前跟我見的面，他見馬老六又在兩三個月前。嗯，這大概是四五個月以前的事了。至於見面的地方，我可是忘記問了。……謝老八對我說，袁師兄沒在直隸老家混，他一直跑到關外去了。謝老八還說：『袁老二打死仇人的話並不假，不過仇人沒有打死他。他報了仇之後，就變姓名出關，關外有名的寒邊圍快馬韓，原來就是他的化名。』」

蕭守備微微一笑道：「那就不對碴了。寒邊圍的快馬韓擁有許多金場、參場、牧場，在長白山稱孤道寡，將近四五十年了，怎麼會是袁師兄？袁師兄今年就活著，也不過六十歲；五哥你算算……」

胡振業也笑道：「你到底比我強，怨不得你做官！當時謝八弟對我這麼說，我一點也沒理會。你可是一聽就聽出稜縫來了。謝八弟那天告訴我，寒邊圍有老快馬韓，有小快馬韓；有真快馬韓，有假快馬韓。袁師兄是小快馬韓，他頂著老快馬韓的名字在關外混。真是像你說的，他管著好些參場、金場、牧場，在柳條邊稱孤道寡，儼然是個土皇上。不知怎的，他突然進關，跟馬振倫……哦，對了，他是在馬振倫的老家跟馬六弟見的面。他是專心拜望馬振倫去了，給馬振倫留下許多值錢的東西，什麼人參、鹿茸、貂皮褂、猞猁猻皮袍，還給馬振倫的孫子留下一對金鑼子，像他娘的手銬子那麼重。這傢伙手頭很闊，據說口音也改了，完全是關外人了。他也打聽咱們來著。聽老謝說，袁老二莫看人老，精神不老，脾氣還是那麼衝，直打聽俞師兄和丁師妹兩口子的情形，好像當年那個舊碴一點也沒忘哩。」

蕭振傑道：「當然了，丁老師那年在大庭廣眾之下，廢長立幼，不但袁、俞二位畢生不忘，恐怕連你我也不會忘掉的。我如今一合上眼，就想了起來。那天袁師兄一對豹子眼翻上翻下，縱然沉得住氣，臉色到底變了，就是咱們哥倆也很發慌。聽老師一宣佈，都覺得像一個霹靂似的，太出人意外了……」說到這裡，蕭振傑猛然想起一事，猝然發問道：「五哥，你可聽說，袁師兄現時住家在哪裡麼？」

胡振業道：「這個，我沒有問，大概總在江北吧。」

蕭國英道：「五哥怎麼就不打聽打聽？咱們這些老同學，我都想見見。」

胡振業哼了一聲，又一拍大腿道：「我打聽那個做什麼？你別把五哥太看貶了。五哥雖然窮，可是窮梗直，沒打算貪小便宜。……」

蕭國英道：「五哥說遠了，他總是我們的同學，我們該看望他去。」

胡振業冷笑道：「看望他去？怎麼著，找他尋人參、鹿茸去麼？胡老五混窮了，犯不上攀高。九爺，你該曉得，我跟他不大對勁！你別看胡老五現在受了你這些東西，那是咱們哥們過得多。老實告訴你吧，換個別人，就讓他捧上門來，五太爺還不要呢！要不然，五哥怎麼混砸了呢，我就是這種狗屎脾氣！」

蕭國英大笑道：「五哥急了？五哥到底不脫英雄本色。」

胡振業這才放下面孔道：「本來麼，人家在關外發了財，咱們在關裡混剩了一條腿，我幹什麼看望他去！不但他，俞三哥跟我不錯吧，我連他都不去看望。錯過是九弟你，咱哥們又不錯，你又找上門來，你又做了官，我哪能不怕官？」說著自己也笑起來了。

蕭國英不再提袁振武了，忙又打聽馬振倫、謝振宗、黃烈文的住處。胡振業說：「這黃烈文是位教書匠，也喜好技擊，眼皮很雜，常找我來閒談。他和咱們謝老八也有交情，是這麼輾轉說起話來，才提到的。若不然，你問我馬、謝現在何處，我真個說不上來。」因蕭守備殷殷勤問，胡振業到底把這幾個人的住處說了，蕭守備聽罷，當下也沒說什麼。跟著還是講閒話，勸胡振業出山，跟他到任上去。胡振業自然仍是辭謝。

在胡武師寓所盤桓了兩三天，蕭國英守備便告別轉赴海州，直抵雲台山清流港。這時俞門五弟子石璞也剛從故鄉瀋陽完婚，回轉師門，給師父師母帶來許多土儀。聽師母說老師已率師兄，尋鏢出門，匝月未返；推測劫鏢大盜，定是仇家。石璞聞言躍然，就要追尋了去。被師母丁雲秀攔住，說道：「你看，家裡正沒有人，你來得正好，你給我看家吧。你不知道，新近家裡還鬧賊來著，一準是仇人支使出來的。我一個人上了年紀，照顧不到，你夜裡多靈醒點。你照看前院，我照看後院。」又把陸嗣清引見了，說是：「你老師新收的徒弟，是黑砂掌陸錦標陸六爺的次子。」

石璞遵囑代師照應門戶，並代師母傳給陸嗣清拳技。不到幾天，蕭守備突然登門拜訪，穿武官便服，佩刀跨馬，跟著馬弁，氣度昂然。石璞認不得這個九師叔，上下一打量，忙說道：「對不住！家師不在家，家裡沒人，倒勞動你老撲空。……」捧著名帖當門一站，不放這位生客進宅。

蕭守備大笑道：「你叫什麼名字？你是你們俞老師第幾個徒弟？」

石璞回答道：「弟子名列第五，叫石璞。」

蕭守備仰面端詳著俞宅門樓門洞，說道：「你大概不認識我，你進去跟你師娘一說，她就知道了。……你對你師娘說，我姓蕭，是由打靈山衛來的，一定要見見。……你老師不在家，我見你師母。你老師不是丟了鏢，找鏢去了麼？」

這個生客不擺官譜，竟拍老腔。石璞心中惶惑，忙捧名帖進宅，把來人行止一五一十對俞夫人說了，丁雲秀夫人接過名帖看，說道：「唉，是他呀。蕭國英就是蕭振傑，孩子，這是你九師叔。」

石璞這才放心道：「我當是官面登門找麻煩來呢。」

丁雲秀道：「請進來吧！」

石璞轉身要開客廳，丁雲秀道：「一直讓進內宅吧，我跟他有幾年沒見了。」且說且站起來。石璞慌忙往外跑，先到門房，把睡午覺的長工李興捶醒；自己高舉名帖，側身遜客道：「你老往裡請！你老是我九師叔，你老怎麼不告訴我？」跟著請安。

蕭守備哈哈大笑道：「好小子，你把我當了辦案的了吧？我還沒嚇嚇你呢。」

俞夫人丁雲秀率領幼徒陸嗣清迎出來，笑道：「九弟，這是哪陣風把你吹來的？」

蕭國英連忙行禮，叫道：「師姊！」他對俞夫人，有時叫三嫂，有時叫師姊。

他雖為官，仍在丁雲秀面前做小弟弟。禮畢回顧，對馬弁說：「把咱們帶來的東西解下來，把馬牽到馬棚。……咱們這裡有馬棚吧？……師姊，你這宅子太好了，哪像住宅！簡直是座小花園，再襯著外面山清水秀，多好的景致！」轉對石璞說：「小子，你別張羅我，你張羅我這個馬弁吧。他初次登門，不知道馬棚在哪裡，你領他去。」

石璞忙催長工李興，李興揉著眼出來，忽見頂子藍翎，眼神一亮，忙給請了個安；方才接禮物，接牲口，把馬弁陪進門房。蕭守備同著丁雲秀，直入內堂，寬袍套落座。石璞上前獻茶，陸嗣清站在師娘身邊。

蕭守備也是初次到這裡來的。他目視全宅，欣然稱羨；又看著陸嗣清問道：「師姊，這又是誰，是二侄子麼？大侄子哪裡去了？」

丁雲秀道：「我們瑾兒上南京看他姐姐去了。這孩子不是我跟前的；這是一個老朋友的老生兒子，送到這裡，拜你三哥為師，學打拳的。他父親是鷹遊嶺的黑砂掌陸錦標，你也許知道吧。……嗣清過來，見見你九師叔。」又笑道：「現在你三哥沒在家，就是我管教他。」說到這裡，看著蕭守備，無端地笑起來了。

別人不明白，蕭守備明白。他拉著陸嗣清的手，忍不住也笑道：「好侄兒，你今年十幾歲了？你的本領是師娘教的吧？咱們爺倆要多多親近，你知道我是誰教的麼？告訴你，也是你師娘教的。」

丁雲秀笑道：「九弟作官了，興致還是這麼好。」

蕭守備道：「我敢在師姐跟前擺官譜麼？」

姊弟二人笑語當年，寒暄已罷，蕭守備忽然面色嚴肅起來，目視石、陸二徒，說道：「師姊，我有幾句話，要對師姊說；我此來本是趁赴任之便，探望三哥三嫂。現在我無意中……可是的，石、陸這兩個孩子嘴嚴不嚴？」

丁雲秀吃了一驚，忙命石璞把陸嗣清帶出去。又囑石璞，看住院門，無事不必教人進來。然後望著蕭國英，露出叩問的神氣。

蕭國英想了想，問道：「三哥上哪裡去了？我聽說三哥給人雙保鹽鏢被劫，此時不在家，可是尋鏢去了麼？」

丁雲秀答道：「不錯，你也聽說了？」

又問：「尋了多少日子，有眉目沒有？」

丁雲秀答道：「我還沒得著信，大概還沒有頭緒吧？怎麼著，九弟有所耳聞麼？」

沒有？」

蕭國英不答，仍問道：「聽說是劫走了二十萬鹽帑，劫鏢的大盜已訪出是誰來

丁雲秀道：「沒有，……不過這工夫你三哥也許在外面訪出線索來了。」

蕭國英又道：「三哥的事三嫂盡知，你猜想這劫鏢的人是誰？」

丁雲秀道：「我也想過，這自然不是尋常盜案，乃是仇家搗亂。」

蕭國英點了點頭道：「對了！劫鏢的大盜什麼模樣？」

丁雲秀道：「聽說是一個豹頭虎目，遼東口音，用鐵菸桿，善打穴，善接暗器，年約六旬的赤面老人，你三哥這裡有信。這人的外號大概叫什麼插翅豹子，只是我到底猜不出是誰來？也不知是哪路來的？」

蕭國英聽了，點頭猝問道：「師姊，你可曉得咱們當年那位怒出師門的師兄袁振武麼？」

丁雲秀不覺矍然得站起來了，說道：「袁二師兄不是早去世了，怎麼沒死麼？他又出世了麼？他現在哪裡？」

蕭國英道：「他沒有死，的確沒死。他可是年約六旬，豹頭、虎目、赤紅臉，並且他現在說話正是關東口音。」

丁雲秀一雙清澈的眸子睜得很大，扶著桌角，面露詫異道：「這消息你從哪裡得來的？」

蕭國英道：「胡振業胡五哥親對我說的，馬振倫馬六哥親眼看見的。袁二師兄從關外發跡歸來，到馬振倫馬六哥家去了，送了許多禮，直打聽三哥三嫂。」

丁雲秀道：「噢！」她的心思最快，登時把家中鬧賊，題豹留柬，和石璞所談，遼東快馬袁訪俞比武，率友入關的話，一一聯貫起來。

袁二師兄確是豹頭赤面，假使尚在，確已六十歲了，劫鏢大盜確叫什麼豹子，而快馬袁一來姓袁，二來也有飛豹之號。丁雲秀看定蕭國英，滿腹驚疑，脫口呼道：「不好，這一定是他！袁師兄負氣出師，埋頭多年；他這突然一出面，他那麼倔強的性格，一向是折人折到底，這鏢要是他劫的，這這這可怎麼好？」說著話，搓手著急。

蕭國英道：「師姊也不要心驚，如果劫鏢的真是他，咱們想法子對付他。他不念師門舊誼，我們還怕他不成？況且他劫奪官帑，不止滅絕了舊誼，還觸犯著重法。只怕他折不了人，人還折不了他？可是的，這事還在兩可之間。我不過轉聽謝師兄說，他已經進關了。我固然也這麼猜，究其實還是望風捕影。師姊怎麼就十拿九穩，斷定準是他呢？」

丁雲秀搔頭掠鬢道：「咳，我怎麼不十拿九穩！我告訴你吧，我原聽說劫鏢的是關外口音，外號叫豹子，又聽說快馬袁要進關找你三哥比武。偏偏袁師兄也是豹頭赤紅臉，也趕進關來，你看，歲數又對，姓又對，相貌又對，不是他是誰？……我說，喂，石璞，石璞，你進來，我再問問你！」

石璞慌忙從屏門進來。丁雲秀、蕭守備連忙把快馬袁的年貌、兵刃、黨羽，從頭到尾又仔細盤問了一遍，正是一點沒猜錯。石璞說，快馬袁名叫袁承烈，外號飛豹子，使鐵菸管，會打穴；豹頭赤面，六十多歲；手下有二老三熊，全是遼東人。

據俞鏢頭來信，劫鏢大盜以插翅豹子為記，正也使鐵煙管，會打穴，豹頭赤面，六十來歲；黨羽叫做什麼一豹三熊，全是遼東口音。更據謝振宗所說，袁師兄恰從遼東進關已到江北，他正是豹頭赤面，六十來歲。多方印證，年貌相同，所不知者只有外號、兵刃。可是飛豹子的外號，恰與二師兄的面貌相符；而快馬袁正與二師兄同姓，名字也有關合。

蕭守備與師姊丁雲秀、師侄石璞，各舉所知，揣情度理；一而二，二而三，層層推測，已覺得「三歸一」，毫無訛錯了。丁雲秀毅然決然對師弟蕭守備道：「這件事必須趕緊告訴你三哥。」屈指計算，俞劍平拔劍出門，已一個多月，料想還沒有訪出頭緒；若訪出頭緒，必給家中送信。丁雲秀吩咐石璞：「你快往海州去一趟，給他們鏢局送個信去，你明天就動身。」石璞連忙領諾。

然後，丁雲秀愣愣地看著蕭守備，問道：「九弟，你有工夫麼？」

蕭守備道：「上邊給了我三個月假，現在還有兩個月呢。」

丁雲秀道：「好！」深深斂衽道：「九弟，你幫三哥一個大忙吧。我此刻要找胡振業、謝振宗、馬振倫去，這幾位師弟我要挨個兒拜訪，挨個兒問一問。這事一點含糊不得，萬一揣測錯了，可是了不得。九弟，你肯為師姊出一趟門麼？」

蕭守備看見丁雲秀慌張的神情，心中感歎，忙道：「師姊，這何必說？你想我是做什麼來的？我就是專為給三哥、師姊送信來的呀。我們這樣辦，一直找馬振倫去。……」又道：「師姊何必登門找他們？簡直由三哥這裡，拿出掌門師兄的地位，大撒紅帖，把他們全叫來，豈不省事？」

丁雲秀搖頭道：「唉！這事若真，乃是三十年前的種因，今日才結果。我想我們必須廣約同門，給袁師兄順過一口氣來，我們怎好再擺掌門師兄的架子，袁師兄豈不更惱？」假使真是袁師兄，丁雲秀已經打定情懇求和之計了。

當天，蕭守備留在前宅客廳，由五師侄石璞陪著。丁雲秀進入內宅，輾轉通夜，反覆籌畫，寫出數封信來。

次日又把石璞叫到面前，說道：「你不用往海州去了。」

對蕭守備道：「你三哥蒙在鼓裡；袁師兄是藏在暗隅。你三哥必然應付不了他。我昨夜越想越急，袁師兄的脾氣你曉得的，剛強決辣，不發動則已，一發動就要壓倒人，不容人翻身。我打算今天就走，先找胡振業，次找謝振宗，再找馬振倫，再加上九弟你。我打算煩你們哥四個，拿出師門誼氣來，同聲面求袁師兄。還有馮師弟，若也能尋到，就算同門到齊了，由你們哥五個，一同替你三哥說話。這總算給袁師兄一個面子了。」

蕭守備道：「師姊的意思是善討？」

丁雲秀道：「不善討，討得出來麼？你還想拿武力來硬奪不成？那可準糟，他勝了，還許退給鏢銀，那你三哥就聲名掃地了；他敗了，必定埋贓一走，咱們往哪裡找他去？寒邊圍是化外之區，連盛京將軍都不能剿辦他，憑你三哥，區區一個歇馬的鏢頭，又能把他怎麼樣？」

蕭守備冷笑道：「若照師姊這樣說，天底下沒有王法了！袁老二自覺不錯似的，這回當真劫鏢有他，他不但傷了誼氣，還犯了重法。說小是個斬立決，說重就是個滅門大罪。師姊，你不要怵他，小弟自問還能給三哥、師嫂幫這個忙，有的是法子制他。」

丁雲秀忙笑道：「九弟，你可別僵火。不管怎麼辦，現在我在家中心驚肉跳，坐立不寧。我一定要出門，先到海州，次訪胡、謝、馬諸位師弟。九弟，你如今做官了，你是官身子，你真能陪我走一趟麼？」

蕭守備道：「師姊不要激我，我沒說不去呀！走，咱們這就走。」

丁雲秀笑了，說道：「九弟還是這麼熱誠，我也得收拾收拾，安排安排。」

丁雲秀把內宅該鎖處全鎖了，又就近託人看家，把長工囑咐了；立刻雇轎，帶同五弟子石璞，與九師弟蕭國英先赴海州。面見趙化龍鏢頭和振通鏢局的鏢師，問過近情，得知俞劍平、胡孟剛現在淮安寶應一路。

丁雲秀將劫鏢大盜恐是袁二師兄的話，仔細告訴了趙鏢頭，又將幾封信煩託鏢行代為發出。趙化龍驟聞此耗，不勝驚駭。丁雲秀又說，現欲廣邀同門，以情討鏢。又請大家把這消息務必守密，免生枝節。趙鏢頭點頭會意，以為情討之舉，論理必須有這一步。至於有效無效，卻不敢說。

他們在海州只停得一停，立刻轉赴魯南十字路集。那抱病閒居的胡振業不期望當年恩師的愛女、掌門師兄之妻會突然坐轎來訪。跛著個腿出門一看，不勝詫異道：「哎呀，您是三嫂子，哦，丁師姊！」

丁雲秀道：「五弟，我來看你了，你真想不到吧？」又皺眉道：「五弟，你怎麼這樣了？九弟告訴我，說你有病，我想不到你會病得這麼重！」

胡振業在此寄居，無妻無子，孑然一身。忙將丁雲秀和蕭守備讓到屋中，敘禮之後，開口問道：「九弟，你去而復返，怎麼把三嫂也驚動來了？三嫂子，我實在對不住，我應該給三哥三嫂請安去，無奈我這條腿……」

丁雲秀笑了笑，說道：「五弟，我不是來挑禮的，我是來求你的。你知道三哥三嫂正在患難中麼？這事非你不可，你肯出來，幫我們個大忙麼？」

胡振業錯愕道：「三嫂子大遠地來，一定有事。可是我一個廢人，能做什麼呢？」轉看蕭國英道：「九弟，是你把三嫂架來的吧……」

蕭國英把桌子一拍，吆喝道：「五哥，告訴你，你不是曉得袁師兄從遼東進關來了麼？」

胡振業道：「唔，不錯呀！」

蕭國英道：「你猜他幹什麼來的？他是找俞三哥搗亂來的！他把俞三哥保的二十萬鹽鏢給劫了！現在偏覓不見，不知他藏到哪裡去了。」

丁雲秀道：「五弟沒聽說范公堤有二十萬鹽鏢被劫的話麼？那就是你三哥跟人合夥聯保的，教咱們袁師兄帶人劫走了！」

胡振業大駭，兩腿都直了，手扶桌子站起來，道：「是真的麼？……」忽然動了疑心，忙說道：「三嫂子，這事我可是毫無所聞。三嫂和九弟你們都知道我，我當年跟袁老二就死不對勁。他這次進關，倒是不假；可是他也沒看望我，我也沒看望他，他只拜訪馬振倫去了。他究竟是怎麼一回事，我一點不曉得，我一點也不想曉得。人家闊，我窮，我只住這裡對付著爬著，別的事我一概不聞不問。」

丁雲秀和蕭國英相視而笑道：「五爺，這是怎的了？誰疑心你跟袁師兄通氣了？如今簡短截說，你三哥教劫鏢的豹子逼得走投無路，空訪了一個多月，毫無蹤影。如今既知劫鏢的豹子就是當年的袁師兄，這沒有別的，只好煩舊日同學，替你俞三哥在袁師兄面前求個人情。胡五弟，你還不幫這個忙麼？」

胡振業臉色和緩下來，笑道：「嚇了我一跳！人貧志短，我只道是疑心我跟賊合夥來著呢！……劫鏢的真是袁師兄麼？你們聽誰說的？他難道真改行做起賊來不成？」

丁雲秀、蕭國英遂將推測的情形和打定的主意，一一說了。蕭守備又道：「此事不能看做失鏢尋鏢，也不能看做俞、袁之爭。五哥，這是我們掌門師兄有難，有人要跟我們太極門下不來。現在同門諸友頂數五哥年長了；我們同門要煩你率領我們出頭，替本門說話。五哥，你義不容辭！」

胡振業聽了，神色連變，看著自己這條腿，半晌做聲不得；心中沸沸騰騰，萬感交集，忽然間，目放威光，轉向丁雲秀道：「三嫂，我成了殘廢人了。但是為本門的事，我一定粉身碎骨，義不容辭。現在，三嫂和九弟打算教我怎麼樣呢？可是教我去找袁老二去麼？這可不大好措辭，要是硬幹還可以，軟求只怕……因為九弟要知道，他不是我們本門中人了。」

丁雲秀忙道：「五弟，咱們不是那麼樣的打算。我的意思，是想請五弟領我去找謝振宗、馬振倫，屆時就煩你們哥幾個，替你三哥服個軟，給袁師兄留一個面，好歹把鏢銀討回來。」

胡振業又復沉吟道：「這還是軟求！也罷，既然三嫂、九弟全覺得這麼辦對，咱們就先找馬振倫去；謝振宗此刻早在幾百里以外了。他和黃烈文黃先生很好，要不然咱們先找黃先生去。他這個人文武全才，出個主意什麼的，比小弟強多了。小弟是倒運的人，一出主意，準鑽牛犄角。黃先生在此不遠，我們也可以煩他寫信，把謝老八催回來。」

把話商定，胡振業收拾著就要上馬。蕭國英道：「五哥還是坐轎吧！」胡振業大笑道：「三嫂子坐轎，是婦道人家沒有法子，省得教人看著扎眼。我也坐轎，豈不太難了？」一抖韁，用右腿踏鐙上了馬。

第六四章　避嫌脫遁

黃烈文的住處不遠，即日找到門前，見了面，具述來意，並請他同去找謝振宗。

黃烈文乍見俞夫人丁雲秀，少不得寒暄數語道：「久仰十二金錢俞鏢頭賢伉儷的威名，今日承勞先施，理當效勞。不過令師弟謝振宗謝八爺早不在此處，已經上直隸省去了。他倒說過，兩個月以後，還要回家，必到舍下歇腳。快馬袁究竟在何處，鄙人並不知道。謝八爺的落腳處，這裡倒是留下地名了。等他回來也可以，由我寫信催他速回也可以。」

胡振業道：「謝老八跟我一樣，也蒙在鼓裡呢。只道劫鏢是劫鏢，失鏢是失鏢，和袁老二進關是兩樁事呢。他若曉得劫俞三哥的鏢的就是袁老二，他也不能脫心靜了。黃先生，你就費心寫信，催他趕快回來吧。可是的，三嫂子，催謝老八上哪裡跟咱們見面呢？」

俞夫人躊躇不能立決，海州、阜寧，全是尋鏢人約定接頭之處。不過現在聽俞劍平已從苦水鋪轉赴寶應去了。因問黃烈文和蕭國英，海州、阜寧、寶應三處，應指定何處相宜。

蕭國英道：「師姐不是接到豹子的畫柬，上面不是提到寶應湖、洪澤湖、大縱湖三個地名麼？袁老二多半就在這三湖附近。我們還是約定在寶應聚會吧！」

黃烈文道：「蕭老爺卓見很對，我就這麼寫信吧。貴同門馬振倫馬六爺住在草橋鎮，離駱馬湖不遠，沿運河南下就到；上寶應縣，恰好順路。」

黃烈文急忙寫好了信，俞夫人命弟子石璞，轉赴附近鏢局，火速發出去。第二步就該找馬振倫了。胡振業道：「黃先生，你跟我們馬六弟也認識，索性也有你一份，咱們全陪著三嫂子同去一趟。」

黃烈文面對蕭國英說道：「馬六爺的府上，我倒去過。不過這一樁事，乃是你們太極門門內起了爭端，我一個外人，摻在裡面，恐怕說話不便。我看，還是由我領到馬宅門口，單由俞夫人和蕭老爺、胡五爺，你們三位進去，同他開誠佈公地說，煩他出頭了事，他或者不至於推託。……」

蕭國英道：「黃先生，我們一見如故，有高見盡請明白指示。你以為他要推託麼？」

胡振業道：「黃先生說的很對，馬六弟如今娶妻生子，安居樂業，他也許想著多一事，不如少一事。我們陪著三嫂子，先去探望他；再給他老婆孩子帶點禮物，咱們也學袁老二那一手。彼此都是同門，俞三哥可是掌門師兄，又是失鏢受窘的人，他總得向著掌門師兄。他難道放著掌門師兄不幫，還要暗幫當年負氣出師、今日劫鏢犯法的袁老二不成？咱們走吧！」

黃烈文因胡振業堅辭敦促，也慨然答應了，說道：「我們先找找馬六爺試試看。」大家立刻分乘轎馬，又由魯南十字路集，前往蘇北草橋鎮。

馬振倫是住在江蘇新安縣草橋鎮鎮南，距駱馬湖不遠。這駱馬湖昔年也是水寇潛伏淵藪，後來被漕督痛剿，近年才告肅清。馬振倫自出師門，沒幹鏢行，他和謝振宗各走一條路。中年以後，北遊冀魯，觀光燕市，不久發了財，甫逾中年，就歸家務農，在駱馬湖邊買下數頃稻田。有妻有子，有家有業，已然成為當地紳士了。

當年他在師門和二師兄袁振武交情最深。後來大師兄被逐，師門突有廢立之舉，俞劍平以三師兄持掌門戶，繼承薪傳；袁二師兄怒出師門，飄然遠行。他當時曾加勸慰，袁振武沉默無言；終於藉故出走，從此一別三十年，聲息不聞。

直到今春袁振武猝然登門相訪，只帶著一個少年攜來不少禮物。人事變遷，兩人抵面幾不相識，及至通了姓名，這一對老朋友方才感慨相認，互訴別情。不過談起話來，袁振武總是少談近事，多敘舊情。自承是在關外混了些年，如今說不上衣錦榮歸，只是年老思鄉，苦憶少時舊伴。跟著打聽師門人才，又打聽俞劍平夫妻近年的生涯，又打聽江南武林後起之輩都有什麼人。盤桓數日，袁振武就告辭走了。

馬振倫久遊冀北，不熟悉江南武林情形；乍與老友重逢，只想到彼此念舊罷了。就是袁振武留下的禮物過於豐厚，在他想來，這是關東土產，也不算什麼。但是不久江北突然傳說，有一豹頭大盜出現，此人年約六旬，遼東口音。馬振倫聽了，不覺愕然。跟著豹頭大盜邀劫二十萬鹽鏢的事又喧騰起來，馬振倫心中又是一動。不過他住的地方較僻，只知被劫的鏢銀是海州鐵牌手胡孟剛承保的，還不曉得與俞劍平有關。

直到月前馬振倫因事赴淮，與同門師弟謝振宗相遇。馬振倫說起當年的師兄袁振武久傳已死，現在突又出世。謝振宗就說起掌門師兄俞劍平鏢局久收，鏢旗突又被拔。

兩人起初詫為奇聞，並未深想。謝振宗忍不住向馬振倫打聽袁振武的近況和落腳地點，又問馬振倫可知劫鏢拔旗的豹頭大盜的來路麼？把兩件事捏在一起問，問者無心，聽者不由一驚。

馬振倫忙說道：「不曉得，不曉得！我久已不在外邊混了。」他急急察看謝振宗的臉色。

哪知謝振宗此刻正有急事纏身，要馳赴直隸。他雖有心助俞，只是分不出空來。他現在不過帶口問一問，教馬振倫多留點神，好給本門師兄幫個忙。

馬振倫也是久涉江湖的人了，心中著實吃驚，表面神氣不露；和謝振宗談了一陣，告別各去。回到家來，謝絕交遊，把妻子家人全囑咐了一遍。……只隔了一個多月，丁雲秀和胡振業、蕭國英便登門相訪來了。

胡振業、蕭國英兩個男賓騎馬先到，上前叩門。一個長工迎出來，把名帖接過一看，也不往裡回稟，便說：「二位老爺，我們當家的上北京去了。」

胡振業道：「怎麼，他多咱進京的？」

長工道：「走了好些日子了。」

蕭國英就說：「管家，我告訴你，我們是你主人的老朋友、盟兄弟，你把名帖拿進去。主人不在家，少爺可在家吧？少爺不在家，就見你們大奶奶。你們大奶奶是我的六嫂，你明白了？」

長工呆頭呆腦，恪遵主命，仍不肯回稟。胡振業生起氣來，嚷道：「馬老六好大的譜兒！」正要逼長工回稟，女客丁雲秀坐著轎也到了。

客人一定要進去，長工一定不回稟。胡振業怒極，要打長工，連蕭國英也很動氣，把長工一推，硬往裡闖，回頭對丁雲秀說：「三嫂不是見過六嫂的麼？索性一直往裡走就完了。想不到馬六爺府上，比王府規矩還嚴。管家，莫非你想要門包麼？」男女客一擁而入。丁雲秀明知失禮，也無可奈何。

胡、蕭二人闖進二門，就大聲喊馬振倫的名字，裡面已經聽見吵嚷，長工攔不住，也跑進去回稟。馬振倫的長子馬元良，是十七八歲的少年。他急忙迎出來，一見丁雲秀夫人，忙又抽身，喊他母親：「媽媽，媽媽，客人來了！」

馬振倫之妻朱氏是個很老實的婦人，也慌忙迎出來。胡振業和蕭國英站在庭心，讓丁雲秀在前，俞門弟子石璞提禮物跟隨在後。朱氏道：「哎喲，這不是俞三嫂子麼？你老從哪裡來？」

胡、蕭就拱手搶著叫六嫂、六弟妹，邁步直往裡走。忽從堂屋跑出一個小孩道：「媽媽，我姐姐說，把客人讓到客廳吧。」

胡、蕭二人不聽那一套，還是往堂屋走。馬元良已猜知來客是誰，忙迎面攔住，作揖請安，叫了聲：「師叔！」

胡振業道：「好小子，我是你五師伯，你不認得我麼？」

母子二人幸虧迎接得快，把客人擋住了。往客廳裡讓，已然不行，忙往東廂房讓。進了東廂房，馬元良母子先致歉意，說是：「鄉僕無禮，不知回話；也因為村居少客，一見來了這些客人，主人又沒在家，他就糊塗了。」

胡、蕭大笑道：「我說呢，我哥倆陪著三嫂，大遠地專程來看望六爺，怎麼竟擋駕不見呢。六爺是真的沒在家麼？多咱出門的？」

朱氏道：「他走了一個多月了。」

馬元良道：「家父走了三十多天了，是一個朋友邀出去的，上北京去了，回來的日子還不一定。」

母子二人各答各話，被丁雲秀和胡、蕭二友隔別詢問，起初答的還對碴。等到獻過茶，坐久了，越談越深，越問越多，可就答對得不一致了。但是話碴儘管不盡相符，話頭落到終結，全都說馬振倫早已離家，歸期無定。

丁、胡茫然相顧，怦然動疑；更向他母子打聽袁振武春來相訪的事，和留下重禮的話。這母子二人登時變色，一齊否認，都說：「倒聽說有位姓袁的朋友來過。眼生得很，我們都不認識。他只來了一趟，談了半天就走了；倒留下點水禮，也不值錢。」

胡振業對馬元良道：「小子，這姓袁的客人，就是你從前的二師伯，我不信你爹爹沒給你引見麼？」

馬元良道：「沒有引見。那天趕巧我沒在家，我一點都不知道。」

胡振業道：「六弟妹，你總知道吧？」

朱氏忙道：「我也不知道，他的事一向不告訴家裡人的。……三嫂子大遠地來了，家裡留下誰看家了？」

母子極力往旁處扯，但也不問俞劍平失鏢的事，好像還不曉得。禮貌還很周到，談了一會，買來許多茶點。男女三客套問良久，不得邊際。

胡振業尋思了一回，正想揭開了明問，蕭國英已先發話道：「既然六爺不在家，現在天不早了，我們哥倆先回店。三嫂子，你老就住在這裡好了。我說六嫂子，我們來了這些人，恐怕家裡住不開。我們住店去，你給三嫂子騰個住處；你們是老姐們了，可以多談談。」說著就站起來，拍著馬元良道：「老賢侄，這兒哪裡有店房？」

石璞也站起來說：「五叔、九叔，我留在這裡吧。六嬸子、馬大哥，你不用費事，只給我師娘預備一個床就行。我不要緊，哪裡都能一躺。」

母子二人不覺抓瞎，但不能把女客推出去。胡振業看著蕭國英，忍不住又怒又笑。怒的是馬振倫不顧師門誼氣，怎麼竟避不見面；笑的是蕭國英守備正顏厲色地使壞主意，擠兌小孩子、老娘們。

丁雲秀在旁邊聽著不得勁，又見朱氏窘得臉紅，忙攔道：「六嬸，你不要張羅，我們是因為旁的事路過這裡。家裡若是不方便，我到外頭找店去吧。」

朱氏更沒了主意，連話都不知怎麼答對好，只看著兒子發怔。馬元良又是個年輕孩子，也不會說客氣話。

丁雲秀和胡、蕭全站起來告辭，朱氏這才說道：「三嫂子，吃了飯再走吧！」

丁雲秀上了轎，胡、蕭等上了馬，徑回店房。

黃烈文已在店中坐候，忙問：「見著馬振倫沒有？」

胡振業道：「沒在家。他躲了！」

丁雲秀低頭琢磨，這一來竟出她意料之外。明知馬振倫與袁師兄相厚，但那一面早離師門，自己這一面乃是太極門掌門戶的人；彼此厚薄之間，馬振倫似乎不該袖手坐視本門挫辱，反倒幫助劫盜。可是他現在竟躲出去了，莫非存著坐山觀虎鬥的心麼？

丁雲秀是個很機智的人，此時當局者迷，竟沒猜出馬振倫的心理。馬振倫惟恐別人疑他與飛豹同謀，他真要赴北京，不過今日還沒有成行。

數人在店中議論，還是黃烈文猜測一會，對胡振業道：「馬六爺在本地已是紳士了，我看他不是忘舊，實是畏禍。此刻他也許躲在家裡，也許藏在朋友家中。不知二位登門，可曾明述來意麼？」

胡、蕭道：「我們只見了一個糊塗老娘兒們，一個小屎蛋孩子。他們一個勁地往外推，一問三不知，可教我們對他說什麼？」

黃烈文笑了，對丁雲秀道：「本來這話不是說給六爺的家眷聽，是教他傳給六爺本人聽。我看俞夫人應該再去一趟，把來意透透徹徹說明；打算怎樣煩馬六爺出面，也該開誠佈公，一字一板說周全了。回頭馬六爺一琢磨，是煩他說合人，不是教他賣底，他自然無須避不見面了。」

胡、蕭一齊沉吟道：「這話固然有理，可是我跟他同門多年，他並不是怕事的人呀！我猜他一定暗向著袁老二。」

黃烈文道：「所以呀，你們是至近的同學，還這麼猜度。他是個聰明人，也這麼一反想，自然更要潛蹤匿跡，設法逃出漩渦了。這不是小事，這是二十萬官帑的重大劫案。在快馬袁固然不怕，一出關便是他的天下。馬六爺如今乃是安善良民，他豈肯坐守在家，等著打罣誤官司？你們疑心他通匪，他自然受不了；你們不疑心，快馬袁疑心他賣底，他也受不了。替他設想越躲得遠越好。但如你們打開窗戶說亮話，懇切請他說和，不逼他賣底，也不擠他幫拳。他自然為顧全兩方情面，會很高興地出頭了事了。」

丁雲秀聽罷，首先讚揚道：「黃先生推測人情，真很細微。馬六弟在師門，也很承先父喜愛；他素日和外子交情也很好；我真想不到他會規避。如今經黃先生這一解說，真是洞若觀火。五弟、九弟，我想馬六弟也決不會翻過來幫著袁師兄的，他只是誰也不願幫，誰也不敢幫罷了；黃先生說的很對。這麼辦，現在天色尚早，我自己再折回去一趟，跟馬奶奶開誠佈公說一說。不過我看馬奶奶是老實人，必定膽小怕事；馬六弟就算在家，她也不肯改口了。這可怎麼好？我們又不能在此久耗。」

胡振業說：「三嫂你再去一趟。如果仍無結果，就煩九弟今夜探馬家大院，裝賊縱火，把馬老六嚇出來。咱們在旁邊等著，只要他一露面救火拿賊，三嫂子就上前揪住他，教他出頭說合。黃先生，你說這主意好不好？」

黃烈文笑道：「好自然是夠好的，只怕蕭老爺一位現任武職官員，……」

胡振業道：「哎呀，我忘了這個了。九爺，你現在是都司遊擊、四品大員了，怎麼著，你肯替本門師兄，再裝一回賊麼？」

蕭國英臉上一紅，哈哈大笑道：「五哥真會挖苦我，我也是朝廷命官，你教我夜入民宅，我還在官場混不混？五哥出這高招，你怎麼不來一手？」

胡振業笑說：「我倒想去，你看我這條腿，可怎麼辦呢？」

丁雲秀道：「五弟不要教九弟為難了，那不成了笑話了。我先去一趟，回來看情形，再想第二步辦法。」遂吩咐五弟子石璞，重叫來小轎，立即重赴馬府，石璞仍然跟隨。……

這一去，直隔過兩個多時辰，店房已經掌上燈，丁雲秀方才回來，面上怏怏不快。任憑她開誠佈公地說，馬奶奶母子仍然堅持說馬振倫確已離家，確是歸期無定。

丁雲秀告訴了胡、蕭。胡、蕭道：「也許是真不湊巧，真出門了。」

石璞道：「不太像，弟子這回跟師娘重去，馬家的人更顯得驚疑。他家那個長工也嘀嘀咕咕，聽他跟那個小姑娘搗鬼，口氣上似乎馬六叔不但沒出門，還在宅裡潛伏著呢。」因道：「師娘，我看我們今夜真該去踩探一下。」

胡振業大喜道：「石璞，你真有這份膽量麼？」

石璞道：「只要師母准我去，我一個人去都行，不過得請五師叔、九師叔在外面給我打接應。」

胡振業把跛腿一拍道：「好小子，你師父沒白疼你！你九叔怕失官體，不敢去，咱爺倆去，黃先生，你怎麼樣？」

黃烈文道：「探是可以探，不過探的結果，只使咱們心上明白而已，用處一點沒有。馬六爺既不願出頭，你們就是看見他，也沒法強人所難呀。」

胡振業怒道：「那倒不見得，掌門師兄有難，同門諸友該出頭幫拳。他敢說個不字，由我胡老五說起，那就不行！我胡老五就要替俞三哥行家法。」

胡振業大發脾氣，鬧了一陣，就跟石璞盤算；要教石璞假扮強人，夜入馬宅；馬振倫如果在家，勢必挾技捕盜。把他誘出來，胡振業就趁勢上前質問他，強迫他出頭了事。因說：「這樣辦很穩當，九老爺總可以跟我去吧？」

轉瞬入夜，胡振業催促石璞，換夜行衣，背刀出店。丁雲秀覺得不妥，一時沒法攔阻。黃烈文忽然發話道：「五爺，你先歇一會兒，您先教我去一趟，行不行？我跟馬六爺也是熟人，我又是局外人，他見了我，或無疑慮。」

丁雲秀忙道：「黃先生能言善辯，您就辛苦一趟吧。五爺，您回頭再去打接應。」

胡振業道：「三嫂子不願我去，我就不去。不過黃先生肯去，也總得教石璞陪著；一來給你領道，二來也教他看看這位六師叔夠多大架子！」

黃烈文微笑道：「好，就是這樣，石老弟，咱們走。」與石璞長衣出店，走到暗隅，把長衣脫下包好，背在背後，施展飛騰術馳奔馬宅。耗近三更，從鄰宅上房往內偷看。哪知此時馬振倫家早有了防備。

丁雲秀這次登門，來得突兀，正把馬振倫堵在家中，故此馬的妻、子俱各惶遽。等到丁雲秀二次親訪，馬振倫備知來意，忙忙地避出本宅，藏在鄰舍。天晚客去，他跳牆進家，把長子馬元良、次女馬元芳都密囑許多話；自己竟出離本鎮，投奔他鄉。他仍然不放心，半夜又溜回來，登高遠眺。黃烈文、石璞跟著就來窺探了，馬振倫暗暗不悅：「自己一清二白，怎麼三師嫂竟來踩探我？」

這時候，馬元良和馬元芳兄妹二人，預遵父囑，更換短裝，各持兵刃，站立在庭心。庭院四角，立著四盞戳燈；兄妹一個挺花槍，一個掄雙刀，打在一起，似係白日習文，燈下習武。

馬元芳是個小姑娘，武功還沒有門徑，和馬元良本非對手；如今一招一式，打得很慢。而且心不在焉，身手儘管施展，兩人四隻眼，四隻耳朵都張惶著四面。馬元良也只十七八歲，江湖道的事，夜行人的規矩，也不很懂，現在只是照計而行。天方入夜，他們便把街門上鎖，又在內宅立了一架木梯，兄妹輪流著巡視前後院。他的小弟弟馬元彤也跟著忙，他的母親也把各房的燈都點著了，將全宅照了個通明。人們若來偷看，可以不必費事。

黃烈文與石璞從鄰舍上房，本來聲音很輕，但可以瞞外行，不能瞞內家；可以瞞不留神的人，不能瞞正注意的人。這兩人逼近馬宅，剛一探頭，犬吠聲便起；原來馬振倫家將兩條大狗全放出來了，項上都拖著長鏈。

馬氏兄妹正在中庭，一刀一槍打得欲罷不能，十分膩煩；忽然聽後院狗吠，登時精神一振。兩個孩子住了手，互相告訴道：「你聽後院狗又鬧了。」

上房中的母親朱氏也聽見了，和尋常人家夜聞犬吠一樣，重重咳了數聲，跟著當門叫道：「元良、元芳，怎麼你倆還玩哪？你們聽聽，後院狗叫了。你爹爹沒在家，門戶得小心點，後門上鎖沒有？你們看看去。」

馬元良提著花槍，馬元芳抱著雙刀，答應了一聲，往後院走；好像小孩膽怯，只到角門，探頭看了一眼，把狗吆喝了數聲，就大聲對母親說：「媽，這兩隻狗準是長工沒給牠放食水，餓得亂叫。」

朱氏道：「放了半盆剩飯呢，你們看看街門吧。」

朱氏一勁地催這兄妹，這兩個孩子說什麼也不肯去。朱氏罵道：「這麼大的小子，那麼點的膽子。」氣忿忿地從上房出來，順手提一盞燈，直奔後院。兩個小孩吐舌縮頭的笑，也跟隨過來。

朱氏到了後門，忽然大喊了一聲道：「哎喲，不好，誰出去了，怎麼沒上門？」登時嘩噪起來，把長工也喊出，催著驗看各處。驗到前門，前門已加門上鎖，朱氏放下心；忙又率家眾，重到後院；後門洞開，門扇半掩，實在有點懸虛。朱氏力逼長工出去查看。元良、元芳一看人多，似又膽大起來，催長工提燈；這小兄妹綽槍的綽槍，提刀的提刀，一直往後巷搜去了。

家中只留朱氏和元彤。元彤害怕，直說：「媽媽，他們全走了，只剩咱倆了，咱倆進屋吧。」

朱氏怒斥道：「這後門大開著，害怕又怎麼樣呢？」拉住元彤的手腕，提燈守著後門，等候長兒、次女及長工。但是迷迷糊糊的一個長工和稚氣未除的兩個兒女，竟像煞有介事地鬧騰起來；又像真追賊似的，三人順後巷往前追，竟一去沒影了。

元彤仍鬧著要回屋，朱氏似乎又害怕、又生氣，申斥罵道：「難道真追著賊不成？你哥你姐是小渾蛋，怎麼長工也這麼糊塗？把個空宅子丟下，光顧追賊，把家倒不要了。」

朱氏一面罵，一面領著膽小的馬元彤，站在後門外，喊叫元良、元芳的名字。夜靜了，連喊數次，不聞應聲，朱氏連連頓足說：「不好！你爹沒在家，這兩個孩子別是真遇上賊了吧？不好，不好，賊要是追急了，就要拚命的！」朱氏越發沉不住氣，領著小兒子，往後巷一步一步尋叫過去。

當此之時，馬宅前庭中院已成了「空城」。潛伏房頭的黃烈文早已看清一切，不禁搖頭。

俞門五弟子石璞低聲說：「黃老師，我下去看看，你老替我瞭著點。」

黃烈文道：「用不著看，這都明擺在眼前了。」

話聲中，石璞忍耐不得，早如饑鷹攫兔，一側身，掠空下跳，落到前庭牆隅，一挺身，張目四瞥，急奔正房。

正房無人；抽身外竄，撲向兩廂，破窗一窺，明燈輝煌，一目瞭然，各廂房並無一人。石璞就風馳電掣般，改撲他舍，或穴窗側目，或昂然入室。急搜急尋，片刻之間，把全宅三進院落，火速勘完兩進；連跨院、內廁、廚房、柴棚以至囤米貯物的空舍全都勘完；又鼓勇搜到後院，後院更是空空。

石璞抽身重到中院，細搜臥堂。臥室也搜完了，在桌上抓了一把。躡足進了耳房，卻有一個奶母正乳著小孩盹睡；此外再沒人了。

「六師叔原來真出了門，真是沒在家？」石璞琢磨著，仍自不甘心，這邊亂探，那邊亂翻，以為還有許多細微處沒有搜完，瞭高的黃烈文已然口發胡哨催他速走；石璞仍不管不顧，又進了廂房。

外面已聞履聲，黃烈文很著急，忙飛身下竄，把石璞捉胳膊揪出來，上房走去。正是這一揪，也好也不好。馬元良兄妹已經回來，再遲一步，就要碰上。可是廂房有一道夾壁牆，再遲一會就被石璞尋出破綻。

朱氏和元彤、元良、元芳跟那個長工，施施然一聲不響，走進後門。一入內院，話聲始縱；朱氏不住抱怨元良，元良不肯認錯。

黃、石二人剛退到鄰房，忙又蹭過來聽；影影綽綽聽那口氣，似有一個人影險被元良追上，元良還險些挨了一暗器。

朱氏母子嘮叨著，把後門上門加鎖，提燈將各處照看了一遍，全都進了屋。黃烈文饒有心計，竟沒看出真偽。元良母子早在各處門檻過道，人通行處，一一留下暗記，旁人摸黑一走，立刻改樣留痕。

馬元良急入上房，往桌上一看，悄對母親說：「睡吧，媽媽。」

朱氏往桌上一看，也點頭會意；女人膽怯，竟不敢睡，馬元彤才十三歲，膽子並不小，竟要出來看看。被哥哥攔住，強按著上了床。那長工也回轉門房，就枕大睡。

馬宅一家子全睡下了，黃烈文和石璞窺望良久，抽身回走，出了小巷，石璞把黃烈文扯了一把，從衣囊內掏出一物，說道：「黃師傅，我們這趟沒白來。」

黃烈文低頭看道：「是什麼？」

街頭黑暗無光，看不出字來，用手摸索，知道是一封信，兩張信箋。

石璞道：「這東西就在正房桌上放著。」

兩人亟欲一觀內容，忙找一僻靜處，掏出火摺子一晃。俯身借光，還沒等看明；那邊「啪噠」響了一聲，有兩個人影一閃。

石璞忙將火摺子收起，與黃烈文奔尋過去。前面人影低哨了一聲，原來是跛子胡振業和武官蕭國英在店中等得不耐煩，也溜出來了。

石璞道：「我一猜就知道是師叔。」

胡振業一晃一晃地湊過來，問道：「你們搗什麼鬼？到底馬老六在家藏著沒有？」

石璞道：「大概沒在家。」

蕭國英道：「你們看準了麼？」

黃烈文笑道：「你這位令師侄硬闖進人家，把人家搜了一個夠，你問他吧。不過，這事情我總覺著古怪。」

石璞道：「我搜著一封信，是馬六叔給家裡人寫的，我們還沒顧得細看呢。」

蕭國英道：「那麼，咱們快回店，看看信上怎麼說吧。」四個人舉步同往回走。忽有一條人影，從鄰巷出現，只一閃往南走去了，胡、蕭全沒留神，黃烈文瞥見了，欲言又止。

當下石璞隨眾回店，把偷來的信，呈給師母看。信封標著「煩駕寄至草橋鎮青石坊馬元良親折，外附樂善堂虎皮膏二十帖。」

信箋確是馬振倫親筆，說的盡是些家常瑣務和催租納糧等事。口氣像是第二封信，內囑元良約束妹弟用功，勿受佃戶欺愚等語。

末尾才提到歸期：「此間事頗費周折，歸期須緩。如有妥便之人，可再捎銀五十兩，以資盤費。……」

丁雲秀爽然失望道：「馬六弟沒有日子回來，我們只好不等他了。」

大家傳觀此信，齊勸丁雲秀寫一封客氣信，給馬宅送去。詳述來意，敦請他重念同門之雅，出頭說和。同時定規下明日登程。丁雲秀便請黃烈文代筆，黃烈文依言寫完，念給大家聽，跟著伸臂一笑。

胡振業道：「黃大哥，你怎麼總笑呢?莫非這裡頭還有什麼把戲麼?」

黃烈文道：「那倒不是。也許是我多疑，我琢磨這封信，總覺其中有詐，我猜馬六爺並沒出門。」

眾人問道：「他有什麼詐？」

黃烈文道：「也許他料到我們必來搜他，他便將計就計，故留此信，教我們睹信斷望，催我們速離此地。」

胡振業道：「有理！」把眼光又落到信上，搔頭問道：「到底你們探宅，還看出別的破綻來沒有？」

石璞道：「我們窺望時，他們後宅門忽然拔閂脫鎖，他們說是有賊，一家子全都追出去了。這一點似乎可疑。」

大家又亂猜起來，有的又要不走，打算重探；胡振業犯了脾氣，要跟馬振倫死耗，看他躲到幾時。

俞夫人是個女中豪傑，素執謙和，可是內蘊烈性，丁雲秀微微一笑，對石璞道：「你五叔發脾氣，你也發脾氣？五弟，九弟，黃先生，我看此事不必強求。馬六弟跟我們夫婦縱然同學，人家既不願意幫忙，我們何必強人所難？我們明天還是趕緊上寶應縣去吧。」

胡振業道：「去倒好去，馬老六膽敢在掌門師兄面前擺閉門羹，我不能跟他算完！黃大哥，有什麼高招沒有？請你儘管拿出來。蕭老九，你別一言不發。你把你那官勢掏出來，施展施展；就說他是飛豹子的同夥，給他暗當窩主。」

蕭國英只是笑。黃烈文道：「胡五哥別生氣，你也得原諒他。二十萬大劫案，誰聽見也嚇一跳。馬六爺又不知我們的來意，又不知來的都是誰，更怕得罪了那一頭；退一步想，他自然要躲一躲，先聽聽風聲。便是，看人須往長處看，別看一時。這件事若講善罷，還得由五爺、九爺和馬六爺，你們哥幾個一同出頭私了。馬六爺若準知道我們這樣的打算，他樂得的給兩家說和，誰放著面子事不做呢？」

胡振業笑道：「黃大哥真會說！這事誰都知道私了好，無奈馬老六這東西怕事裝鬆，藏起來不露面，這又該怎麼辦呢？」

丁雲秀道：「黃先生體貼人情入微，您既說到這裡，想必另有高見，就請您費心指教吧。」

黃烈文笑道：「我也沒有別的好主意。胡五爺大概忘了，我在此地還有兩個熟人，內中一個還是親戚。我們不妨託他們二位，就近替咱們暗地訪察馬六爺的行止。我們明天走我們的。除這封信由俞鏢頭賢伉儷出名，另外再留下一封信，由五爺、九爺出名，措詞說得危急厲害一點，彷彿劫鏢一案，袁、俞之爭，馬六爺再不出頭，那就越鬧禍害越大，越沒法收拾。不但俞鏢頭傾家辱名，要一敗塗地，就是飛豹子，也要大禍臨身，罪無可逃。如今雙方勢成騎虎，欲罷不能；正盼著有人出頭和解，好借此下台。如此一說，馬六爺看著現成的人情，也許肯出頭一做。」

黃烈文默體世情，說出此策，只是留為後圖。大家都說有理，立刻這樣辦了。第二天黃烈文拿著信去託人；丁雲秀坐轎往馬宅辭行，依計再向馬氏母子懇切談了一遍，然後告別回店。立即由店房動身，離開駱馬湖草橋鎮，直赴淮安府。到了淮安，向鏢店同行打聽；俞、胡已由此處，往南踏訪下去，現時大概已到寶應。俞夫人遂由淮安赴寶應，由寶應又趕到高良澗北三河地方，夫妻倆才得相會。……

當下，俞夫人和胡、蕭二友，把前情對俞劍平和在場群雄一一細說。俞劍平一聽，飛豹子業與師弟馬振倫先期會面，馬振倫竟避不出頭，對自己這個掌門師兄，擺出袖手旁觀的樣子來，在師門誼氣上，實在說不過去。俞鏢頭口雖不說，心中著實不悅。

倒是胡、蕭二友十分熱誠，見俞劍平劍眉微蹙，似透愁容。

胡振業首先說道：「三哥，你不必過於懼敵！你別聽那麼說，什麼善者不來，來者不善，袁老二那點玩藝誰不知道！說真格的，他比三哥差遠啦。要不，咱們老師怎會不要他呢。趕明天咱們跟他見面，三哥你裝好人，跟他客客氣氣的，由我和蕭九弟來抵面問他。咱們先跟他講面子，敘交情，以禮討鏢。他若識趣，順坡而下，就此善罷甘休。當真他犯渾蛋，恃強抗法，不顧交情；三哥你放心，咱們也用不著借仗官勢，咱們只把咱們太極門的門規拿出來。他侮辱掌門師兄，就是侮辱太極門師法；我和蕭九爺定要跟他講個真章。」

這是胡振業的主張，他卻忘了一節，飛豹子早已改換門戶，早不是太極門中人物了。但是，明朝與豹相會，脫不開講江湖的誼氣，論武林的門規，就明知情懇無用，也須姑備一說。智囊姜羽沖、霹靂手童冠英等，也都道：「軟硬不妨全試試。」

第六五章　踐約群雄

明天就是雙方會見之期。俞夫人趁空打聽飛豹子近日的動靜。俞劍平知她懸念，也把近情略說了一遍。

智囊忙道：「時候不早，刻不容緩了，我們趕緊商量，好生歇一歇，明天免不了要大動唇舌。」

胡孟剛道：「還得大動身手哩！」

智囊道：「正是這個意思，我們快定規吧。」

這日的天氣格外悶熱，就在院中布下桌椅，大家全到院中落座。俞氏夫妻與兩個師弟，和智囊姜羽沖幾個主謀的人，連同當事人胡孟剛聚坐在一處；大家都小聲說話。因即商定，有出頭的，有幫話的，有勸和的，有爭理的，有備戰的，有巡風的；有的專對付子母神梭武勝文，有的專對付飛豹子。

議到歸結，還是「看事做事」。看飛豹子怎麼說，就怎麼對付。在座群雄多有主張以武力較技賭鏢的，因為事已至此，空口必不能討回鏢來。跛子胡振業就不信這話：「我不信二十幾年沒見面，袁老二竟會比別人多長出兩個腦袋、四支犄角來；他還真要造反不成！」

大家未免各獻各策；俞劍平和俞夫人到底把椅子挨著椅子，夫妻倆並坐在一起，低聲地講究。

霹靂手童冠英看著要笑，向蘇建明呶嘴低聲道：「你看，兩口子一月沒見面，就說體己話；偌大年紀，一點也忍不住，比小倆口兒還黏纏哩！」

蘇建明推他一把道：「商量正事吧！人家夫妻乃是同學兄妹，現在劫鏢的又是他們從前的二師兄，人家自然有些機密情形，不願明白出口。你看，人家胡五爺、蕭九爺，不是也湊過去了？童老兄，我勸你暫免開玩笑吧。」

果然聽俞夫人叫了一聲五弟、九弟，把胡、蕭二人都叫過去了。同門四人反覆議論飛豹子的脾性，該如何對付，才能把事了結，彼此面子不傷。

俞劍平歎了口氣，聽俞夫人道：「這實在怨我們老爺子當年種下的錯，現在臨到你我頭上了。沒別的，九弟你可多勸著五弟一點，教他別跟袁師兄翻臉才好。五弟，這不是你三哥怕事懼敵；這沒有辦法。誰教當年把他折辱得太甚了呢。」

胡振業哼了一聲道：「是，我是幫拳幫話來的。教我說，我就說，不教我說，我不說；決不能由我再生出枝節來。……」

議論片時，然後由俞劍平把夫妻的打算對大眾說出來。大家聽了，有的以為然，有的不以為然。可是大家全都佩服俞鏢頭有容讓，能忍人所不能忍。

霹靂手童冠英道：「我們看俞爺的吧。我先說一句放在你這裡，你能那麼屈己從人，只怕人家並不容讓你！」

事機緊迫，光陰過得分外快，轉瞬到了三更。智囊姜羽沖仍管派兵遣將，把各人擔當的事情派定，遂催大家作速睡眠，養精蓄銳，好準備明天竭力對付飛豹子。俞夫人由屠炳烈引見，到房主那邊，借了一間房歇息。不久就雞叫了。在房上和巷口梭巡的壯士，已經換過兩班。此刻都撤了回來，都說：這一夜格外消停，敵人那邊一點動靜也沒有，也沒有來窺伺。

那子母神梭武勝文寄寓之所，並未隱匿，鏢行群雄已經探明。但人家既未來窺看自己，自己這邊為保持江湖道上的氣度，自然也不能私窺人家。只由鏢行瞭高的人遠遠望去，見那子母神梭借寓之處，在前半夜確曾有一些人出入；一過子時，便即關門閉戶，不見人蹤了。正不知飛豹子是否潛身在內，也不知飛豹子這次是否準到。好在此次訂約會全由子母神梭出面，一切都衝著他說了。

天色大明，眾人梳洗。俞夫人丁雲秀從房東那邊過來，大家忙進早點，預備出發。那武宅管事賀元昆，忽又陪同一個面生的人，騎馬持帖，登門促駕。俞劍平、胡孟剛和智囊姜羽沖，忙迎出來。

賀元昆先致寒暄，隨傳主命：「敝東聽說俞鏢頭邀來觀場的朋友很多，地方小了，怕容納不下。現在覓妥龍王廟這個空場子，就在北三河河岔三角洲地段。這龍王廟一年只開兩回廟，現在正好是空期。廟裡地方很寬綽，有多少朋友，都可以裝得下；只是房子太壞了，俞鏢頭不嫌屈尊，就請前往；如嫌不相宜，還可以另換地方。」

俞劍平笑道：「武莊主太客氣。其實武莊主指定哪裡，就是哪裡；我這裡敬候示下，何必去看？」

智囊姜羽沖接聲道：「地點日期，我們毫無成見，全聽武莊主指揮。不過地方總是嚴密一點好，不然，教附近居民看見了，還當我們要械鬥呢！倘因此驚動了地面，可不是鏢行之過。」

賀元昆和那面生的人一齊答道：「地方很嚴密，盡請放心。既然俞鏢頭那樣說，現在時候也不早了，不知俞鏢頭預備好了沒有？如已預備整齊，就請起駕吧。」

俞、胡、姜三人道：「好吧，謝謝你受累，請你上覆貴東，我們即刻就到。但不知那位朋友來了沒有？」

這話暗指飛豹子。賀元昆不肯直答，信口說：「敝東的朋友到的很多。你老只一去，就知道了。」

霹靂手童冠英走過來說道：「朋友，你們貴東不是已經上龍王廟去了麼？索性就煩你領我們一塊去吧。」

賀元昆忙答道：「對不住，我們還有別的事，我們還得催請別位武林朋友去呢。好在您這邊魏廉魏爺和程岳程爺，全都認得龍王廟的，就請他二位偏勞吧。」說時，施一禮，抽身告退，上馬就走。卻不取原路，竟帶著那個面生的人，投到一個人家，一直進去。旋又一同出來，並馬連轡，徑回火雲莊去了。

鏢行群雄穿上長衣，潛藏暗器；手使的刀劍，教門徒晚輩代拿著。由黑鷹程岳、沒影兒魏廉引路立即動身。此地騎馬不便，大家全改步行。俞夫人丁雲秀仍乘小轎，由弟子石璞跟隨後行。北三河水道縱橫，稻田竹塘很多，地勢一層層起伏不平。那龍王廟就築在水渠交錯的河岔子口上，因水陸錯雜，交通不便，此廟雖大，荒廢已甚。距北三河鎮甸，不過十里地，恰在西南；但若走起來，有沿路一片片水田間隔，竹塘掩阻，地勢忽高忽低，須走十一二里方到。

十二金錢俞劍平、鐵牌手胡孟剛、智囊姜羽沖一行大眾，連同新來的黃烈文、胡振業、蕭國英守備，共分兩撥，各搖紙扇，大步徐行，直奔西南；連跨兩道小渠，前有竹林擋路。繞過竹林，竹枝搖曳，沙沙作響；忽閃出兩個人來，迎頭叫道：「來的可是鏢行朋友麼？」

俞劍平抬頭一看，一個長衫男子、一個短衫壯士，都空著手，抱拳阻路，打量眾人。

這頭一撥人，乃是黑鷹程岳在前引道，忙上前答話道：「足下可是武莊主宅內派來的人麼？」

那人一笑道：「不是。」

霹靂手童冠英大聲道：「既不是子母神梭手下的人，一定是飛豹子竿上的朋友了。朋友你貴姓，你們瓢把子到了沒有？」

來人拿眼橫著一掃眾人，似點人數。短衫壯士一聲不響，只注意俞、胡諸老。

長衫男子怪聲一笑道：「你老兄不要錯看了人，在下也是武莊主邀來觀場的朋友。聽說有武莊主的朋友，要以武會友，會會高賢，在下特意大遠地趕來看熱鬧。我們久仰十二金錢俞三勝俞老鏢頭，以拳、劍、鏢三絕技稱雄武林。在下是抱著開開眼竅的心來的。不知諸位哪一位姓俞？莫非就是閣下麼？」

霹靂手童冠英道：「你要想認認俞鏢頭麼？那很容易，那就要看看你的眼力了。我不姓俞，我姓童，名冠英，有個匪號，叫做霹靂手童冠英的，那就是我。我也和閣下一樣，是這邊俞鏢頭的朋友，特意觀禮來的。不過不是衝著令友武莊主來的，是衝著飛豹子來的。……」

俞劍平恐童冠英越說越不好聽，忙出來要答話。來人毫不理會，反倒說：「原來諸位正是鏢行，好極了。武莊主煩我在這裡迎駕，請往這邊走吧。」又道：「怎麼才來了這麼幾位，聽說不是有四十多位麼？」

黑鷹程岳道：「這些位全是候教的，還有幾位觀禮的，隨後就到。朋友，我們謝你引路。不過這裡的路，我在下還認識。我們自己走，還不致走錯。」

長衫男子回身一指，笑道：「你是不是想往南走，跨過這條小河，就快到了是不是？但是，您可不知道，那條小河過不去了，那裡的竹橋忽然斷了；又沒有擺渡，武莊主怕你們幾位走不過去，又未必認得別的道路，所以煩我來給諸位指示一條捷徑。現在這麼說，諸位一定過得去，我就不必費事了。」側身一閃，又一拱手道：「請吧！」

說話時，竹林後面簌簌作響，還有兩個人沒有露面。俞鏢頭不用看，便已猜出，他們點清了鏢客人數，潛往送信去了；遂微微含笑，向長衫男子道：「朋友，我們先說一句，我們來的人全是鏢店同行、武林同道；這裡面沒有鷹爪，我敢擔保。在下我就是十二金錢俞劍平，這一位是鐵牌手胡孟剛。我們是特承子母神梭武勝文莊主的美意寵召，要引見我和另一位武林朋友會面來的，倒不是淨為以武會友。若是朋友看得起我，一定教我獻醜，我也不敢藏拙；可是那決不是我的本意。」俞鏢頭的話依然是軟中硬。

長衫男子叫道：「哦，閣下就是十二金錢俞鏢頭，久仰久仰，幸會幸會！您也太客氣了，我們武莊主久慕您的大名；還有他的幾位朋友，都是久仰你的雙拳一劍十二錢鏢。俞鏢頭真是信人，既然如期到場，一定不吝指教，要大展絕技，教我們一飽眼福的了。現在武莊主和他的朋友都來齊了……」

鐵牌手胡孟剛搶著問道：「令友飛豹子，他來了沒有？」

長衫男子笑道：「諸位願見的朋友，該來的都早來了，全在龍王廟恭候著呢。您就放心，請吧！」一側身，做出讓路的樣子。

那短衣壯士始終未發一言，把俞劍平盯了兩眼，暗扯長衫男子一把，說了聲：「咱們前邊廟裡見！」

兩人縮身退入竹林後，竹林後簌簌地發響，又有兩個人抹著竹塘邊，飛奔西南而去。

黑鷹程岳追蹤往林後一看，剛才答話的兩人仍藏在竹塘後，在一塊青石上坐著，似正伸頭探腦地巡風。和黑鷹一對盤，齊齜牙一笑，站起來說道：「您是引路的吧？前邊竹橋有點不大好走，您若是不願繞道，我們哥倆可以把你們諸位伴送過去，這邊有斜道可走呢。」

黑鷹程岳冷笑道：「不勞費心，斜道總不如直道好走吧！天底下的路全不難走，只要生著腿。你們二位在這裡還有貴幹呢，我們不好奉擾。您值公吧。」

程岳抽身回來，仍按昨天探的道引領鏢行群雄，越竹塘水田前進，且行且對俞、胡、姜三老說道：「他們在前邊不知又弄什麼詭計。前面本有一道竹橋，剛才兩個點子說，這橋不好走了。」

俞劍平道：「走著看，小心一點罷了。剛才那兩個人不過是看一看我們來了多少人，有官面沒有。真把人看扁了，我們要報官面，何至今天？」

正說著，武進老拳師三江夜遊神蘇建明哎呀一聲道：「可不是，你們看，他們把橋拆了！」

這座竹橋只剩了八對立柱，竹竿編的橋面全拆除了。這本是築在岸面，只容兩人並行的小橋；溪面一丈不足，本來可以跨過，只是兩岸並非直接旱地，還有淺灘，亂生蘆荻；當中只有一溝清波，深才過腹。連淺灘通算起來，寬度竟達兩丈一二。

霹靂手童冠英走過來一看，不禁冷笑道：「這有什麼用？能阻擋什麼人呢？也無非彆扭小腳老娘兒們罷了；連我們俞三嫂也難不住，對不對？」插紙扇，撩起長袍，踴身一躍，拔起七八尺高，斜飛如鳥，輕飄飄躍登對岸。蛇焰箭岳俊超也道：「這有何難？」一個箭步，也跨過去了。

三江夜遊神蘇建明有梅花樁的功夫，就不肯飛縱。他走到竹橋斷柱前，邀著青松道人、無明和尚和奎金牛金文穆，說道：「你我四人恰好是僧道回漢四色人物，咱們就這麼一步一根柱，渡過去也罷了。」說時眼往四面一看。

此時大眾都聚到橋邊察看。奎金牛聽了這話，臉上一紅，有點畏難之色。他身形偉壯，前次登坡，已上大當。唯恐這斷柱被人暗暗刨活動了，一個登不好，落下水去，未免當眾丟人。青松道人恐失出家人身分，敬謝不敏。蕭國英守備服官數十年，專習弓馬，把輕功夫久已擱下，胡振業一足殘廢，更不能單腿跳遠。這師兄弟二人都是俞鏢頭的同門，都有點怕出醜。

智囊姜羽沖含笑說道：「蘇老前輩，你老上當了。人家故弄這一手，要考較考較咱們。咱們就這麼聽話；學台沒來，自己就投考麼？」

蘇建明忙張目遠望，隔岸恰有樹林，林端似有人物，哈哈一笑道：「可不是！」

智囊道：「怎麼樣，林子裡就真有考官監場，拿冷眼盯著咱們呢！」

俞劍平俯察斷橋，平視對岸，綽鬚微微一笑。

胡孟剛又罵起來，大聲道：「真他娘的什麼東西，弄這不要臉的鬼見識，當了什麼？」忽想起飛豹子已經訪實，是俞劍平的師兄，又不禁啞然，拍手打掌地說：「難道咱們再繞回去不成麼？」

俞劍平笑道：「我們使個笨招吧。也不用跳，也不用繞，我們不會現搭浮橋麼？」

群雄哈哈大笑道：「對！」

好在竹林現成，觸處皆是；抽刀削竹，略加束縛，編成一條窄筏，浮放在橋柱上。俞鏢頭和蘇建明都會梅花樁的功夫，立刻試渡一回，橋柱當流有兩根岌岌動搖，轉囑大家小心踐渡。雖已造橋，大家走過時，不過借這橋一墊腳罷了。竟為這斷橋，耽誤了一會工夫。

龍王廟殿脊上，正有人攏目光，盯視眾鏢客的舉動。看他們全都渡過來，就互相傳呼了一聲：「預備，托線過來了！頭一撥二十多個，後一撥就到，倒是真沒有鷹爪。後面還有一乘小轎，哦！到河邊了，出來了；是個女子，也繞過來了。」

所說的這個女子，自然就是俞夫人丁雲秀，然而飛豹子已經認不得她了。一來路遠看不清，二來年久容貌改，早不是三十年前的如花美眷的小姑娘了！

於是十二金錢俞劍平率第一撥人，來到龍王廟門口。那金剛般的大漢、子母神梭武勝文莊主，衣冠楚楚，同著十幾個長袍馬褂的壯士，遠遠迎出。廟門大開，廟貌破舊；廟內本已遍生荒草，昨夜一夕之間，已被芟除得乾乾淨淨，露出土地。大殿佛像已無，供桌垂朽，廟廡門窗木格全落，裡面自不免深積灰塵；此時也撣拂得清清潔潔。縱無禪床坐褥，卻放著數十條白碴長凳。廟中的佈置，是把東廡上首讓給鏢行，武勝文和飛豹子的朋友自據西廡。那正殿和廟門對面的戲台，就是預備較量拳技的門場了。

廟很大，也有幾層，山門內外路口，早有人把守。鏢行一到，武勝文就客客氣氣往裡讓。鏢客都想看看全廟的形勢，探探豹黨的人數，並欲一窺劫鏢大盜飛豹子本人；就是胡、蕭二友也同具此心；胡跛子更為心急，直往前擠。俞、胡二鏢頭見對手已出，再想繞廟一巡，已不得便，立刻向武勝文拱手還禮，叫了一聲：「武莊主，諸位！」

霹靂手童冠英猝然發話道：「武莊主真是信人，不曉得你那令友袁朋友來到了沒有？」

武勝文微微笑道：「哦，這個，諸位早來了。」在他肩下，那個貌若女子的青年，穿長衫，搖灑金扇，用朗若銀鈴的聲音，從旁代答道：「俞鏢頭真是信人，居然準時到場了。還引來這些武林名輩一同見顧，不才和敝友同深榮感。」

這青年又一側身，目望童冠英道：「敝友久慕高賢，渴盼承教；他們要來的焉有不到之理？他們老早地來了，都在這裡面恭候著哩。」

胡孟剛大聲說道：「好！」

武勝文就側身舉臂相讓道：「借的地方，不恭之至；諸位英雄惠然光臨，真是群賢畢至的了，諸位都在這裡麼？後面還有別位沒有？」

俞劍平道：「武莊主，不才遵約而來，該來的如數來到，不該來的一個外人也沒有。剛才前邊有一座小橋，不知哪位行家腳步重，給踩坍了。路途生，時限迫，小弟唯恐延誤，有勞久待，我們幾個人就胡亂渡過來了。我們還有幾位觀禮的朋友，截在後面，沒有過來。小弟打算在廟外留下一兩個人，不為別的，好接引落後的人平安過來。武莊主想必允准吧？程岳，你陪岳師叔在外頭，不要往遠近去，不要東張西望。此處雖是一座廟，究竟是武莊主費心覓借的，我們要當心守規矩。」說完立刻把黑鷹程岳和蛇焰箭岳俊超，留在廟外，明為候人，實兼巡風。

武勝文不能拒絕，順口說道：「俞鏢頭真是細心，我剛才已經聽說了，橋斷不要緊，我們已經煩人前去搭板了。請釋尊念，令友一定平穩渡過來的。」在他背後，一個黃面漢子大聲說：「我們武爺專做修橋補路的善舉，除非不睜眼的人，才猜疑他過河拆橋。」

武勝文拍他一下道：「別嚷嚷了，鏢行朋友已到，立談不便，請往裡面走吧。」

老拳師三江夜遊神蘇建明、奎金牛金文穆、智囊姜羽沖、霹靂手童冠英等，簇擁著十二金錢俞劍平、鐵牌手胡孟剛，與武勝文等十數人，相遜相讓，走進了山門。沒影兒魏廉引領眾人，把廟中情形急急地辨認一回，便又出來，跟孟廣洪二人，把蛇焰箭岳俊超、黑鷹程岳替換進去。

子母神梭武勝文這邊的人，或在西廡內坐著，或在別院蹓躂，都不聚在一處，也不藏在暗處；散散落落，此出彼入，衣履也很不整齊。廟內備有兩座兵器架，都擺在明處。那飛豹子還沒露面。

武勝文把鏢行讓到東廡，請大家在長凳上坐，又請寬長衫：「這裡可沒有衣架，請搭在兵器架上吧。」立刻又過來雄糾糾、氣昂昂的兩個青年壯漢，提大瓷壺、大茶碗、木桶、滿桶冷水，給鏢行一人斟一碗。

姜羽沖、俞劍平齊說：「不敢當，不敢當！彼此都是過客，都算主人。武莊主和諸位如此照應，教我們太不安了。」遂吩咐年輕的鏢客，也幫著斟茶。

智囊姜羽沖和漢陽郝穎先心上不能無疑；舉杯嗅茶，辨香試氣。莫看是臨時借來，給佃戶傭工用的大粗碗，可是茶色碧澄，香氣清芬，乃是頂上的綠茶。郝穎先試將銀扳指投入茶碗裡，唯恐茶中有毒。敵人要施詭計，或者放下蒙藥，教鏢行當場出醜，也是有的。

子母神梭似乎早已防到，最後親從茶桶中，撈出四隻銀盃；即用銀盃盛茶，獻給俞、胡二鏢頭，抱歉說道：「茶杯不夠用，這四隻銀甌子，請俞老前輩、胡老鏢頭對付用吧。還有這兩杯，哪位喝，就請端吧。」

茶確是無毒的，十二金錢俞劍平依然涓滴不肯輕飲。

雙方坐下，說了幾句酬酢話。鏢行群雄冷眼打量這武莊主，豪邁之氣依然逼人，只眉目之間似流露不安，又似有難心的事。在他身旁的人，也出來進去，好像懷著什麼鬼祟。

俞、胡二鏢頭並不懼怕意外，只擔心飛豹子再不出面。他們向姜羽沖施一眼色，按預商的步驟，由姜羽沖抱拳發話道：「武莊主不必張羅，彼此全是同道，無須客氣。我們大家的來意，是想會會令友。令友既有意指教，我們俞鏢頭也很想獻拙；令友還要幫忙找鏢，這更是求之不得的。我們這幾人按照江湖道上的規矩，前來踐約，敢說以武會友，決鬧不出笑話來。但本地官面未必知道，他們看見咱們陡聚大眾，他們非聾非啞，也許要出頭攔阻。

「他們辦的是公事，我們鏢行倒無所謂，也無法攔他。只是武莊主乃是當地紳士，倘或摻在裡頭，受了誤會，未免顯著不合適。所以，我們既已如時到場，最好請把令友即刻陪來，當面一會，越快越好。省得睡久夢長。弄不好教官面察覺了，倒像是我們鏢行勾引出來的，豈不負了武莊主給兩家好意引見的盛情？」

武莊主站起身來笑道：「足下是怕給我找出麻煩來吧？但我們彼此都是朋友，獻技求教，不是比武；幫忙尋鏢，不是與賊通氣，斷斷不會出錯。本地官面和在下也有點小來往，我想他們總得給我留面。就是今日之會，也關照他們了，請諸位不必擔心。倒怕外府來的尋鏢官人，跟蹤尋來打攪，那可就惹出麻煩，不關我的事了。敝友現已到場，剛才囑我重問一句，貴鏢行可驚動官面沒有？」

胡孟剛道：「武莊主不要小覷我們。我們照約行事，錯了轍，你只管交江湖道公論。」

童冠英道：「我說武莊主，我也是觀禮來的朋友，讓我保一句吧；俞、胡二位久在江湖上混，決不會做出鬼鬼祟祟的事來，教江湖不齒。你們貴友也在外面安著樁呢，請問我們這一夥，暗中帶著不相干的人沒有？您請放心好了。」

武勝文道：「如此很好，我們雙方都照約行事，誰也不許錯了轍。敝友早已來到，我這就陪他過來。不過話先說明，他是專心先來請教的，後事如何，那就全看諸位怎樣對待人家了。諸位請稍候。」向鏢行一抱拳，回身出離東廡。其餘十幾個壯士一齊跟了出去。東廡只剩下鏢行；老拳師蘇建明道：「這怎麼講，他忽然又釘問一句，可是又要變卦？」

俞劍平搖頭道：「隨他鬧去，我們有一定之規。我們迎出去吧！」

鏢行群雄舉步到廡下，對方的人已從西廡及別處出來，歷歷落落，共有二三十人，和鏢行人數正相當。與子母神梭武勝文並肩前行的，一共七個人，其餘稍稍落後，雁行而來。這七人自然是領袖人物了，內中一個豹頭虎目、赤紅臉、黑鬍鬚，穿長衫，持鐵菸袋，正是劫鏢大盜飛豹子，也就是俞劍平當年的師兄，如今昂然出現了。胡孟剛也和黑鷹程岳、九股煙喬茂登時認出，急急關照俞、姜及群雄道：「就是他！」

俞劍平、胡孟剛、姜羽沖、蘇建明、童冠英與青松道人、無明和尚，凝眸打量對方。這七位有老有少，多半是尋常身材，只有三個人較高，頂數武勝文魁偉。豹頭虎目的老人和武勝文比肩並立，恰好一般高，一般雄壯。鏢行眼光盯視這草野七雄，這草野七雄齊盯視鏢客。但只一掠而過，幾對目光終於都落在十二金錢俞劍平和豹頭老人的身上。

十二金錢俞劍平，五十四歲年紀，穿米色綢長衫，黑色紗馬褂，衣冠楚楚，如見大賓；皓顏劍眉，額橫皺紋，氣度如此地謙敬、沉穆，毫不似武夫，更不似踐約赴鬥。睜著朗星般的雙眸，尋看來人；他只是這麼抬眼一看罷了，並沒有透出橫目直盼的神色。

這一邊，飛豹子挺然直立，六十歲以內的年紀，虎目灼灼閃光，豹頭似籠深霧，只穿一件肥袖短襟的綢袍、高腰襪、福字履，純然武林打扮。天雖熱，手不揮扇，頭不出汗，右手只輕輕提弄著那管鐵桿菸袋。一出西廡，目光遠射，早早地看見俞劍平了。

雙雄此日對面相逢，已在師門分袂三十年後了。兩人全覺得心血沸騰往上一撞，但立刻都按下去。兩人不由得流露出錯愕之容。光陰荏苒，挾著恩怨悲歡，匆匆逝去，好像一霎眼間，已度過一世三十年。此日重逢，兩人心目中都想像著對方年貌必變，卻想不出究竟變成什麼樣。

二人心目中，都有一個二十幾歲的少年壯士，浮現音容；而此刻抵面相看的，竟是矍爍一叟；把懸擬之相，拿來與對面的活人相印證，彷彿一幅白描人物畫，塗上一層風塵蒼黃之色，原形輪廓依稀可見，神情可太差了。

昔日的俞振綱是個口訥心熱、內剛外和的小夥子，今日成了練達人情的老鏢客了。昔日袁振武剛勁精悍之氣逼人，今日另換上堅忍不拔的草莽豪風。不對了，兩人全改樣了！即使面貌猶昔，氣度早截然不同。三十年光陰如電掃，把兩人全改了；若不是指名相會，陌路相逢，實在誰也認不得誰。在鬼門關前，二人本已秉夜交鬥過，但那時竟沒有看清。如今，在光天化日下，四目相對，不禁百感交集。兩個人都心中暗想：「他原來這樣了！」

武勝文在旁介紹道：「俞鏢頭，這位就是敝友。二哥，這位就是俞鏢頭。你們二位多多親近！……」

介紹人這樣說，兩人竟忘其所以，呆然止步，忘了說話；只不知不覺，循俗禮向對面抱拳一揖；四目射出英光，你看我，我看你，打量、端詳、回憶前情。

這時候九股煙喬茂躲在人背後，湊到跛子胡振業身邊，嘀嘀咕咕說道：「胡五爺你瞧，這位大瞪眼、赤紅臉、大高個兒老頭子，就是劫我們鏢的那個飛豹子。你老仔細對對盤，到底是你們師兄麼？那天當場劫鏢，把我們胡鏢頭打敗的，可就是他。他可會拿鐵菸袋桿點穴。」

胡振業和蕭國英蕭守備，早已盯住對面出來的七個人，並已看出誰是飛豹子來了。暗加指點道：「怎麼樣，這就是他！你瞧那嘴角往下搭拉著，虎腦門，大眼睛，分毫不差。」

胡振業見袁、俞相對錯愕，他就把九師弟蕭國英一拖道：「你我先上前。」一瘸一拐，拉著蕭國英的手，其實是蕭國英攙著他的臂，突越眾人當先，直抵飛豹子面前。雙拳一抱，大聲叫道：「袁師兄，三十年沒見，你還認得小弟麼？」

飛豹子不禁一側臉，旁睨鏢行群雄，人才濟濟。卻從側面，突然轉過來一個滿面笑容的跛子，臉黃肌瘦，頹然衰羸。胡振業早已喪失了當年的英姿，如今只剩了病後殘骸，連身量高矮都差了，如今好像矮了半尺多。飛豹子一點也認他不出，心中猜疑：「這是哪一宗派的人物，他會認得我？」

江湖異人不可以貌相，一個跛子敢越眾上前，倒不可忽視。飛豹子猝問道：「哦哦！朋友，未領教您貴姓？」

胡振業立時耳根通紅，發惱道：「他不認我了！」

在他身旁稍後的蕭國英蕭守備，雙拳高舉，也要招呼；一見此狀，搖了搖頭，不肯魯莽，登時改口道：「你閣下可是當年在太極丁門下，那位樂亭縣袁家莊的袁二爺麼？」

飛豹子又一側身道：「哦，你閣下……」

蕭國英往前邁了半步，雙眸直盯著飛豹子的雙眸。四目對視，不錯眼珠，蕭國英嘴角上浮出假笑。飛豹子眼往下一看，又往上一看，忽然似有所悟，用手一指，失聲道：「哦，你貴姓？閣下可是姓蕭麼？官印可是振傑？」

蕭國英的模樣，比胡振業改變得還厲害。當年他一派天真孩氣，現在儼然是一位中年的精幹軍官。面容發胖，唇上生了短鬚，身量也高了，只面龐還彷彿罷了。可是飛豹子竟忘了當年在師門極其活躍的胡五師弟，偏偏想起這九師弟蕭振傑楞九。蕭國英不由一鬆勁，得意的人大抵願與老友話舊，就歡然叫道：「袁師兄還沒忘了我，小弟我就是蕭振傑。袁師兄，多年沒見，把我們想煞、悶煞了。」

飛豹子道：「這這這，你真發福了，我一點都認不得你了！」

胡振業退後一步，越發不悅，在旁大聲道：「好麼，我說袁師兄，你好大的眼眶子。你只認得做官的師弟，就不認得我這倒楣半死還剩一口氣的胡老五了麼？」

飛豹子袁振武聞聲又一扭頭，道：「呀，你是胡振業五弟麼？多年未見，你怎麼瘦得這樣了？我的眼真該挖，可不是我眼眶子大；五弟，你的相貌變得太厲害了，我哪裡認得出來呀？」口說著，眼光往鏢行群雄這邊搜尋，看還有熟人沒有。

他心中卻在作念：「俞老三這傢伙居然把舊日同門找尋出來，哼，你若想拿面子局我，你做夢吧！」

飛豹子立刻裝出面孔來，像很念舊似的，和胡、蕭二友懇切周旋。把鏢行群雄丟在一邊，毫不敷衍；俞劍平緊站在旁邊，他連看也不看。

袁振武拉著胡、蕭的手道：「二位老弟，我們三十年沒見，你們想必都很得意吧！我在下可是混得丟盔卸甲，簡直是死裡重生的人了。我學無一技之長，在師門乃是不成器的笨貨，我有自知之明。我就曉得江北魯南中原一帶，沒有我插足之地。我一頭鑽到荒林窮山僻角落裡，跟人家看宅護院，好歹混一口飯吃。不想人到老了，就會想家；我犯了思鄉病，忽然回來了。我本是武林棄材，我不認得人，人也不認得我。我順腳瞎闖，從直隸摸到江南，連半個熟人也沒遇上。哪知道今天會遇見你們二位，最難得你們二位還在一起，這真是幸事了。

「二位老弟，咱們是老朋友了，總算都是武林一脈，我也不知二位如今貴幹。我在下可是沒出息，越混越往下去溜，我現在居然做起無本生意，跟人家當踩盤子小夥計了；卻也是有一搭，沒一搭，三七分帳，沒生意就閑著。二位別見笑，我實在不行；誰教我當年學藝不精，不能繼承師門絕技呢！

「我新近才聽說江南鏢行出了一兩位能人，我拜托武莊主給我引見引見，要跟這位能人會會，也好學兩招。別看我人老，心不老，求學的心還是很熱。就在今天，就在此地，我們要見面。哪知二位也來了，這真是他鄉遇故知了。好吧，二位，回頭你二位跟著看看熱鬧吧，我還要跟這位鏢行名人請教請教高招哩！」

他只對胡、蕭滔滔說話，眼角掃著俞劍平；聲色言辭分明拒人千里之外。只跟胡、蕭敘舊，把這抱拳打躬的三師弟俞劍平拋開不理，他的來意果然不善！

胡振業連搶兩次話，未得搶上；此刻忙大聲道：「袁二哥，你別發牢騷了，你說這話可該受罰！你說你倒運，我比你更倒運。咱們丟開過去，講現在的吧。二哥，你訂約會，要找的那個十二金錢俞劍平鏢頭，不是別人，也是咱們的同學。你看就是這位，他就是咱們的三師兄俞振綱，劍平乃是他的號。我說，俞三哥……」

飛豹子故作不聞，急忙打岔道：「胡五弟，且慢。我告訴你，我是以武會友，專誠踐約來的。我這回倒不是專為訪友敘舊，乃是特為慕名求教來的。」霍地轉身，對武勝文道：「武莊主，給我引見引見吧。我們老朋友光顧說話了，倒讓十二金錢俞老英雄久等了。」

武勝文便道：「俞鏢頭，我再引見一回，這位朋友就是敝友……」

十二金錢俞劍平見此光景，臉色微微一變，心中似旋風一轉：「他瞪著眼裝生人！」

蕭國英到底比胡振業心路快，忙趕上一步，硬給袁、俞二人拉合道：「俞三哥，這就是袁二哥。袁二哥，這就是俞三哥。你們二位全很老了，大概認不得了吧？你們都成了老英雄了。」

俞劍平立刻往前湊了一步，滿面陪笑，高舉雙拳，大聲說：「袁師兄！我猜想是你，真格的果然是你！這還用武莊主介紹麼，你我三十多年的交情，三十年沒見面了，可想煞小弟了。小弟我俞振綱，今日幸得與師兄相會，真是萬千之喜。胡賢弟、蕭賢弟這邊來，師兄請上，小弟俞振綱拜見！」

俞劍平當著眾人，要向飛豹子屈身下拜。飛豹子竟往旁一閃身道：「不不不，這可不敢當。俞鏢頭，你老不要認錯了人。我和閣下從前是慕名已久，今天才是初會。你怎麼跟我來這個？」

鏢行群雄不知何人冷然說道：「好詞，想不到堂堂好漢會裝傻？」

飛豹子立刻應道：「那一點不假！在下素來就不聰明，我今天的來意，就是要拿我這個傻貨，會一會智勇雙全、聰明無匹的十二金錢俞老鏢頭。我說武莊主，咱們的話，您不是都對俞鏢頭講過了麼？」

武勝文在旁答道：「早已講過了，也承俞鏢頭慨許了。」

飛豹子把手一張道：「著啊！俞鏢頭，你的來意是尋鏢，我的意思是求教。這裡頭委曲宛轉用不著細描，反正彼此明白。咱們現在照約行事，二句話沒有。……」

鐵牌手胡孟剛哼了一聲，人家分明把挑戰的話當面提明了。俞劍平仍不動聲色道：「袁師兄說的是，小弟一定遵命。不過，你我從十幾歲就同師學藝，相處有年，親如骨肉。到後來師兄因母老歸養，我和胡師弟親自給你送行，直追到船上，只差一步，沒有趕上。從此你我闊別，一晃三十年，今天你我老友重逢，請想舊日同門健在的還有幾人？師兄，我們何妨先敘舊情，然後再談正事？這不是胡、蕭二弟也在這裡了，師兄請邀令友到這邊坐。不知師嫂是否健在，你膝下有幾位師侄了？」

飛豹子搖頭笑道：「不怕俞鏢頭見笑，在下流落江湖，一身一口，斷子絕孫，太不值提起了。哪能比得俞鏢頭，妻財子祿，名立功成！我久仰俞鏢頭一劍雙拳十二錢鏢，威鎮江湖。我在下竭誠而來，非為敘舊，實在求教。武林道做事，是講到哪裡，做到哪裡。彼此又邀來這些朋友，哪能一味淨講空話？早知那樣，又何必驚動大家。我們還是先辦正事，哪怕完了事，由我袁某擺幾桌酒席，恭請諸位高賢，暢懷一敘，也是應該的。現在似乎不必。我說，武莊主，請你費心，給鋪排鋪排吧。」

第六六章　斷情絕義

飛豹子袁振武本和子母神梭武勝文商定：一到鬥場，唯恐俞劍平輾轉託出人來，請求私了。飛豹子不打算與俞劍平面談，退到一邊。另由武勝文引幾個生人出頭，直等到動手，飛豹子再上前。哪知一到廟內，胡、蕭二友直衝飛豹子敘舊，俞劍平不嫌挫辱，也當眾拜認師兄，把飛豹子所佈置的章法全攪亂了。

飛豹子急忙向同伴示意，武勝文猶豫未進，那胖、瘦二老人和那美貌少年一擁上前，把袁、俞二人隔開。發話道：「這件事不是說話辦得了的。敝友此來，專為求教；至於幫忙尋鏢，要等到過完招之後，敝友一定照辦。敝友早對我們言明，萬一生了枝節，或者硬有人出頭勸解，敝友可就敬謝不敏了。說句不客氣的話，他可是要走。」

其餘豹黨也和鬨道：「對呀，別淨說話了，我們專為觀場來的，請二位英雄寬衣服上場吧。我們久慕威名，是專程來觀光的，俞鏢頭別教我們失望。」

智囊姜羽沖忙與霹靂手童冠英奮身攔道：「諸位朋友慢著！我們不是淨為打群架來的，這也不是打架的事。就是打架，也得先禮後兵，把話說開了。像諸位這麼著急，過完了招，到底怎麼樣呢？」

草野群豪仍催著登場，一味嚷：「照約辦事。」

童冠英含怒尋到武勝文面前道：「前天是我們幾個人，替他們二位訂約的，現在請武莊主費心，把別位大駕暫且攔一攔。咱們幫忙的朋友，總該替他們兩位當事人安排好了，不要亂嚷才對。」

武勝文笑道：「那樣很好，那正是敝友求之不得的。」

智囊道：「好！咱們可以先商量一下。」

雙方的中間人立刻湊到一處。此時胡、蕭二友伺隙解圍，突然拉住飛豹子的手，向俞劍平道：「俞師兄請這邊來。袁師兄，你我乃是從小的弟兄，不說假話。今天群雄相會，自然有個講究。我聽說雙方不過是要比量武功，又聽說還賭著一支鏢，這個我小弟全不過問。事有事在，現有中間人，可請他們幾位商量；該怎麼樣，就怎麼樣。咱們弟兄可是三十年沒見了，咱們同門師兄弟一共九個人；現在只剩下我們幾個，難得今天我們四個人居然湊到一處了。我說袁師兄、俞師兄，我們談我們的；我們真該親近親近了，同門師兄弟就是骨肉手足。」

胡跛子拉著飛豹子袁振武，蕭國英拉著俞劍平，硬往一塊捏湊。草野群豪一見此景，深恐飛豹子不是拘於情面，就是得罪故舊，事難兩全，必墜僵局。那瘦老人和那名叫許應麟的壯漢，忙出言譏諷，仍要把飛豹子攔住。豹黨更有一個少年大聲狂笑道：「這是什麼事，跑到戰場上認親來了？當家的可留神，咱們要真的。」

胡跛子一翻眼，抗聲道：「朋友！……」想含而不露，反唇相譏，一時想不出辭來。

蕭國英忙接聲道：「袁師兄，這位是你什麼人？可是徒弟麼！還是子侄呢？喂，少年，你不要擔心，你們師父是老江湖，不會上當。我們是嫡親師兄弟，也不會給你師父當上的。」

飛豹子微微一笑，也大聲說：「戰場上認親，又有何妨；你不要把師父看小了。你看我可是輕易受好話哄的麼？」對胡跛子道：「五弟，你不要硬揪我，我現在跟江南名鏢頭小小有點說頭；回頭完了事，咱們哥們再講交情。我還要敬陪二位，多盤桓幾天。我已經混砸了，還要懇求二位給我點事情做哩！現在對不起，我很忙。……」說時，拔身前湊。蕭國英已將俞劍平拉了過來，連叫：「袁師兄，自己老兄弟，不要這樣子呀！」飛豹子仰面而笑，不肯答碴。

俞劍平很有涵養，一躬到地，笑道：「師兄現在很發福。前幾天武莊主說，有一位武林朋友要見小弟；聽說那神情意思，我猜著必是師兄。今天見面，果然不錯。三十年久別，今天真是幸會！你我是同門老弟兄，我們用不著繞彎。……」

胡、蕭道：「著哇！自己哥們有什麼不痛快，當面講最好。」袁振武仍不接話。

俞劍平道：「師兄，那二十萬鹽鏢，不是小弟親保的，乃是小弟鏢店同行鐵牌手胡孟剛胡鏢頭一手承攬的；他不過借小弟的鏢旗用用，壯壯聲勢罷了。這裡面詳細情形，料也瞞不了師兄。不幸這一票鹽鏢，不借小弟的鏢旗還好，這一借索性整個全丟；連小弟的鏢旗也被拔去。小弟託朋友尋找多日，直到近時，始知留鏢銀、拔鏢旗，乃是師兄手下人所為。

「師兄你我同門學藝多年，親如骨肉。小弟年輕時，糊塗癡呆，口訥面嫩，常恐無意中惹得師兄生氣。現在師兄不吝指教，我叨居師弟之位，理應尊師敬長。師兄既肯加責，小弟敢不拜領？不過這鏢實是胡鏢頭保的，他的家眷已因此事押監勒賠，保家催賠又一天緊似一天。胡鏢頭無端被累，以致入獄，傾家喪業，情形太已可憐。只求師兄顧念無辜，先把鏢銀擲還。然後師兄願意怎樣處罰我，就怎樣處罰我；小弟必甘心拜領，誓不皺眉。」

講到此往旁一看，夏氏三傑立刻把胡孟剛引過來。俞劍平道：「師兄，這位就是胡鏢頭。胡鏢頭，這位就是一手劫取二十萬鹽鏢的飛豹子袁老英雄，實在就是我的師兄。」

胡孟剛蘊著怒，向飛豹子拱了拱手，說道：「這位就是袁老英雄，我早就領教過了，還不止一次。袁老英雄，您是俞大哥的師兄，我是他的盟弟；您就是老大哥，我得給您行全禮。」隨往下彎了彎腰。

飛豹子登時退身搖頭道：「不不不，我可不敢高攀，我是山窪裡的俗人，怎麼會是俞鏢頭的師兄？」

胡孟剛道：「這個……袁老英雄，剛才您師弟的話，您總聽明白了。這號鏢是我在下保的，我和閣下實是初會，從前沒有共過事，自然也無恩無怨。那天在范公堤，您也親口說過，不是衝著我的鐵牌鏢旗來的，今天你閣下挺身出面，足見大丈夫做事磊落光明；我們有話講在當面，再好不過。你閣下是久闖江湖的老前輩，沒有看不開的，也沒有不開面的。不怕你老見笑，刻下官面催尋催陪，急如星火，我在下現時就教兩個捕快押著。可是，我們俞大哥自從探明劫鏢的事是你老兄所為，他就謹守武林門規，沒敢聲張；只求面見情求，決沒有旁的打算。是的，袁老英雄，這可是官帑，我們只想情求；這也瞞不了你老兄和武莊主諸位，您只管打聽。「這回事若說是我在下得罪了人，我胡孟剛和閣下是陌生朋友，連這回才見過三回。若說您的師弟得罪了您，可沒有我的事。這號鏢實是我一人承保的，金錢鏢旗不過是借來助威；這裡頭沒有您師弟的事。也瞞不過您。若說我們開罪別位英雄了，您是替朋友找場，我們又真不曉得從哪裡受病。現三方抵面，話已講明，我先跟您道歉。您有什麼不痛快，請儘管明挑出來；我們一定按江湖道，給朋友圓面子順氣。」

胡孟剛又抱拳向到場的豹黨群豪作了個羅圈揖，說道：「諸位英雄，我叫胡孟剛，丟鏢的就是我；我今天特來賠不是求鏢。諸位都是給朋友幫忙來的，請眾位費心給圓說圓說。今天的約會，別看袁老英雄說是要試招，我可不敢，我們俞鏢頭更不敢。袁老英雄是師兄，是老前輩，我們今天實在是借這一機會，撒帖子，邀朋友，專誠給劫鏢的武林朋友拜山賠情來的。別看這裡不是山，跟拜山一樣。諸位，我胡孟剛有禮了！」

這招兒是軟的，是昨夜預定的；由姜羽沖授辭，教胡孟剛當場說出，好讓在場群豪聽聽是非曲直。胡孟剛是直脖老虎，經他枝枝節節一說，忿火中燒，話中未免帶刺。

飛豹子把虎目一翻，發出詫異之聲道：「這話滿擰了。俞鏢頭、胡鏢頭，你們二位不要把事看錯。今天這一會，到底怎麼個講究？難道武莊主和諸位沒講明白麼？……喂！我說武莊主，這兩位說的話怎麼全不對碴了！劫鏢找鏢是一檔事，今天踐約求教又是一檔事，二位不要攪在一起；若是這麼講，越扯越遠，越掰不開了。」

飛豹子把煙桿一提，比劃著說：「胡鏢頭，你我素不相識，一點不假。今天我竭誠而來，專找俞鏢頭獻拙求教。若照你這麼看法，你我簡直過不著話了。」又一轉臉對俞劍平說：「俞鏢頭，我老實講，我和閣下是天南海北，你不要冒認了人。我袁某一生淪落，當倒楣時，一個朋友也沒有；今天我還沒有轉運，怎的就有人來攀親近、套交情，認起同門師兄弟來了？請問我是哪一門的！我的師父又是誰？哪年哪月出師的？這不是太可笑了？」

飛豹子縱聲大笑了幾聲，把菸葉裝在鐵菸袋銅鍋裡，打鐮點火，小作噴吐，更橫目一尋。武勝文正與胖、瘦二老，和鏢行這邊的智囊姜羽沖、夜遊神蘇建明、漢陽郝穎先等，抵面開談。他們高一聲，低一聲，忽又笑了，忽又繃起面孔，料到也正在爭執。飛豹子遂對那美貌少年說：「喂，賢弟（他不肯明叫出姓名來），那天訂約，不是也有你麼？你看，這二位一個勁地衝我敘舊講情，我又臉皮薄，受不了，好像他二位就忘了今天一會的本意。時候不早了，賢弟快替我釘一句，還是那句話，該怎麼著，就怎麼著。我早等不及了。若再講閒篇，磨時候，我對不起，我要溜！」

面色一正，咄咄逼人；飛豹子是翻了臉，才好較量。他到底是飽經世故的老英雄，說出口的話可往桌面擺；他只否認與俞劍平同門，並不否認劫鏢，也不率直擔承。他說：「照約行事，專心求教。只要鏢行肯照辦，彼此一試身手，那二十萬鏢銀，我自然想法雙手奉上。」後催那少年，替自己向鏢行即刻索鬥。

那美少年立刻說：「俞鏢頭、胡鏢頭，敝友的本意堅不可移，沒有二句話可說。就請招呼朋友們一聲，可該預備了。請看那邊，就在那邊試招，好麼？……武莊主，你請過來。」

武勝文、胖瘦二老和智囊姜羽沖、夜遊神蘇建明、漢陽郝穎先等都裝出笑臉，各替自己的朋友幫忙。草野群豪自然力促鏢行照約獻技，一決勝負。只一過招，不論誰勝誰敗，飛豹子一定「幫忙」把鏢尋回。武勝文說：「鏢雖不是飛豹子剪的，可是他有法子代討。」這自然是假話，拿來當真話說，鏢客這邊就揭開假面，直說本根。

夜遊神蘇建明年輩最長，和武勝文又有一面之緣，此刻綽鬚說道：「武莊主，你我當年也會過面，彼此都是朋友。咱們今天到場，是給他們兩家了事的，決不願激事。你閣下既然出頭，他兩家的事，想必你也深知。他二位年輕時本是同學，大概有點小意見。可是他們少時氣盛，如今已有三十年了，全老了！老朋友、老同學於今健在的還有幾人？像我們這大年紀，還有幾年活頭？真是親近還來不及，何必再找舊帳？找舊帳又有什麼意思？

「我們不曉得武莊主是怎麼個看法？我們一起初真不曉得他二位是舊日同門；我們只想為了江湖上的義氣、鏢店的行規，朋友失了鏢，我們應當幫忙拜山情討；討出來更好，討不出來就當場比拳，也算不了什麼，這都是道理的常情。所以前日武莊主一提見面比武，我們都說這也不錯。只是今天可不行了，我們昨天才曉得他二位是舊同學；不管他們當年情感如何，我們做朋友的斷沒有眼看著他們二位同門鬩牆之理。我們無論如何，也得給他們二位化解化解。如要不然，一旦傳出去，我們做朋友的豈不是不能了事，反倒激事了？你說對不對，武莊主？」

智囊姜羽沖又接著說：「武莊主，我們再說句私話；他們二位的武功到今日已經登峰造極。他二位若一動手過招，必分勝敗。他二位如今都是成了名的人，手下都有徒子徒孫；真個誰栽了，也都受不住；只許兩和，不許分上下的。只一分上下，請往後想吧，擠來擠去，必落到兩敗俱傷，還怕不完。他二位誰肯甘心認輸呢？誰沒有朋友幫忙，誰不再找二次場呢？

「我再說句私話，這裡面關連著二十萬官帑，官面焉肯放過？錢不是少數，還關連著地方官的考成。光棍鬥力不鬥勢，鬥民不鬥官，這話我不便說。我只衝武莊主講，武莊主不要錯想。飛豹子是關裡人，可是在遼東成名創業的；他現在遼東落戶了，我們都已訪明。這件事鬧大了，憑飛豹子的武功，決不怕激出事來；就激出岔錯，他甩袖子一走，一到寒邊圍，就是他的天下，他自然有恃無恐。可是你我都是江南人，有身家的呀！我們為朋友，兩肋插刀，死都不怕，還怕連累不成？只是得分什麼事，明明可以善了，明明可以杯酒解嫌，我們樂得給朋友講和。現在敝友俞鏢頭仍以當年舊情為重，情願給師兄擺宴賠禮。他偌大年紀，功成名立的人，肯如此屈己從人，我想諸位很可以勸勸令友，順坡而下；面子也圓了，事情也完了，當著江南這些武林，何等光耀？若一定抵面較技，勝者為榮，敗者為辱，又是一番結果了。我們為朋友，決不願把事激大。」

說罷，聽武勝文回答。武勝文果然一動，無奈他欠過飛豹子的情，他沒法子怕連累。遂答道：「二位說到這裡，我們索性開誠佈公講吧。這事不很簡單，敝友自有敝友的意思。我武某如怕連累，也就不出頭了。敝友要和俞鏢頭一較絕技，存此心已有三十年，恐怕不是空話解得開的。俞鏢頭真肯當眾磕頭麼？」說時眼望胖瘦二老，二老是飛豹子的死黨，大笑道：「俞鏢頭肯磕頭，飛豹子還不敢受頭呢！飛豹子渴欲求教，存心三十年，奔波二千里，來到這裡；諸位，你教他只憑一杯酒、兩句話，就夾著尾巴跑回家麼？倘真個如此，敝友也有約法三章。」

姜、蘇二人忙道：「令友有什麼意思？只管明說。」

胖瘦二老王文奎、魏松申道：「說出來，二位別挑眼。敝友的意思是：第一是求俞鏢頭不再走鏢，把鏢旗送給敝友。第二是求俞鏢頭不再授徒，從此退出武林，不要再拿太極門三絕技的威名，震嚇我們綠林道……。」

姜、蘇立刻雙眸大張，轉瞬又換了笑容，道：「還有第三件呢？」

胖瘦二老笑道：「我剛才說了，二位別挑眼。第三件是只還胡孟剛名下保的那十萬鹽鏢；至於俞鏢頭名下那十萬鹽鏢，敝友說了，只能退還一半，得留下一半。……」

蘇、姜道：「這怎麼講，飛豹子要用麼？」

胖瘦二老道：「不然！敝友說，退還胡鏢頭名下十萬、俞鏢頭名下五萬；留下這五萬銀子，請俞鏢頭掏腰包補出來，普請天下豪傑，當場說明此事。然後大宴數日，共圖一醉；把剩下的懸為賭注，請天下豪傑各獻絕技，共奪錦標；誰的武功好，誰把銀子拿去。不過，只限於少年英雄，成名的不算。這也是獎勵後進之道，又與設擂台相仿，可是取義不同。敝友就是這個主意，定而不可移。至於磕頭賠禮，當眾道歉，敝友說得好，經多見廣，不稀罕那三個頭，可以免了。」

夜遊神蘇建明聽完此話，哈哈大笑道：「好條件，一件比一件有勁。令友沒打聽這五萬銀子到底是誰的麼？」

二老說：「敝友也講到了，不管誰的，請俞鏢頭慷慨這一回吧！料想俞鏢頭人緣極廣，財大勢大；區區一點銀子，還不至於墊不出來。就拿這五萬銀子，交了朋友，也不是不值。」

蘇建明仰面大笑，姜羽沖也很不悅。兩邊說和的朋友越說聲音越大，眼看也要吵起來。那邊飛豹子板著冷面孔，和俞鏢頭相對，也是一點謙讓的意思都沒有。鏢行群雄早已看出此事必非口舌所能解決，不過在動手之前，仍盼望拿情面話，拿將來的後患，試著說合一下。俞門五師弟跛子胡振業，看不慣飛豹子的驕豪神情，早有發作之意；被蕭國英守備攔住，勸他稍忍須臾。兩邊嘵嘵不休，廊外忽有一陣腳步聲，雙方在場的人都張目外看。鏢行所設巡風的人沒影兒魏廉，急急走進來，到俞劍平耳畔，低聲回報道：「三叔，我們三嬸到了。」子母神梭武勝文所派的卡子，也奔進來兩人報導：「一群鏢客和一乘小轎已然繞道過來了。」

鏢客都知道來的是後一撥人。子母神梭和飛豹子明明曉得是踐約的鏢行朋友，只裝作不知，故意問道：「這又是哪位朋友來了？」邊說邊吩咐手下人趕快迎接。俞劍平忙道：「不必費心，教他們自己進來吧。」吩咐魏廉領他們進來。

這後到的鏢客，有馬氏雙雄等人，也是被斷橋阻住。不過，俞、胡等人能借竹杠木板，現搭浮橋，空身渡過；他們末一撥因有俞夫人一乘轎，只可繞過，所以落後一步。繞小溪來到廟前，俞夫人下轎，劈頭看見黑鷹程岳和魏廉，忙問見面情形如何。程岳答道：「師父已跟飛豹子對面搭話了，看情形很僵。這飛豹子確是從前的袁師伯。」

俞夫人道：「哦！」忙與馬氏雙雄等，一齊往廟中走來。

剛進山門，山門左右侍立的豹黨，頭報已經進去；第二報把俞夫人盯了一眼，抽身也往裡走，低聲報道：「當家的，武莊主，他們的人又到了。」

武勝文道：「我們知道了。」

豹黨道：「裡頭還有一位堂客呢。四十多歲，不知是誰？」飛豹子聽了，渾身一動，衝口說道：「哦，她真來了！」忙向子母神梭打一招呼。子母神梭武勝文站起來，對俞劍平道：「俞鏢頭，我們聽說你還邀來女客，估摸是您夫人吧？久仰俞夫人是女中豪傑，我們禮當恭迎。」與飛豹子一齊抓起長衫，披在身上。俞劍平縱然老練，也覺得耳輪一熱，忙說：「袁師兄，您請坐，這是您的師妹……」飛豹子早已走到殿前了。

俞夫人恰好走進來，與飛豹子袁振武在院心甬道上迎面相遇。黑鷹程岳隨侍師母，微微用手一指道：「師母，這就是飛豹子，袁師伯。」飛豹子旁邊也有一黑面青年，悄告道：「當家的，這就是俞某之妻。」

師兄妹分別近三十年，此日此地重逢。俞夫人丁雲秀張眼一巡出迎的群豪，唯有飛豹子身高。丁雲秀停眸一看，豹頭虎目，形容魁偉，依稀可憶當年；只老態已呈，鬚眉如戟，額紋很深，身量好像更高了一些，輪廓意氣大致不異。

飛豹子虎目橫盼，先打量這後進來的一群鏢客。眼光一巡，二十多位高高矮矮，老老少少，個個都不熟識。最惹他注目的，還是俞夫人丁雲秀。飛豹子向眾舉手道：「諸位剛來，失迎！失迎！請往裡邊坐！」眼角旁睨，重掃到人群中稍稍落後的丁雲秀，陡然生出奇異之感：「這就是她？……她這樣了！」

在他心目中，丁雲秀本是一個嬌小玲瓏，穿鵝黃衫，繫長裙的十八九歲的少女。身量略矮，瓜子臉，櫻紅唇，皓齒明眸，梳著長長的髮辮。一別近三十年，據聞她的兒女已經長成，想像著她必很老。

飛豹子自在腦中塑造了另一幅景象：矮矮的一個老婆婆兒，雞皮皺面，腰背微俯。而今對面相逢，竟跟他的想像不相同；可也跟他的記憶全不似。果然女大十八變，何況三十年？飛豹子僅增老態，丁雲秀不但年華已增，又已從閨閣少女變為少婦，又由少婦變為兒女成行的中年婦人，不但姿容體態全變，就是風度，一切都與飛豹子夢想多年的模樣神情相去懸殊了。

她從前是七分閨秀手姿、三分武林英氣。有時她處事決斷，頗見明敏；有時她又脈脈含笑，流露出小女兒的癡態。看待自己，跟同胞兄妹一樣，向不見外，倍有親情。現在她可就大相徑庭了，這不是一個精明幹練的主婦麼？三十年前的她，怎麼一點也不留痕跡了！

只見她一看飛豹子，臉上也帶出憶舊之情；雙眸凝定，頗露悵惘。但只一愣神罷了。轉眼間，她臉上現出莊嚴、敏練的微笑出來，先「哦」了一聲，又叫了一聲：「哦！袁師兄，三十年沒見，您上哪兒去了？我們常掃聽您，一點消息得不著。您比以前更壯碩了！」上前襝衽，深深一福，辭氣似很親近，態度上有著更多的謙恭，而且帶出點世故。

飛豹子悵然了，情不自禁，也把雙拳一抱，道：「師妹，你……你好啊！」他把瞪眼不認帳的話全忘了，不由衝口吐出真情。飛豹子心上有些亂亂的了，頓憶前情，不勝感喟：「這是當年戴珊瑚耳墜、穿鵝黃衫的那個垂髫小女娃麼？這是管我一口一個『袁二哥』，叫個不住的那個雲秀師妹麼？」

現在，立在迎面，向他含笑襝衽的，乃是一個中年灑脫婦人；窄袖長裙，削肩纖足，氣度很謙和，禮貌很周至，儼然是大家主婦。當年那個嬌癡小女孩哪裡去了？「變了，人全變了！」飛豹子心上感到莫名奇妙的淒涼，眼光旁掃，看到了俞劍平，騰地一股熱氣往心上一撞。他登時想起三十年前的深憾。

這時丁雲秀妹子很懇切地問候他，他又驀地想起自己三十年前，自從姜大師兄被逐以後，自己在丁門代師掌教，丁雲秀師妹也跟自己學拳。自從師父太極丁的愛子夭亡以後，自己更替師主持家門瑣事，不時出入內宅，和雲秀師妹見面接談。自己彼時在丁門，儼然是掌門師兄，又儼然是當家大哥。師父師母看待自己，如親兒子一樣，這小師妹也把自己看成親骨肉，有了事就要找自己辦。甚至買花粉，也專找自己，不用長工；嫌長工蠢笨，買的不好。一天不知聽她叫幾回「袁二哥」！

她跟從自己練拳，丁老師也命自己給師妹領招、墊招。自己那時每天見她梳兩個小辮，或垂著雙髫，把頭一擺，那耳垂的珊瑚墜子便打秋千似地亂晃。她小時整天在箭園玩耍，她輸了招，就嚷：「哎喲，二哥，你瞧你夠多愣呀！」她贏了自己，就格格地笑，管自己叫「傻袁二哥」。如此同堂學藝，直到她十六歲及笄之後，方才形跡稍疏，可也免不了天天見上幾次面。……

突然，飛豹子又把俞劍平瞪了一眼，想道：「突然俞振綱這小子帶藝投師來了，拿著郭三先生的信，進門就磕頭。丁老師竟會收下他；他這小子單會使的這一股軟勁，不言不語，悶著頭苦用功；教什麼，練什麼。說他笨，一教他就會；說他詭，又一錐子扎不出血來。跟別的同學也不很來往，可是胡振業他們全喜歡他；說他性子隨和，沒有架子。看他很瘟，不知怎的，竟會跟丁老師投了緣。我卻不會這套，我代師父傳藝，很認真地教他們，一點也不藏私；他們倒全怵我，說我比老師還厲害！我受累不討好，我也不管，我只求良心上過得去，我替老師辦事，盡心盡力，我也不是為買好。哪知，結果弄了個廢長立幼，把我刷了；把姓俞的拔上去了。我有好心沒好報！我一想，拔腿就走；出離丁門，另行創業。他們全說我性子暴，不能成事；說我沒有堅忍性，哼！我如今竟忍了三十年！……」

飛豹子年老健忘，獨於師門廢立一事，是生平最深的隱恨，一點忘不下，半點丟不開。一想起廢立，就跟著想起俞劍平和丁雲秀師妹。雲秀的倩影不時在他心中打轉，而今丁雲秀本人立在他面前了，可是不對，這不像當年那個師妹！

飛豹子在遼東創業，娶了快馬韓的愛女昭第姑娘；並且承接了快馬韓的基業，把它擴大起來。他已與昭第生了一女。現在他面對雲秀師妹，又想起這遼東之妻韓昭第：「昭第這娘兒們，當初我也真愛她，她也真可愛。」

昭第二十幾歲時，辦事很麻利，說話很脆，生得又不醜，長身量，大眼睛，桃腮朱唇，頗富頎美；就是旗裝大腳，飛豹子好像對她這腳有點介蒂，因為他是關裡人，又不在旗。然而昭第很知疼愛丈夫，性子很倔強，對丈夫竟能百依百順。飛豹子和她伉儷之情很深，或者說甚於原配。只是近幾年，昭第娘子上了年紀，有點不修邊幅了，光腳不穿襪，說話嗓音又粗，脾氣越來越近男性，一味闖奢，似乎漸漸缺失了女性的柔美。

夫妻倆每一拌嘴，飛豹子就不禁想起了丁雲秀師妹：別看是武師之女，身會拳技，到底是名門閨秀，另有一種風韻。記得她未語先低頭，說話先紅臉，凝睇掩笑，似嬌羞，非嬌羞，另有一種醉人的風度。她實是大家小姐。丁老師本是山東富豪，累世簪纓，家教好，閨訓嚴；不說別的，她嗓門先比昭第柔細，她又身子骨很嬌小，非常的婉媚。

昭第這娘兒們，人並不醜，可是她近來的嗓門真是討厭極了。女人真怪，幾年就變，今日的昭第不是初嫁的昭第了。還有那個紅衣女俠高紅錦，又是一種派頭了。……飛豹子忽又想起了高紅錦。高紅錦是他生平所遇三女子的第二人。

高紅錦是個女俠，曾和飛豹子在鷹爪王家，邂逅一會。這個少女本比袁振武年歲小，卻慣裝大姐，把袁振武看做小弟弟。袁振武幸入王門，紅錦女俠頗有助力。不幸她既嫁而亡其夫，犯了案，劫財逃罪出關，開黑店，做女賊，和飛豹子重逢。

豹子因事出門，中宵宿店，誤住在紅錦女俠所開的賊店裡。紅錦施熏香，暗算飛豹子未成，反遭飛豹子暗算，把她活活擒住。

他倆已不相識，飛豹子恨她殺人不眨眼，竟把她捆上，剝去衣服，捆在曠野林中，教她不再害人。如不被狼吃，算你女賊走運。忽然間天明，彼此相認。紅錦女俠本於飛豹子有恩，飛豹子忙放了她，叩頭賠罪。紅錦羞忿，就要自殺。飛豹子跪求不已，二人後來終成膩友。可是這一來，發生事故了。昭第娘子吃起醋來，找上門打架。兩個女子對罵，不留餘地。飛豹子左右做人難。這是以往的事了。飛豹子重遇當年師妹，此時不由把他生平所遇這三個女子，作一比較。

他的妻昭第娘子生長遼東，完全變成旗下婦人了。紅錦女俠卻是豪情逸致，放浪不羈；雖然孀居，偏好修飾，她也四十多歲了，姿容本美，打扮起來，淨往少俊上裝飾，輕描淡抹，渾身噴香；另有一種迷人的性格，忽嗔忽喜，不即不離，形跡上滿不在乎。故意招惹昭第撚酸，她才笑得前仰後合。她是很放肆，可又惹不得；突然挑起過節來，又凜若冰霜。

飛豹子未嘗不笑她狂，也暗嫌她裝蒜裝蔥；可是唯其她這麼裝蒜裝蔥，才格外襯出她的特殊風格來。她實在是個尤物，放誕自喜，夭矯絕倫，難斷她為貞為淫。

於是飛豹子情不自禁，未免又回憶到這個師妹身上。固然使君有婦，羅敷有夫，但這少時的記憶苦難磨滅。他自想：還是大家女兒，全不見半點輕狂；淡而不厭，令人神往。

飛豹子悠然存想，直到入關，還懷著這樣的癡想。而今抵面相逢，咦！丁雲秀整個人全變了；面龐依稀猶昔，儀態早換了另一韻調。他就恍然自失，爽然自笑；四十多歲的婦人，再有嬌羞，豈不可笑？可是他記得最清切的，正是那個垂髫少女的嬌笑！……

飛豹子腦海如風車似地旋轉，登時把舊夢揭破，片片皆空。丁雲秀很謙虛地敘禮，問好，陪笑叫著師兄。問師兄：「多早晚進關的？二師嫂可好？小孩都大了吧？您跟前有幾位令郎？都有多大了？」意氣殷殷懇懇，且不談討鏢的話；只向俞劍平望了一眼，微含叩問之意，似乎說：「你們面談的情形怎麼樣？」這時候夫妻自不便私談，但察言觀色，已經揣想過半。

丁雲秀看了看飛豹子，又看了看自己的丈夫。飛豹子板著臉，右手平舉鐵菸袋，一袋一袋地吸旱菸。俞劍平又像平時，面籠著和光，吻含著謙笑；可是劍眉微鎖，從眉心豎起兩三道深紋，知道他正在強捺怒火。飛豹子口噴煙霧，昂立如僵石，瞪目似望洋。丁雲秀忍不住，向自己丈夫招呼：「劍平，你見過袁師兄了？你過來。……師兄，我們就在這兒給您請安吧。」

俞劍平往前邁了半步，夫妻倆丁字形和飛豹子對面。鏢行群雄有的就搖頭，一群豹黨鴉雀無聲，聽他們交涉；今見俞氏夫妻又要雙雙行禮，就把眼珠子齊盯著俞劍平。俞劍平又將雙拳當胸一抱道：「我跟師兄談過一會兒。」似乎一彎腰，飛豹子撤身退到一邊道：「這可不敢當！」

不再答理俞氏夫妻，卻一仰面，對著剛進來的鏢行群雄，很恭敬很謙虛地長揖到地道：「諸位才來，我很失迎。這裡不好請教，請上大殿吧。」側身抬手一指迎面大殿，他自己先走進去了。俞夫人雖早已料到袁師兄的為人，到此時究竟不免臉色微變。子母神梭武勝文從旁幫腔道：「諸位，這大殿很荒廢，小弟勉強教人收拾了一回，還可以坐談。俞鏢頭、俞夫人，就請令友到這裡邊來吧。」

丁雲秀忙說：「那很好，我們謝謝！您閣下貴姓？是我們袁師兄的令友武莊主麼？」回答道：「不敢，在下武勝文，是本地人。我們這位袁朋友他久慕俞鏢頭的拳、劍、鏢三絕技。現在天已不早，人已來齊，就請指教吧。」旁邊一個豹黨道：「比試場子就在這邊。」

霹靂手童冠英且怒且笑，插言道：「俞奶奶，您請上殿吧。剛才人家已經明點出條款來了，我們中間人還沒顧得對俞鏢頭說呢。……諸位到場的英雄，我們江南鏢行既然冒昧前來觀禮，諸位就請放心。別忙，含糊不了。」

鏢行大眾全進了大殿，豹黨群雄也絡繹進去。俞氏夫妻和胡、蕭二友都想找到飛豹子跟前，當面愷切一說。霹靂手童冠英和夜遊神蘇建明，恨豹黨驕狂無禮，一進大殿，竟大聲把那三條條款當眾描說出來；扣留鏢旗，不准再走鏢；勒令閉門，不許再收徒；最甚的是末一條，鏢銀只退還十五萬，硬扣下五萬，逼俞劍平賠補出來，設宴普請江南武林；又要懸錦標，設擂台較技，誰得勝，誰把這幾萬銀子拿走。這簡直折人折到底，又擰兩道彎！

鐵牌手胡孟剛、奎金牛金文穆、蛇焰箭岳俊超首先動容，發出「咄嗤」之聲；胡孟剛跳起身來，就要大嚷；十二金錢俞劍平顏色微變；俞夫人丁雲秀剛剛來到，驟聞此說，也不由愕然：「袁師兄就折人折到這樣！一點舊情誼也沒有了麼？」遂也欠身，要向豹子發話：「師兄真格地開這大玩笑麼？」可是還沒容她說出來，他們那兩個師弟胡振業和蕭國英，早已朗然遞話了。

第六七章　約法三章

跛子胡振業直搶到飛豹子的面前，深深地作了一個揖，面向群雄一望，大聲說道：「諸位師傅別嚷嚷，請聽我胡某一言。我叫胡振業，是山東太極丁丁老師門下第五個劣徒；這位蕭老爺是我們九師弟。諸位聽明白了，這位俞鏢頭現在是我們太極門掌門師兄，這位袁當家也是我們的師兄。我們四個人從小同學。他們袁、俞二位今天這場事，由何而起，當然有個說辭，可是我全不管。現在，我和蕭九弟只知道您袁二哥也是師兄，俞三哥也是師兄。師兄跟師兄要是有點小過節，我們做師弟的不能袖手。

「袁師兄，我可不講理，我可不論誰是誰非，誰錯誰對；我就知道咱們的舊交情得維持住了，大事把它化小，小事把它化無。袁師兄，咱們全是五六十歲的人了，老同學沒有幾個了，我們還忍得嘔氣麼？同門兄弟就是骨肉手足，你不看金面看佛面，咱們丁老師待咱們不錯……」

飛豹子哼了一聲。胡跛子忙道：「你不看我和蕭九弟的面子上，你也看在我這條腿上。我一個倒運害病死半截的人，特意趕來，央求你們二位，給你二位了事。二位師哥，你就看寬一步，現當著這些朋友，什麼細節不用捋了。咱們來個哈哈一笑，天大的事，今天也得了啦！你就衝著我跛子了。我跛子是您的師弟，袁二哥總得給跛子留臉。……」

說到這裡，胡振業向蕭國英招手道：「我說來吧，蕭九弟，你請俞三哥、俞三嫂子，我請袁二哥。喂，你過來，給咱們袁二哥作個揖，行個禮兒。咱們大家一樂，就完。回頭袁二哥把鏢交出來，這不是這位胡鏢頭也在這裡了。我說胡鏢頭，當家子，您也過來吧。我們袁二哥最熱腸，最好交朋友，您二位早先是沒見過。……

「二哥，你把鏢銀交給人家，回頭我和蕭九弟還請二位老哥哥，和在場諸位朋友，到飯館……這裡也沒有好飯館。索性咱們馬上加鞭，立刻全回寶應縣；咱們大吃大喝，大樂三五天。咱們三十多年沒見面，也該親熱親熱了。況且還有這些武林好友，咱們都聚會聚會，給二哥慶賀江南揚名；您這一手邀劫二十萬鹽鏢，在武林道足可留名。您又只憑跛子三言兩語，一手交還人家，往後江湖傳說出來，誰不誇飛豹子膽大包天，義氣干雲？你這回劫鏢、還鏢太露臉了。您說啦，千軍萬馬全不怕，我全衝著老同學一個跛子。你瞧，我也跟著露臉了。……」

胡振業說著，哈哈地笑了起來，催他們快來見禮。

俞劍平、俞夫人全過來了。胡孟剛趑趄著也湊上來，心中總覺未必這麼容易，眼睛不由盯著豹子的臉。蕭國英守備也直看豹子的神色。果然，豹子直挨到俞氏夫妻一個抱拳、一個襝衽，全都過來，他忽然叫了一聲：「慢來！」身子往後一挫，手往背後一背，向武勝文、美少年叫道：「喂，他們這一套又來了！」

武勝文橫到胡跛子面前，笑說道：「這位胡爺，您先慢著。……」剛要委婉地說調侃話，那美少年忍耐不住，仰面狂笑了數聲，道：「朋友，今天聚了這些人，大概他們不是淨為聽閣下高論的；敝友的來意純然是以武會友。你閣下他鄉遇故知，要想敘舊，未嘗不可；只是我們都等不及了。俞鏢頭，我在下要先領教您的拳、劍、鏢三絕技，您請寬去大衣服，我們前面去吧。」

俞氏夫妻面面相覷，有心答腔。胡跛子勃然震怒，喝道：「呔，小朋友，我不認得你呀！我是和你們當家的說話；你們當家的是我的師兄。你少插嘴接舌！」他明知少年必是豹子之友，故意大聲道：「袁二哥！我說，你我兄弟講話，請你少聽別人的挑撥。你知道人家安著什麼心，是不是坐山觀虎鬥？二哥，咱們哥四個眼看三十年的交情了，我也說了一會子了，俞三哥也給你作了好幾次揖了。二哥，咱們是自家人，咱們別扯到外圈上去。咱們別聽別人的僵火。二哥，我剛才的話，你總得賞個面。」

飛豹子虎目連翻，已看出自己若不說決裂的話，胡跛子勢必黏纏不已，而且師妹丁雲秀既已到場，也必有一番話；今日之事，若不翻臉，就不免雲消霧散，落個虎頭蛇尾了。想罷，竟哂然一笑道：「對不住，胡爺，剛才我稱您賢弟，是我忘情高攀了。我是何如人也？我怎能跟你們哥幾位論起同門來？我跟您哥幾個敘舊，我也得配？我是太極門的人麼？老實說一句，不怕得罪你。我是山窪子裡的野人，我和你，和蕭老爺還可以說是熟識人，我和這位大名鼎鼎的俞鏢頭，隔著門戶，離得很遠，身分更差得多。我這趟來，專為慕名求教。

「胡五爺，蕭九爺，當年的事，你們總不能忘了吧。我是誰？俞爺是誰？你二位又是誰？你們怎麼跟我論起同門來了。胡五爺，你知道我的受業恩師是何姓何名？你可曉得我會哪一門的功夫麼？我不會太極劍，我不會太極拳，我不會十二金錢鏢。我使的是這傢伙，鐵菸袋桿！要鑿鑿『劉海灑金錢』的法寶。閒話少講，敘舊等明天再說！」

飛豹子公然揭起舊帳。雖然含著笑，悻悻之態未露，悻悻之聲已溢於言表。胡跛子登時瞪了眼。「果然他還是記恨廢立那樁事，這可怎麼措辭解說呢？越次傳宗，氣走了袁師兄；今日的袁師兄，早已不在太極門了。……」

胡跛子也是怒氣太盛，只氣得發哼道：「好，你不認我這個師弟了！我且問你，你是太極丁的徒弟不是？你管太極丁叫什麼？是不是叫老師？一日為師，終身為父。你真格地翻臉不認帳？」

胡跛子翻了，蕭國英連忙搶過來說：「袁師兄不要說笑話了！你是丁老師的門徒，你在師門最長最久，你身受師恩，比我們後學還重。你縱然因故沒有出師，太極門仍有你的名。袁師兄，天地君親師，五常大義無所逃於天地之間。小弟服官半生，只知事君以忠，交友以誠。不幸師兄和俞師兄有這意外一舉，我論交情，論……」

飛豹子勃然道：「你跟我論王法麼？你是官，你儘管把我拿下。」

蕭國英大笑道：「豈有此理？我和袁師兄論的是師誼。論師誼，你我四人仍是三十年老同學。今天的事，胡五哥向您情懇好半天。袁師兄你無論如何，也念在師門當年……」

袁振武不耐煩道：「又是念在當年，念在當年什麼？」

胡振業大聲說：「念在什麼？念在當年丁老師待你到底不錯，沒拿你當親兒子一樣看待麼？你對他的女婿女兒，該怎麼照應？你就居然瞪眼不認人？」

飛豹子大怒，狂笑道：「好！我本不願提當年，你們偏要提。我本不是太極丁門中人了，你們偏說我是。好了，我的確在丁門混過七八年，我的確深受師恩；丁老師的確拿我當兒子看待過。可是後來怎樣？饒用盡苦心，竭盡子弟之職；八月二十六日那天，大庭廣眾之下，把我送忤逆了！舊事請你們不要提吧，提起來不值一笑。你們也想一想八月二十六那天！」說這話時，面對胡、蕭怒氣洶洶，卻不敢覷丁雲秀一眼。

丁雲秀攔住二友，暗掣俞劍平，斂衽上前。陪笑道：「袁師兄，你說得很對，想當年實在是先父做錯了，很對不起師兄。可是師兄，我夫妻在師兄面前，沒有錯了一步啊！」

丁雲秀道：「記得我先兄天夭以後，舍下裡裡外外，全都倚仗師兄。先母不是拍著你的肩膀，含淚說『有這個二徒弟，比親兒子還得繼』麼？那時二哥也不見外，事事替先父操心；我不知二哥心裡怎樣，我們是拿二哥當親骨肉一般看待的。不幸先父過於看重師訓，為要發揚金錢鏢法，這才越次傳宗，把你俞三弟提為掌門戶的人；也不過教他代教蕭九弟他們哥幾個罷了。名分上，仍把二哥當大師兄看；還要把二哥轉到三門左氏雙雄門下。先父這一舉，我們都覺得失當，但是你可記得……」

丁雲秀手指俞劍平道：「他是何等惶恐不敢當？我又是何等替你著急發話？就是胡、蕭二弟，又是何等代你扼腕？所謂公道自在人心，先父已經把事做錯了；二哥外面失去掌門戶的名分，骨子裡先父還是處處倚仗你，教你當大師兄。不幸二哥因母病還鄉，他們哥三個想奉師命，親去送行，不過沒趕上罷了。自從二哥別後，我們哪一天不在懸念？各處訪問，音訊毫無。今日故舊重逢，我丁雲秀父兄早歿，更沒有骨肉親丁，只剩二哥你一人了。二哥，你不看俞劍平素日敬事你的意思，你也不能難為小妹我啊！……」

丁雲秀的話轉為淒涼的聲調。飛豹子的怒焰漸下挫，也不禁失聲一喟。他的眼神仍不敢正看丁雲秀，心血直沸，前情舊怨，纏在一處。

丁雲秀仍往下說：「我們三十年的舊誼，請二哥看寬一步吧。從前的錯處，果然有教人下不去的地方，現在也無須細談；我夫妻今天當著群雄諸友，特來賠罪。二哥，你務必接受我夫妻這番歉疚之情。我可以說一方替劍平道歉，一方替先父追悔。二哥總是給我留有餘地。至於鏢銀的話，悉聽師兄尊裁，教我怎樣辦，我就怎樣辦。事情總有一個了局，我們決不敢違拗師兄的吩咐。常言說的好，有師從師，無師從兄，現在只有二哥了。二哥有話，只管說。……」說罷，重複施禮。

飛豹子惶然了。飛豹子是個倔強漢子，軟硬都不吃。然而現在，人家是夫妻倆雙雙抵面，一口一個師哥，再三作揖打躬，道歉賠禮。人家已經自認「不是」了，而這「不是」又不盡是他夫妻本身的；自己再要深究，就是遷怒。飛豹子有點招架不開了。把旱菸袋吸了又吸，沉默不答。

那美少年和那姓熊的壯漢，忙替豹子解圍道：「俞鏢頭、俞夫人！剛才我們提出三條，你們賢伉儷都聽清楚了罷？那就是袁爺的意思，那就是袁爺的話，您何必再問？再問還是那三句話。我們武林做事，貴有決斷；斬頭瀝血的漢子，並不是硬拿面子軟拘的。到底怎麼看，別人的話不能做準，我們只請問俞鏢頭你自己。還有童鏢頭、竇鏢頭、姜鏢頭，你們幾位是中間人，別忘了前天約定的事。」

丁雲秀一聽此言，秀眉一挑，耳根通紅；不由得一轉身，衝美少年和壯漢凝眸，從這人臉，看到那人臉。

俞劍平微微一笑，很快地發話道：「朋友，我們師兄弟重逢，免不得敘敘當年。朋友，稍安勿躁。我們和袁師兄談的是三十年前老話，和這二十萬鹽鏢是兩件事。」

壯漢道：「那很好，你們談你們三十年前；我們不妨辦我們的二十萬。」美少年和這壯漢直尋到姜羽沖等，大聲說著，往外走去；越逼越緊，立等動手。那個姓霍的陪客，始終沒有發言；只雙眸炯炯，打量鏢客，此時忽然大笑道：「好哇！人家願意磕頭告饒，我姓霍的看不慣這個，也不能跟著胡參預。我的來意是看比拳，鏢行諸位可以不吝賜教，一試身手麼？」

霹靂手童冠英、鐵牌手胡孟剛也都忿怒；年輕的鏢客紛紛站起來，甩衣衫，待動手。登時大殿上起了一片呶呶之聲，眼看要亂。智囊姜羽沖趨至飛豹子、武勝文面前，道：「二位請看，快攔一攔吧！就是要動手，也要有條有理呀！」

飛豹子忙教子母神梭武勝文，向自己人這邊吆喝了一聲，暫把喧聲止住。鏢行中人也把自己的人約束住，重新落座。

飛豹子乘這一亂，遏住擾動的心情，向俞氏夫妻很客氣地說道：「二位太客氣了。袁某何人，決不敢當。二位跟我敘舊，可惜舊事不堪回想，至少在我這一面是這樣。至於道歉，更談不到。你二位全誤會我了，你當我還介意丁老師麼？那可太差了！我至今感激丁老師還感激不過來呢。

「丁老師不但成全了你們諸位好徒弟，連在下我這不材子，也很承他不屑教誨的教誨。我袁某得有今日，我頭一個就感激太極丁。不過，你們四位全是太極門，你們全在這裡；這裡可沒有我，我不是太極門啊！想當年我本是太極門不屑要的劣徒，丁老師給人留臉，沒把我開除。雖沒把我開除，我已在太極門存身不住。我不得已，拜受著丁老師不屑教誨的教誨，便告退出走；我就別走歧途，另覓門路，我也學了一兩年粗拳笨招。太極門最講究的是雙拳、一劍、十二錢鏢，那叫三絕技。我呢，一絕也沒有，太極門把我拋出去了。

「今日，我們幸會，旁的話不用說，我是太極門門外漢，我是外門的狂徒；我定要請太極門掌門戶的大師兄俞三勝俞老鏢頭，不吝賜教。當年丁老師也許有心成全我，我也許不負丁老師所望，略有成就；那麼今天借此一試，不管誰勝誰敗，總可告慰丁老師在天之靈。一看到今天，也許欣然含笑道：『好，我最器重最喜愛的門徒，已有成就了。我最看不起的狂徒，被我一激，也有一點成就了。他們二人比一比，居然全不錯。』要麼我今天就教俞鏢頭打敗了，也是雖敗猶榮，而且更證實了丁老師當年老眼無花。萬一我僥倖竟不輸招呢，這自然是萬不會有的事了。比方萬一會有呢，更證實了丁老師當年苦心，會成全人了。

「所以，無論如何，還是比一比好了。倘若俞鏢頭一定不肯賜教，那麼，你豈不太辱沒了太極丁丁老師當年的英名，也辜負了丁老師當年的熱望，我想總不至於吧？況且又當著這些人，真格的，就憑三言兩語，說和了，我也嫌害臊。話說到此為止，別的交情話，請您暫且免說。說了，我也聽不入，倒惹得大家等得不耐煩。……」

飛豹子信手抄起一隻茶杯，噹啷的一聲，摔在地上，卻滿面含笑說道：「現在一定懇求俞鏢頭賞臉比較比較。誰再跟我軟磨，硬拿面子局我，誰就是罵我袁振武沒有骨氣，那麼老大的個子，禁不住幾句好話！」於是，他哈哈一笑，順手緩緩地脫衣服、登鞋、勒腰帶、抄鐵菸袋桿，又懶洋洋地打了一個呵欠，向俞劍平夫妻一拱手道：「對不起，俞鏢頭，我先上場了。」

這態度，這話聲，把俞夫人丁雲秀羞了個白面通紅；俞劍平縱能忍耐，也覺難堪了。可是飛豹子說這些話，始終是面對著俞劍平，始終不敢看丁雲秀一眼；因為一看她，他的話就無形被禁住，說不出口。

俞夫人丁雲秀氣得嘴唇顫顫直動，忿欲發話，又忍了又忍地忍住。俞劍平到底沉著，見飛豹子舉步欲出，他就急一橫身，攔在面前，仍然納住氣，好言答對道：「師兄，您的意思，我已經聽明白了。三十年前，咱們老師做的錯事，現在已是不能挽回了。師兄總該記得，當日傳宗贈劍，小弟是多麼惶恐推辭；就在事後，小弟也曾替師兄扼腕，跟老師說了多次。無奈老師過於看重祖師的遺訓，到底拗不過去。……」

說到此，俞劍平見飛豹子意思怫然，急忙變轉語氣道：「師兄，這都是舊事，不用提了，小弟現在總給師兄順過氣來。師兄有命，小弟一概謹遵。師兄不是教我退出鏢行麼，我早已歇馬了，我可以再向鏢行宣佈一回。小弟的鏢旗，師兄要留下麼？好，您已拿去一桿，還有四桿，我一併奉上。師兄還教我退出武林，小弟蒲柳之姿，久存退志，我立刻從命，封劍閉門；不但退出武林，我還立刻遣散群徒，把太極門長門的門戶閉了，從此沒有俞門拳了。師兄的約法三章，我一一照辦，只剩末一條了。師兄教我拿出五萬銀子來，普請武林同道，再擺擂台……」

俞劍平忽然臉堆笑容，提高嗓音，向群雄一瞥，接著說道：「可惜擺擂台這件事，小弟沒有這份膽量。況且師兄既命小弟退出武林，小弟就已成門外之人，怎好再擺擂台？師兄試一回想，恐怕也覺不對吧。還有這五萬銀子，數雖不多，擱在小弟一個鏢客身上，罄其所有，也值不了許多，這可怎好呢？師兄還有別的法子，放寬一步，教小弟可以走得過去的麼？」

約法三章條條嚴苛，俞劍平在表面上，居然要全盤接收。跛子胡振業第一個聽著不忿，狠狠哼了一聲；蕭國英守備一臉的冷笑；其餘鏢行也譁然不平。有的說：「俞鏢頭怎麼真怕他師兄？」

獨有丁雲秀俞夫人卻已聽出俞劍平著惱了。姜羽沖和蘇建明暗暗說道：「別看飛豹子聲色俱厲，到底還是俞三勝不好惹。你聽他的話夠多軟，細琢磨又夠多硬！你聽聽，看看飛豹子怎麼接聲？」

但是飛豹子並沒接聲，竟仰面哈哈大笑起來。笑罷，一揮手，講道：「什麼約法三章，那是閒扯淡。俞鏢頭，咱們說正格的，我山窪子的人，不會繞脖子，我只請求俞鏢頭一件事，就是賞臉，賜教！您只管掉文，你可別忘了，我大遠地來了，又驚動了這些位好朋友。您真教我聽兩句高論，就吹嗚嘟嘟，夾尾巴往回跑麼？

……不用客氣，走吧，您啦！」

飛豹子說完了，仍要往外闖。姜羽沖暗暗點頭，對蘇建明說：「這傢伙也有兩下子！」

蘇建明道：「哼，也不大好惹！我看我們該說話了。」

兩個人才要發話，十二金錢俞劍平已然攔阻道：「師兄，慢著！原來師兄的約法三章是和小弟開玩笑？」

美少年道：「那也不見得！說真就真，說假就假，那全看俞鏢頭賞臉不賞臉了。」

俞劍平道：「真也罷，假也罷，袁師兄一定要我獻拙，那麼長者之命，我俞劍平也不敢固辭。……」

姓熊的大漢道：「那麼說，好極了，您就請吧。」

童冠英道：「你們先別打岔，行不行？」

俞劍平道：「……不過獻拙是一件事，尋鏢又是一件事，我還盼師兄把兩件事分開了看。師兄，這二十萬鹽鏢，情實並非小弟所保，可是人家胡孟剛胡鏢頭竟受了池魚之殃。現在我求師兄看在江湖義氣上，先把鏢銀賞還了胡鏢頭；然後您教我怎麼樣，就怎麼樣，我決不推辭。師兄定要把兩件事串到一起，那就是逼小弟賭技討鏢了；那無論如何，小弟也不敢從命。莫說是師兄你，就擱在列位合字身上，小弟也不敢這麼無禮。我們武林道全憑義氣當先，誰也不敢挾著微末技能，硬討強索。……」

飛豹子聽了，嗤之以鼻。那黃面漢子也軒渠高笑道：「俞鏢頭一口一個師兄，叫得真響，怎麼拿師兄當小孩子耍？還了鏢，再賭拳，誰肯相信啊？」

那美少年也道：「況且這裡也不是敘舊的地方，俞鏢頭要認師兄，不妨換個日子。」

飛豹子道：「著啊！戰場上認親的，不是沒有，可惜不是我。俞鏢頭，您的高論，我已領教了，你還有說的沒有？若沒有說的了；咱們該上場子了。我竭誠要領教的，到底還是你的拳、劍、鏢。」一挺腰板，一指中庭。

俞劍平臉色一變一變的，已到了忍無可忍的地步了，他仍然抱拳當前，還要說話。

飛豹子赫然發怒道：「咳，俞鏢頭！你橫遮在面前，你逼我就在這裡請教麼？」鐵菸袋桿一插，抬雙臂往外一揮。俞劍平劍眉一挑，丁雲秀橫身上前，銳聲叫道：「袁師兄！」

飛豹子不禁退回一步，臉上微現窘容。忽然，那美少年見勢狀，忙上前解圍道：「俞夫人，您別著急。我不才久仰女英雄的大名，您可否不吝賜教！」他這話非為索鬥，是故意打岔。俞夫人丁雲秀氣得秀眉一鎖道：「你是哪位？」

霹靂手童冠英、智囊姜羽沖看透這步棋局，終不免鬧翻，也奔過來，對美少年說：「朋友，我也久仰閣下的英名，你可否賜教？」

美少年一翻身，凝視二人道：「不敢當，咱們外面請。」

童冠英道：「好極了，我先請教。我在下有個匪號叫做霹靂手童冠英，沒領教您怎麼個稱呼？」

雙方的賓友、助拳的人，紛紛講起過招的話來。鏢客中有路明、梁孚生二位，和子母神梭邀來的兩個中年人，也嘖嘖地答了話。紛亂中看不出他們是素不相識，還是舊仇相逢；可是他們四個人都相邀著退出大殿，跑到外面去了。美少年雄娘子凌雲燕和霹靂手童冠英，也正正經經地叫起板眼，各甩脫長衣，邁步往外走。在場餘眾也都騷然，好像已到爆發點，不打不成了。

唯有飛豹子本人和俞劍平夫妻，還在殿中忍怒舌辯。飛豹子身量本高，蹺足往外一瞥，忽然閉住口，躲著俞夫人丁雲秀，往殿外走。俞夫人依然橫身攔阻，由情懇帶出詰責的聲吻。飛豹子走不出去，就切齒回身，奔到俞劍平面前，厲聲道：「俞鏢頭，你別耗著！」雙臂霍地一分，一探，似要抓俞劍平。俞劍平凝眸不動。

忽聽有人厲聲叫道：「袁師兄！」胡跛子和蕭守備突從背後轉過來，一左一右，來攔飛豹子的雙掌。飛豹子連頭也不回，只將雙臂一振，手腕一翻，倏地扭住胡、蕭的手腕。只一抖，蕭國英守備倏地往右栽去，胡振業倏地往左栽去。

蕭國英猝出不意，搶出兩三步，被旁邊人扶住，登時聽見四面起了一陣嘩笑。蕭國英大怒，登時變臉，喝道：「袁振武，你好大膽！拿你當師兄，你偏往賊道上走。……王德勝，來呀！」他的馬弁忙應了一聲，帶著腰刀走過來。

飛豹子也是一股猛勁，回身一看，不覺愕然。蕭國英奮身抽刀。飛豹子冷笑道：「也好，咱們有誰算誰！蕭老爺，對不起，咱們別在這裡，外面去！」

丁雲秀一伸腕子，把蕭守備捉住，按住他的手，道：「九弟，你等等，你犯不上。」蕭國英猶往前掙，俞劍平急忙橫在前面。就在同時，按下這裡，掀起那面。突聞一聲暴喊，跛子胡振業綽兩把匕首，從人叢中鑽過來。

飛豹子這一掄，蕭國英恰當右首，胡跛子恰當左首。敵人的左首，正是自己的右手，右手好用力；胡跛子驟被一掄，他只一擰身，跛著單腿，居然借勢破勢，只搶出一步，便凝然立定。他早已蘊怒，枯黃的臉籠罩紅雲，倏地一伏腰，拔出兩把匕首，大罵道：「姓袁的，你王八蛋，你混帳，你幾個腦袋，連勸架的也打？」

旁邊人忙攔他，他瘦小的身材只一扭，就撲過來；亂嚷道：「這不是姓俞的事。這是姓胡的事！袁老二，你媽的是賊，胡太爺是混混，你扎死我？我扎死你！」狠拍胸口，擺出「賣味」的架式。飛豹子是比武；胡跛子要拚命。兩把匕首，一把自握，一把照飛豹子劈面擲去。

飛豹子探爪來抄，不防俞劍平、子母神梭武勝文都往前一邁步，奔匕首綽來。

子母神梭身高臂長，立身處又近，眼看被他接到手；忽從側面襲來銳風，不由得身往旁閃。俞劍平一步爭先，把匕首抄了去，遞給鏢客。

子母神梭忿然四顧，原來是三江夜遊神蘇建明那個老頭子，長袍馬褂，恍恍悠悠，往這邊一衝，滿面笑容道：「咳，自己哥們，別來這個呀！」

子母神梭吃了啞巴虧；飛豹子認為「輸招」，衝胡跛子喝道：「胡老五，你會罵街！就憑你還要給人拔闖？」一拍胸口道：「你扎扎試試！」

胡跛子雙眼一瞪，像獅子搔頭般一晃，把匕首順在腕下，一抬腕，猱身而進，直刺飛豹，飛豹子握起鐵菸管，往外一削。「噹」的一聲，胡跛子吃了一驚，匕首幸而握得緊，幾乎脫手。俞劍平忙把胡跛子拖住。

丁雲秀叫道：「豈有此理！袁二哥，胡五弟是病人，你不能跟他鬧！」

蕭國英揚起刀來，也被阻住。殿裡殿外聚滿了人，胡、蕭這一拔刀，頓時大亂。俞劍平大失所望，說合人已經翻了臉，善罷已不能夠。但他仍不願從自己口中說出動手的話。他攔住胡跛子，教他丟下匕首。豹黨中那個黃面大漢發了話：「怎麼講得好好的，動起刀子來？要動刀，上外面來呀！」

俞劍平覺得「輸口」，連忙遞過話去：「袁二哥、胡五弟，你們不要為了我，傷了和氣呀！」智囊姜羽沖、三江夜遊神蘇建明合聲說道：「二位，二位！你們自己師兄弟，不要這樣，教外人笑話。事有事在，別惱啊！」

松江三傑更單衝飛豹子說：「胡五爺是有病的人，袁爺就把他摔倒，也不算本領；袁爺，索性咱哥倆過過招吧！」

這話本是挖苦飛豹子的，胡跛子竟不愛聽，吼了一聲，罵道：「我不錯只有一條腿，飛豹子，姓袁的，我偏要鬥鬥你，你給我滾出來！」掙脫了俞劍平的手，提匕首往外闖；蕭國英守備也怒指飛豹，身往外走。

丁雲秀低聲道：「九弟，你犯不上跟他鬧。」說時又急叫俞劍平道：「我看今天，口說已經不行了。快找姜五爺，跟他們定規吧。」

俞劍平早知不免，急尋智囊姜羽沖、霹靂手童冠英、義成鏢頭竇煥如三人，教他轉向子母神梭說話。此時說合人童冠英，已跟豹黨那邊的雄娘子凌雲燕出殿尋鬥。只剩下姜、竇二人，他們忙向子母神梭過話：「今天這事，我們不能看著決裂。朋友，也該攔攔呀！」

子母神梭搖手道：「你那邊那位跛爺給攪局了。敝友本意完全不是這樣。這不怪我們，是貴鏢行硬插進兩個說合人，徒逞口舌，方才鬧翻了臉。」

智囊姜羽沖道：「不然！從前閣下瞞著飛豹子的名姓，只說是個生人，要會俞鏢頭。現在俞鏢頭既知飛豹子是他的師兄，當然情形有變。他們同門弟兄吵起來，與鏢行無干。這不是鏢行違約。……說句得罪的話吧，是閣下隱瞞真相，是令友飛豹子不夠師兄氣派。」

子母神梭蹙眉瞪眼道：「我怎麼知道他們是同門師兄弟？敝友比賽的心非常堅決，現在用不著多講話，到底你們鏢行怎麼樣？」

馬氏雙雄和鐵牌手立刻說道：「要鬥又有何難？也得請閣下約束令友，分撥前赴鬥場就完了。」

子母神梭緩和面色道：「那個容易。竇爺，姜爺！我們各安排各自的人。」

子母神梭武勝文與姜、竇二鏢客，忙約束眾人，不要亂竄，快排起來分赴鬥場。正在安排，外面人喊道：「你們快點吧，他們外頭早打起來了。」姜、武忙奔出來，向自己人大聲疾呼：「諸位，諸位！咱們按部就班的來。你們快分幾個人，把他們動手的人攔住吧。」喊了幾聲，立刻由胖瘦二老率領豹黨，貼右邊往鬥場走去。這一邊由黑鷹程岳、沒影兒魏廉，當先引路，由松江三傑、馬氏雙雄，率同一班鏢客，貼左邊也往鬥場走去。

那跛子胡振業已先一步跳在殿前甬路上，面衝大殿，比手劃腳，叫罵飛豹子，等他出來鬥鬥。俞劍平向青年鏢客孟廣洪揮手授意；孟廣洪奔出來，勸阻胡跛子道：「胡五爺，您別著急，事到如今，打是打定了；可是咱們得跟他有裡有面。」用好言相勸，胡跛子怒氣勃勃，道：「我不罵了，我就在這裡等著他。」只是不肯挪地方。馬氏雙雄走來，一拍肩膀道：「五哥，咱們上鬥場，跟他打個痛快。走走，咱們別在這裡。」

那蕭國英守備拔出佩刀來，也被俞門弟子左夢雲攔住，低叫道：「九師叔，您快把刀收起來吧。我師娘教我託付您，她說胡五叔腿腳不得力，有殘疾的人肝火旺，動手太不釘對。他在氣頭上，別人攔不住，非得九叔才能哄住他。九叔，您快把五叔勸住了吧。」蕭國英一時負怒，轉瞬便回過味來，笑了笑，點頭會意；插刀歸鞘，走到甬路邊，把胡跛子拖住，硬往鬥場扯。說道：「五哥，走！等一會咱哥倆挨個跟袁老二鬥鬥。」當下胡、蕭二友齊往廟前戲台走去。

大殿上只剩下俞氏夫妻和智囊姜羽沖、鐵牌手胡孟剛幾人。對面也只剩下飛豹子和子母神梭武勝文跟那姓霍的、姓尹的。俞氏夫妻面面相覷，以目示意。丁雲秀見飛豹子，軒眉張目，氣焰咄咄逼人，分明有恃無恐，論年紀他已約六旬，看氣魄實在不可輕視，深恐自己的丈夫未必是他的敵手。

丁雲秀心中疑慮，乘著眾人紛紛外走，忙貼近俞劍平，低聲叩問：「鬧得這麼僵，怎麼辦？真個下場子，你到底有沒有把握？」

俞劍平微吁一口氣道：「跟他對付著看，弄到哪裡，算哪裡。你只管放心，就勝不了，也未必敗。」

俞夫人又看了飛豹子一眼，又看了俞劍平一眼；一個劍拔弩張，躍然欲動；一個凝神攝氣，坦然而待，正是難分軒輊。

丁雲秀雙眉微顰，乘著敵友多撤，舐了舐嘴唇，又叫了一聲：「袁二哥，我說……這當兒沒外人了，我再問問您。你真格的非跟劍平動手不可麼？到底劍平從哪一點上得罪了您？您可以說出來麼？他得罪了您，您就不能衝著小妹寬恕他一過麼？」說著衝飛豹子走來，面對面的凝視著飛豹子。

飛豹子袁振武不由往後倒退，他實在怕這個師妹當面情求。他在丁門時，不但以掌門弟子代師授業，更替老師料理家務。前院有什麼事，用什麼東西，往往由袁振武到內宅接洽。他可以直入內室，面見師父、師母。有時不驚動師父、師母，就單找丁雲秀這個師妹。他可以說，眼看這個師妹從十一二歲長大，以至及笄之年。他和丁雲秀儼如胞兄弱妹一樣；師母待他更好，宛如母子似的。

有一年太極丁患病，飛豹子親侍湯藥，忙裡忙外；師母曾經感激落淚，對飛豹子說：「你師父老運不好，把個大兒子死了。往後你老師和我全指望你了。」說得飛豹子感激動情，也掉下淚來。後來俞劍平挾技投師，初來時還不怎樣。直等到太極丁續收徒弟越多，飛豹子代師傳藝，一時手重，把四弟子石振英打傷；太極丁當時看見，意很不悅。若沒有俞劍平比著，還不甚顯；偏偏俞劍平這人當時口訥臉熱，和藹可親，小師弟們全都喜歡找他，他居然很有人緣。他又很知自愛，極肯用功。這樣，漸漸獲得老師器重。

不幸後來師母死了，丁雲秀也大了，飛豹子在師門代傳技藝，代主家務，偶有幾件事，露出獨斷獨行、剛愎脾氣來，招得太極丁表面容讓，暗地心中不怡。日積月累，終有廢立之舉。廢立一舉所以激成，可以說多半起因於四弟子石振英。石振英跟飛豹子不和，兩人吵起架來；回頭石振英就辭師而去。別個同學也很有懼怕飛豹子甚於師父的。太極丁看到自己年已衰老，為了將來門戶計，到底一狠心，越次傳宗，立了俞劍平。

當時丁雲秀很替飛豹子抱委屈，勸過父親多次，又私自安慰過飛豹子。飛豹子對丁老師可說有怨，對俞劍平也可說有隙；獨對這師妹，卻不能道個不字。因為這師妹一向對待他比對兄妹還親。而現在，丁雲秀又來說話了，二哥二哥的叫著，面對面問他：「你不看同門，不看著劍平他，你難道不給小妹留點情面麼？」

飛豹子可以明識俞劍平，可以軟逗胡、蕭，獨對這個師妹，未免束手無計，張口無話。丁雲秀的妙齡倩影，在他腦中浮沉三十年，如今一旦抵面，縱然聲容已變，卻是舊情宛在。飛豹子不知怎麼好了。

飛豹子到底是有經驗的人，縱不能抵面招架，他就拿出了躲閃的招術；急急地一轉身，對子母神梭說：「怎麼樣，外面不是安排好了麼？咱們快看看去。」側著臉，眼望旁處，答對丁雲秀道：「師妹，我萬分對不住。我剛才說過了，這不是我搗亂，實在是我要跟俞師兄比一比功夫，好教咱們老師在天之靈看一看。師妹，等著比完了，哪怕我擺酒宴，給師妹賠罪都行。我還保一句話，我們只比不鬥，只許他傷我，我決不傷他。師妹，請放心吧。」說完立刻掙扎著往外走。

丁雲秀很怒，滿面通紅，要責備飛豹子。俞劍平向她施一眼色，教她不用說了。丁雲秀仍不甘心，飛豹子在前面走，已然急急的走出大殿。丁雲秀立刻追來，俞劍平也趕緊跟出來，極力勸阻自己的妻子：「你不要再說了，平白招他奚落，當不了事。」

鏢行群雄和草野群豪此刻都出來了，分批趨奔廟前看台。在看台四周，雙方都派人把守著，凡是附近採薪牧牲的村童，都被驅逐開。這半頹的戲台，果然已有數人在上面比劃起來。飛豹子望台上一看，立刻吼了一聲，飛奔過去。戲台上的雄娘子凌雲燕和霹靂手童冠英真個交起手來。那路明和梁孚生二鏢師，竟與豹黨中的二客，相偕而出，不知何往；忙亂中無人查問，眾人只顧看台上打架的。

第六八章　戕師遭疑

雄娘子凌雲燕就是那個貌如美女、身材苗條的青年。他此時甩去長衫，露出一身月白色短衫緊褲，腰繫著絲巾，腳穿著淺靴，和童冠英一拳一腳，往來比鬥。台上除了他兩人，旁邊一邊一個，還站著一個鏢行、一個豹黨，好像是監場人。飛豹子、俞氏夫妻等趕到，兩人已然過了六七招。

這個美少年身手很靈活，年紀盡輕，武功竟不可侮。只是他生得貌美唇紅，很帶女相，體態輕盈，又像女子；就是他說話時那種輕柔脆嫩的嗓音，也不大像男子。看台下鏢行群雄起初不甚理會；這時登台動手，眾目睽睽，都聚在他一人身上，可就人人起了疑心，喁喁地私議。多半猜疑他是女子改妝，或者不是飛豹子之女，就是侄男甥女；再不然，老夫少妻，是豹子的姬妾。殊不知雄娘子凌雲燕是新創出名頭的江南綠林，鏢行什九沒見過他，也不知他的底細。他又行蹤飄忽，出沒難測；廬山真面目隱藏很嚴。能曉得他的綽號姓名的，也只有兩三個人，別的更說不上了。

鏢客們說道：「這傢伙真敢和霹靂手動手，膽量可不算小！咱們看著他的吧，他要真是女人，可就要當場出醜了。童老英雄對付仇敵，一向是要毀就毀到底，決不留情面！」

這話是真的，霹靂手童冠英是老英雄了，武功已到爐火純青之候；他的五毒鐵砂掌又黑又狠，真是舉手不留情的。其實他練的就是這門功夫，想留情也不行。他用一種惡作劇、假客氣的口吻；三言兩語，把敵人激出來，相邀著上了這廟前的大戲台。很有禮似地雙拳一抱道：「朋友，請，別客氣，發招吧！咱們都是為朋友的，自然過拳不過刀的嘍！」

凌雲燕抗聲道：「要過兵刃，也隨閣下的便。」旁立的那一個鏢行道：「還是先過拳吧。」

兩人甩衣交手。剛剛邁行門，走過步，霹靂手童冠英忽然也動了疑。就上上下下，把敵人盯了幾眼；然後眼光一抹，居然丟開敵人的眼光和手腳，漫不監防，反而窺定敵人的胸坎，偷偷凝視他的乳際，看到底胸前隆起了沒有。雄娘子的腰肢這樣細，身材這樣小，容貌又這樣美好，腳下偏又穿著這樣一雙淺靴，女子相已然十足。獨獨他的胸際，竟這麼一往平坦；毫不帶雞頭圓起之狀。

童冠英暗暗納悶：「這傢伙到底是男是女；莫非帶著抹胸了？那總得稍微凸出一點來呀！」此時正是夏天，穿著單衣，可是仍看不出來。

童冠英暗笑道：「不管他，且給他一下子！」

霹靂手童冠英將他這練過的手爪，倏然一伸一屈。腰本俯著繞場而行，此刻突然一直，喝聲：「朋友，看招！」粗如巨籮的手指張開來，身往前一竄，照雄娘子胸口抓下去，一按一撮。雄娘子早防備到，身軀很輕巧地一扭，便閃過了；頭一擺，眉一挑，應招還式，握起粉團似的雙拳，倏地照童冠英後背搗去，卻是斜搗。童冠英也微微一閃，轉身來，把練過鐵砂掌的雙手一錯，又照敵人胸膛抓去；只抓不打，撮著人身，便要受暗傷。

雄娘子凌雲燕不愧燕子之名，輕靈的手又輕輕一躲。跟著趁敵人還未收招，右臂虛晃，突飛起一腳，照霹靂手肋下踢去。霹靂手往後一退，突伸左手，來抓雄娘子的飛腳。雄娘子急忙收回腿來；就勢改招進攻，也伸二指，上取敵人雙瞳。童冠英「獅子擺頭」，這手掌來捋敵腕；那手掌掄起往下猛切，切是假，撮點是真。雄娘子連忙收招。

童冠英猛然想起：「我何不看看他的耳垂？」倏地往前一撲，由「黃鶯托嗉」改「雙風貫耳」，照雄娘子疾攻來。攻勢很猛，欺敵過甚，竟像是拚命硬衝。雄娘子慌忙往下一伏腰，從霹靂手肋下疾衝過去。卻運肘往後一搗，運腿往旁一絆，雖然避攻，仍就勢攻敵。霹靂手童冠英也急急地一轉，避開敵人的拳腳；趁勢一瞥，早看清敵人的雙耳。圓如貝殼，潤如玉勺。咦，右邊耳輪居然像穿著耳眼，用粉脂什麼的塗塞住了。又急急看他左耳，左耳也像有粉痕穿孔；粉顆堵得盡嚴，耳眼穿得縱小，到底瞞不過武師銳利的眼睛，只一瞬便全看清。

「這無疑了！」童冠英忍不住一哼。嬌寵的男孩子，父母怕他不長命，倒也有扎耳眼的；卻只能扎一個，斷無雙穿耳輪的。這雄娘子居然穿了雙耳，莫非他竟是女子麼？「雄娘子」的綽號又怎麼講？莫非只當男妝的女子講麼？

霹靂手起了疑心，覺得犯不上了。眼帶詫異，面現輕薄，口角上含著侮視的笑容；不肯更下辣手，突然把身手鬆懈下來；眼睛依然不閑著，上上下下琢磨對手，故意引逗雄娘子迸跳，故意地上取兩腮，中搗乳房，下踩腳尖。

雄娘子驟然覺察，從耳根泛起紅雲，往後一退，喝道：「童老英雄，莫非看我不才，不屑承教麼？」

童冠英往前趕了一步，往後退了兩步，答道：「哪裡，哪裡。承您賞臉，童某敢不竭力給您接招？怎麼您還嫌我沒上勁麼？」

雄娘子怒斥道：「我雲某不喜跟人遊鬥，更不喜鼓弄唇舌。童老英雄這麼敷衍我，就是瞧不起我；我可要對不住了！」

霹靂手童冠英哈哈一笑道：「別價別價，您年紀輕輕的，別趕碌我。您嫌我不解氣吧？我偌大年紀，決不能怎麼著，也就是對付。您沒聽說，男不跟女鬥，老不跟少鬥麼。我老了，沒勁了；您別嫌惡我，咱倆對付著瞧。您把我揍下去，回頭我再給你換年輕的。」

雄娘子凌雲燕滿面含嗔，星眼一瞪，銳聲喝道：「我看你是成名的前輩，以禮相待；你瞎了眼，拿我當什麼人了？雲大爺今天不客氣，……」話未說完，跳上去唰地一拳，直取童冠英的上盤。人似美女，身手迅捷。霹靂手童冠英應招還式，把雄娘子的右掌一格。雄娘子早已掣回右掌，左臂一削，來切霹靂手的手腕。兩人登時又打起來。

童冠英連架數招，看出敵手把很好的一手六合掌，如狂風暴雨似地施展出來，一味有攻無守，專找要害。童冠英兀自對付著，眼往台下尋找，叫道：「俞大嫂請來吧！這一位我鬥不了；俞大哥還是快請俞大嫂替我來吧。咱們以武會友，得按著各人的身分來。」

凌雲燕越忿，拳擊越狠。旁邊監場的那個豹黨，恨霹靂手驕狂，也吆喝道：「剛才不是童老英雄單挑的我們這位麼？你賣味別這麼賣法。你年紀老，沒人硬把你抛上台來。」

鏢行監場的人立刻代答道：「朋友，咱們是比拳，不是比話。等著童老英雄跟雲爺比完了，您有話再講，也不為遲。」

兩人口角起來，此時比鬥的兩人漸緊急起來。童冠英連連兩次險招，這才激起鬥志。這似男似女的凌雲燕原來真有兩手。

童冠英喝一聲：「好鬥！」往後一退身，雙臂往下一垂，往外一分，又突然一拳；陡聽骨節格格地一陣響。再伸直看時，他那一對粗壯的手掌突然變色，十個手指頭全像小蘿蔔似的粗紅，大指小指竟似無別了，骨節依然格格地發響。身勢也為之一變，腿蹣跚若熊，腰傴僂似猿，進趨騾顯遲鈍，進攻騾顯直挺。兩眼那麼樣瞪視著，虎似的欺敵，鷹似的伸右爪，照敵人手臂就抓。

霹靂手露出怪相，台下驀地驚呼：「這是紅砂掌！」

雄娘子凌雲燕前所未見，愕然卻步，注視敵情。

霹靂手似周身氣力都貫注在兩臂，下盤移動無形中透慢，只見他往前一跨步，頓地有聲；往前再跨步，頓地有聲，立刻逼到雄娘子面前，探臂揚掌又這麼一抓。

雄娘子凝全神備戰，急擰身往旁一退；突覺一股勁風，隨敵掌一掠而過。雄娘子打了一個寒噤，面上隨現嚴重之容；冷笑一聲，捏起粉團似的拳頭，唰地立掌欺身，趁敵手還未收式，唰地削下去。

這一掌是驗看敵招。霹靂手果然不掣腕，不躲閃，反迎招往上一翻腕；掌心朝天，五爪箕張，就勢來抄雄娘子的脈門。台下登時有人喊道：「留神，別碰上！」

雄娘子早已覺出敵人的辣手，正是前所未見，聞所未聞。倏展開迅疾的身法，以十分快，敵十分強；右手急急掣回，一旋身，左臂也進搗童老的前胸乳下「幽門穴」。不等童老招架，迅如飄風，將輕盈的身腰伏轉，突掩到背後，唰地一拳，拳出腰直，直照童老的後腦「玉枕穴」搗去。

童冠英走了空招，似很費力地一提氣，一轉身，恰迎著雄娘子；他左臂護腦外磕，右爪攻敵外揚，照雄娘子的手臂抓去，骨節格格地作響。雄娘子又迅似飄風，退竄開一兩丈外；止步凝身，回眸瞀敵。童冠英已拔步跟過來，兩臂錯張，像隻巨鰍。

雄娘子把嘴唇一咬，伏身作勢，迎敵猛進，心說：「我還怕你不成？」如飛隼般從童老左側衝過去；揚腕一搧，猛擊童老的面門。童老攘臂前迎，「白蛇吐信」，來抓雄娘子的臂膀。雄娘子腕取上盤，只是虛晃一招；一進一退，腳早凌空而起，照童老上盤猛蹬。這是借伏竄之勢，用全身之力，猛起疾蹴。

童老不慌不忙，身形移動似慢，兩隻巨靈之掌運用極活；竟一傴腰，容這雄娘子憑空踢到，他就哼了一聲：「抓！」將身掣轉，把手探出。

台下重起驚呼。鏢行、豹黨紛然騷動。飛豹子大吼一聲，撥開眾人。

雄娘子凌雲燕奮力踢空，一發難收；霹靂手迎頭攫物，手到擒來。刮地一聲響，雄娘子一雙淺靴被敵捋住，靴腰碎在霹靂手的掌心。凌雲燕一步失著，縮足一褪，右腳急抽出來；果然如凌雲飛燕一般，在一眨眼間，左腳借勢一蹬敵臂，唰地掠空再起，直射出一丈多高、一兩丈外，輕飄飄斜落；距地三尺，似旋風貼地一卷，拔身站住。借退為攻，轉敗為勝，到底把童老踏了一下。童老捉著那只碎靴，巍然不動，看了看臂上那塊塵痕，歡然一笑道：「年輕人真不容易。」

可是凌雲燕很羞愧，恨恨說道：「我又不是李太白，你閣下何必給我捧靴？」

霹靂手大笑道：「我雖然不是高力士，可得了楊娘娘的一鉤羅襪。」說著，一舉破靴，靴中塞著不少棉絮；又一指雄娘子的腳。這右腳淺靴已失，竟露出瘦窄的複履來。軟底軟幫，鞋樣尖瘦，很像女子的鞋。雄娘子「噯呀」一聲，雙頰緋紅，張惶地覓路欲走。

台下盡是雙方的賓友，他就情不自禁掩面奔到後台門去了。台下譁然道：「女英雄，女英雄！」

這邊鏢行群雄什九詫異，豹黨這邊除了子母神梭及江北群豪外，凡是跟從飛豹一同進關的人也很覺奇怪。起初飛豹率友南下，苦無居停；承子母神梭武勝文引見，得與江北新出手的奇俠白娘子凌霄燕、紅娘子凌雲燕姊弟二人相會。即借紅娘子的巢穴做豹子潛蹤之所。這紅娘子就是雄娘子的音訊。

紅娘子凌雲燕實是男子，幼時出身於跑馬賣解的繩妓。白娘子確是女子，是他的師姊；紅娘子是師弟。他二人身世顛沛離奇，幼遭掠賣。他們的師父郎雙石、師母大金鳳是江湖浪人，收下男徒女徒數人，跑馬賣藝，不走正路。未幾，郎雙石的大徒弟玉面丁郎改邪歸正，棄師逃走；臨行還拐走了一個女徒，就是那個真的紅娘子凌風燕。

馬戲班中女的只剩白娘子一人，無法扮戲。郎雙石和大金鳳就硬把雄娘子凌雲燕穿耳、纏足、蓄髮、改妝，強逼他冒替了紅娘子的身分，與二師姊白娘子走繩賣藝；兩個女子做上下手，才能聳動觀眾。他們的師父和師母，並不是尋常賣藝人，實是大盜。往往到富家賣藝，得機會就偷竊；而且拐賣人口，配賣蒙藥，無所不為。可也因這個，凌雲燕不僅學會了鑽刀踏繩的技藝，也真學會了技擊飛走的武功。

後來他師父作惡多端，對外得罪了仇人，在內又對俊徒潛起不良之心；逼得白娘子凌霄燕、雄娘子凌雲燕，為全貞拒虐，把師父郎雙石刺殺了，逃出虎口。（就是他那師母大金鳳，當年也是他們的大師姊，以後被威逼利誘，嫁了郎雙石，甘心為虎作倀。）

紅、白二燕起初懾於淫威，不敢支吾；嗣見大師兄和紅娘子雙雙潛逃，他二人心中不能無動。等到武功練成，人大膽大，終於拔身而出。卻有一樣，他們還有師叔，那個師母也不答應，要替夫報仇。

他二人幸逃惡魔之窟，卻沒地存身，也沒法改做良民。人人看見這逃亡的女妝二人，就起疑怪，都認為是大家的逃妾逃婢。有的宵小，就巧言誘引二人，或者恃強威嚇二人，要霸佔他倆。這一來，橫生枝節，二燕一方防備師母的追尋，一方應付旅途客棧的光棍，真個是寸步難行，苦無立足之地了。

兩人大哭，就自居下流，割據荒山，做了強盜。雄娘子凌雲燕本是男子，又生得俊秀。當他逃命時，遇見許多色鬼，百般調戲他，他怒極，愧極！與師姊白娘子得到安身之處，便及謀改妝。無奈他幼被女化，舉止行動時露婦容，走路尤其難看。而且足骨已損，解放為難，索性不去改裝了。故意扮成女妝，勾引貪色之徒；一犯到他手，均被誅辱。他拿一般俗物泄忿，拿一般人當了他的師父。每見他眉毛一挑，櫻唇一笑，他就要下辣手，誅淫徒。

白娘子凌霄燕是女子，究是和善些，苦口勸他恢復男妝，不要無故殺人。雄娘子凌雲燕聽了師姊的話，脾氣漸改柔和。只是恢復男妝大非容易。他從八九歲便被拐賣，十一二歲便被殘酷的師父郎雙石慫恿師母大金鳳給他纏足穿耳。現在要想解放纏足，反覺舉步艱難。

雄娘子以此俯仰自恨。他自己所以不能改做良民，也就因為自己這奇形怪態，不但被市井宵小侮視，也被官府捕役打量。當那時，又剛鬧過菊部人妖王紫稼那一案，雄娘子偏偏與王紫稼相同。王紫稼已被捕拿，和一個妖僧同斃在杖下。雄娘子凌雲燕為了全身遠害，已然不再殺人，卻仍得隱跡在盜藪。

凌雲燕的為人很豪俠，並且嫉惡如仇，以此頗為江湖人所諒。他竊據山寨以後，頗得眾心。他又善自修飾，忽弁忽釵，除了幾個親信人物以外，旁的人竟不知他的廬山真面目。有時人們認不清，就把他當做了白娘子凌霄燕；在他男妝時，人們又把他當作三寨主玉飛鈴王苓。他的行蹤十分詭異，他的武功苦苦修練，也很有進境。不久他的黨羽越聚越多，只是沒有一準的巢穴，忽分忽合，聚散不定。

江湖上盛傳著玉飛鈴三盜，說是全夥共有二女一男；是紅白二女盜，和一個十八九歲的粉孩兒，可是他們內部的真象，誰也捉摸不透。這就因為他聚著成百的黨羽，從不攔路打劫，仍採他師父郎雙石舊日的行徑；偷而不搶，也不在準地方做案，故此引不起官府過分地注意。凌雲燕的為人又很機警，自知己短，束身很嚴；決沒有淫掠的惡行，又做些殺富濟貧的事情。以此江湖上就有大俠知道他的根底的人，也都惋惜他，矜恤他，不肯算計他。

他和子母神梭武勝文起初相識，也是由於無意中的盜案牽涉。雄娘子凌雲燕的部下，誤剪了子母神梭兩個舊同伴的買賣，掀起了風波。那時子母神梭剛剛洗手，由北方歸家；他的舊夥伴么鵜錢青和虎頭老舅，突然登門來找。說是到口的肥肉，教人奪去；請武勝文無論如何，也得出頭，替老朋友爭回面子來。子母神梭皺著眉，打聽兩人到底怎樣被剪的，出在什麼地方？么鵝錢青把細情說了。

原因子母神梭洗手之後，他們那一夥已經散了幫。么鵝錢青跟虎頭老舅，結伴要奔九江，改投白沙幫入夥。二人在半道上，無心中拾了一票過路油水；雖然不夠過下半輩，卻是儻來的飛財，至少也夠嚼用三兩年。兩人很喜歡，立刻趁夜改道改裝，扮做迷路的行販，到芒碭山附近民家借宿。

不意「得的容易，丟的模糊！」竟在快天亮時，中了薰香，也許是蒙藥，原包油水被別的行家轉挖了去。這不過是兩個小包，已經兩人拆包改裝過，全是細軟，毫不露形，臨睡時，兩人又都把它枕在頭下。並且兩人又都是道裡人，竟想不出何時被人看破，怎樣被人抵盜。原包如故，變成殘磚亂草。抵盜的人一點也不客氣，居然在包中留下了「雙燕凌空共銜玉鈴」的記號，似有意嘲笑虎頭、么鵝的無能。

狼叼來，狗搶去，未免欺人太甚！二人焉肯甘休，在當地翻來覆去踏訪；吃虧人地生疏，綠林同道又多不熟識，連訪數日，終不知凌雲雙燕是何如人也，別的更不用講了。虎頭老舅這才說：「咱們再麻煩武大哥去吧。」於是乎撲到火雲莊，給子母神梭添膩來了。

子母神梭不能推辭，只得出頭代訪，一晃十來天，也苦無蹤跡可尋。那時雄娘子凌雲燕也是剛剛竄到江北，開山立櫃不久，知他根底的幾乎無人。但經武勝文輾轉托人掃聽，燕蹤未得，倒教凌雲燕先一步得悉風聲了。

凌雲燕一聽說「凌風雙燕」的記號，立刻盤詰部下，方知是第三支椿一個小頭目，名叫包和光的惹出來的麻煩。這事辱人太甚；現在子母神梭還不曉得真相，可是棉花裡包不住火，遲早終不免揭穿。似這等劫贓留名，實在有失綠林義氣。別的還是小事，單這「凌空雙燕」的標記，十足透出挑釁的意味，坐實了自己人的沒理。尤其不該的是，包和光轉挖的這票油水，不過七八千金；他居然瞞心昧己，匿未交櫃。所謂盜亦有道，這舉動更違背了山規。

雄娘子大怒，和師姊白娘子凌霄燕商議，立刻飛傳金鈴，邀集各支的領袖，計共九個人，齊到第三支椿上開議。白娘子居正座，雄娘子居左，飛鈴王苓居右，與包和光等九個頭目，坐在一處。飲酒數巡，由白娘子首先發問。起初好好地盤詰他，為什麼轉劫同道，還留名號？為什麼撞採獲財，匿不交櫃？包和光面含愧色，支吾不對。

白娘子轉問掌金頭目：「你事先一點也不知道麼？」又問第三椿的副頭目：

「你們都商量好的麼？」副頭目不敢說不曉得，也不敢說曉得，不由囁嚅起來。

那掌金頭目說道：「當家的寬容包六哥這一節吧，其實是怪他疏忽了。可是他也有不得已，他實在要用這筆錢，辦一樁好事。東山下打獵的蔡家遭難，包六爺打算抓一筆錢救救他，也是當家的素日容許的。不過六爺一時怕您怪罪，遲遲疑疑把事辦了，總沒得對您提。他託我了，我給忘了。這都怨我。」

掌金頭目引咎分謗，替包六卸責，可是雄娘子不信。揮手命掌金頭目歸座，正色道：「按照咱們公議的山規，弟兄們奉命出去打草穀，得到了采，照例拿七成交櫃，外留三成給出力的人提興。要是弟兄們撞采得紅，那算外快，一向可照四六批帳，或五五對分。包六哥你是老手了，難道還不明白？你怎麼竟瞞起來？就這幾個錢，就買得你壞了義氣？再說我們做案留名，不是為出風頭，是為教官廳知道咱們，省得牽害良民。你怎麼就打劫同道，一點義氣也不顧？怎麼還留下雙燕的記號，是怕人家不罵咱們麼？還是教人家跟我姊弟結仇呢？你想想你犯了幾過，你自己說該怎麼辦？」

雄娘子厲聲詰責，自然是一不該劫同道，二不該留名，三不該匿藏。

包和光起初默然聽著，到了末幾句，有點承受不住了，忿然說：「我錯了，我認！當家的這麼說，好像我居心不良故意陷害瓢把子了。就算我居心不善，該殺該剮，您說怎麼辦，您就怎麼辦結了。我這裡擎著，您還問我一個心服口服麼？」滿面通紅，站起來了。

凌雲燕喝道：「你往哪裡去？你還不服麼？抓回來！」意思要請山規，責打包六。包六也發怒道：「裝得夠像了，大家你捧我、我捧你罷了。真個的當強盜本就犯法，咱們把官牌子趁早免了吧。何必拍桌子瞪眼，嚇唬貓！」

包六羞惱硬抗，雄娘子怒火愈熾，必欲加刑。白娘子為維持山規，也申斥包六道：「包六哥，你不等說完，就跳起來吵，你太不像話了！你有錯沒有！快給我待著！」

雄娘子凌雲燕一疊聲喝命拿出山規來，包六犯了牛性，竟出口惡聲，醜言相詆。千不該，萬不該，說了一句錯話，指著雄娘子道：「男不男，女不女；官不官，賊不賊！美不嘖嘖的，歇個鳥的吧。你當是唱戲打黃蓋哩！」說罷掉頭往外走。

雄娘子滿面通紅，銳聲喝道：「好你個畜牲！」突然竄起，往包六這邊截來。包六回罵道：「好說你個畜牲，你兔小子，太爺不幹了！」

壞了！一句穢語罵著了雄娘子最惱恨的話頭上了。「不男不女」一語，已辱他很深；「兔小子」一語更觸大忌。雄娘子順手推翻了坐具，伸手來抓包六，還想按倒地，教他受刑。

包六誤會此意，抖手打出一鏢；白娘子急急地一長身，把鏢接住，喝道：「包六，你怎麼動手？」

旁邊的人齊來攔勸。哪知雄娘子凌雲燕身手靈活異常，早從人叢中撲過來。包六急抓起一把椅子打去。雄娘子左手奪過，右手猛掣出短劍。眾人驚呼：「別價，別價！」已經晚了。一聲驚叫，血濺宴間，包六剛剛拔出一把匕首，剛剛一揮，劍已劈到，「克嚓」的一聲，半隻胳膊掉落地上，掌中還握著那把匕首。整個身子立刻往旁一栽，臥倒在血泊中了。

白娘子凌霄燕跳過來抓雄娘子，只趕了一個後尾；僅僅抱住凌雲燕，奪過了短劍，卻沒有救得包六。劍猛傷重，包六已然昏死過去。雄娘子恨恨往旁一退，身上濺了許多血點。部下八個首領，面面相覷。白娘子頓足嚷道：「雲兄弟，你怎麼這樣手快？他罵，罵他的去；我們要評的是理。你們快看看，快救救吧！」

八個頭領忙來救治包六，拿藥的，找布的，忙做一團。白娘子為安慰眾心，親給裹傷敷治；先把包六搭到一邊，撥人服侍；又派一個親信頭領陪伴安慰。一面仍召集部下，問這事該怎麼辦？二當家固然手急了些，包六的嘴也未免太難。

那第五位頭領忙道：「這事的起因自然是包六哥犯規，剛才這一場也是他先動的手，這就教犯規抗上。這不能怨二當家的。」

白娘子看著眾人的神色，點頭說道：「論理兒當然是這麼講了，不過自相殘殺，總怨二弟不會御從。二十幾歲的人，連幾句罵都挨不起麼？」

群盜經白娘子這樣說，多半心平氣和，遂又議到善後之計。第七位頭領說：「包六哥總算犯了條規，在本幫不能待了。我們等他養好傷，湊點養廉，把他好好送走吧。」復經群盜共議，都說只可這樣。

還有對外這一面，凌雲燕即將包六處刑，交師姊白娘子辦理後；第二步自己立刻趕辦還贓。竟將包六的斷腕和原盜的贓物，金珠未動，現銀照賠，拿來打做一包。他親自改裝，送到子母神梭武勝文的別墅。只叩門投入，便飄然走開，他和子母神梭竟沒見面。

子母神梭代友尋贓不得，兩個舊夥伴住在他家，實已無計可施。忽然夜聞剝啄之聲，未容開戶尋視，便投進東西來。子母神梭提刀急追，未見人影；打開包一看，是一隻死人手和細軟金珠，還留著名帖，畫著「凌空雙燕」，內說：「失察部下，得罪同道，已加薄懲，追贓返璧。特自登門道歉，三揖遙拜，後會有期。慕名友叩，名正肅。」

子母神梭反覆看這留柬，初猶詫異，終則欣然大悅。對同伴說：「你看，你二位丟的東西找回來了。我這點薄面，在這裡還吃得開！」這就叫面子，這就叫義氣。子母神梭道：「這一對燕子還瞧得起我。」二友得贓，就打聽到底飛燕是誰，這贓怎麼找回來的。

子母神梭道：「你二位就別管了，反正是慕名朋友罷了。」催勸二友趕快回家。從此子母神梭記住了凌雲燕的名字。

那包六斬腕之後，已死復生。在養傷時，引咎自責：「實在怨我不對。應該受刑，受刑不屈。」等到傷痛稍定，向看護他的人，尋找自己那隻斷腕。斬腕早送給子母神梭用以示威市惠了。看護人權詞以答，包六苦笑了一聲，不再索討。又養了好些天，群盜慰解他，竟要資遣他；他竟潛謀私走。哪裡走得開？早被白娘子防備了，虛打他一暗器，略示儆戒。隨即用好言切實勸了一頓，把他送走。大家都明白本幫種下仇人了，可是全誇白娘子辦得厚道。白娘子又把「好」移到凌雲燕身上，對眾人說：「這不是我的主意，這還是二弟教我代辦的。你們不曉得他麼？年紀輕，臉皮熱，做錯了事，很後悔。他現在就是不能對包六賠不是罷了。」

話雖如此，終埋隱患。雄娘子行法以保威信，固然維持住同道的義氣，到底結怨於本幫。包六所傷是在右臂，他最惱的是：「砍一下子，不算回事，我本來有錯。這小子最不該拿我的半條胳臂，送給外人買好。」他竟一面苦練左手兵刃，一面要暗算凌雲燕。

包六給凌雲燕造謠，誣他是採花淫賊，是桑沖、王紫稼一流，慣於喬扮女子，姦污良家閨秀。他知根知底，他造的謠格外能惑眾。一再煽動武林豪俠，慫恿他們捉拿採花淫賊，替屈死的貞魂雪冤，替綠林道剔除敗類。言之鑿鑿，有他一句，勝人十句。

雄娘子凌雲燕穿耳纏足，男人女妝，形跡本來可疑；自聽惡謠，他俯仰愧恨，後悔難追。他遂改穿男服，力學武夫步履，又極力地檢點形骸，教手下人替自己闢謠。又想自己的巢穴，包六備知什九，忙與白娘子商計，克日遷場，重尋秘窟；索性連準窩也沒有了，改採流浪做法。部下只有那八個頭領，能見他的真面目；其餘小嘍囉統由飛鈴王苓和白娘子出頭率領，雄娘子僅在暗中操縱。他用盡心機，迴護己短，終被包六專心跟尋，掀起了禍難。

一天，凌雲燕隻身跨驢，暫改女裝，偕一個小嘍囉，出離了密巢；竟與仇人狹路相逢，正在夜深時間。凌雲燕久不女妝，這一次為要做案探道，才易妝宵行。包六單等的就是這時候，呼嘯一聲，猝然率眾把凌雲燕圍上。

包六佈置狡獪，自知力不能敵，藏在暗影中，只遠遠指揮。卻不知他從何處勾結來兩個武功迅猛的劍客，是兄弟二人，受師門規戒，深恨淫賊，定要制凌雲燕的死命。仇人相逢，恰在林邊。

凌雲燕策驢前進，忽聞林中葉瑟瑟發異響，急忙勒韁審視。火光一閃，響箭陡發；兩個劍客仗劍齊出。包六掩在樹後，啞著嗓子說：「就是他，男扮女妝，就是他！打！」喊一聲打，箭如雨下，先抄後路。

凌雲燕身後隨行的那個飛行小盜，剛要報字號借道，忽見情狀有異，喊一聲急往回跑。被包六同黨集中放箭，定要射死他，以剪斷援兵。這小飛賊竟帶箭逃走，包六撥人急追。但凌雲燕潛出秘巢，距此已遠，呼救竟來不及。凌雲燕下驢拔劍，還想動問；二劍客都很莽撞，舉火一照，認定了面貌打扮，就一聲不響，揮劍上前狠打。

凌雲燕揮劍格架，且退且問：「是合字，是鷹爪？是辦案，是尋仇？」屢問不應，最後才說：「你是凌雲燕麼？」答說：「是。」對方哈哈笑道：「是就沒錯！小燕，你到底是男人？是女人？憑你這打扮，只要不是女人，一準不是好貨！」

兩劍客奮勇進攻，凌雲燕出力招架，心中未免惶惑。再三詰問：素不相識，因何動武？二劍客同聲大笑：「燕姑娘，你少要嘮叨！咱們手底下明白，捉住你，再告訴你不晚，準教你臨死落個明白。你要是想得開，快束手就縛，教二太爺驗驗你，就完。」又笑罵道：「你是唱花旦的，還是唱武旦的？」

二劍客的話聲帶著侮蔑，劍術既精且快。若單打獨鬥，凌雲燕還可抵禦；如今雙戰，自覺不敵。凌雲燕不願糊糊塗塗地栽了，仍要窮詰敵情；敵人竟醜罵起來。凌雲燕有些瞧科，忙將包六的名字喝出來。包六不肯應聲出頭，一味唆眾包圍凌雲燕。

凌雲燕漸感不支，急思退逃，已經不能夠。轉眼之間，外面合圍，當中仍由二劍客狠攻不休。兩把長劍反覆攻擊他，左右有人拿孔明燈上下照看他。他要認一認二劍客的面目，二劍客背著黑影，一點也看不出來。凌雲燕眼看要遭擒，林中伏敵更喊出醜惡的話來，要活捉他，不要傷他；安心要羞辱他，要剝驗他是男是女。

凌雲燕陷於危敗之局，再過半頓飯時，就要受辱。忽然絕處逢生，子母神梭武勝文邀著朋友，路過此地，聽見了打鬥聲，尋蹤過來偷看。望影聽聲，這兩個劍客竟是武勝文的舊相識。武勝文不由挑燈策馬，上前搭話，掏出他的子母神梭來，要幫助劍客，擒拿凌雲燕。等到繞林近前，訊名問故，兩個劍客說：「這就是新出手有名的採花淫賊凌雲燕。」

凌雲燕孤掌難鳴，已被趕碌得喘不成聲。聞對方斥罵，急欲自辯，可惜身世曲折，一言難盡。不意還未容他自表，那邊子母神梭武勝文已先發話了，對兩個劍客說：「這裡面怕有岔錯吧，凌雲燕這個人和我也是慕名的朋友。他這人很義氣，沒聽說他有什麼不端的行止啊！」

當場勸住了雙方，慨任魯仲連，高舉氣死風燈，詢問啟釁的緣由，並替凌雲燕保證人品。兩個劍客還在遲疑，忙到林邊，尋找包六；不想包六一聽見子母神梭自報姓名，他立刻覺著壞事，早繞林溜走了。

兩劍客盯著凌雲燕，連連搖頭，把子母神梭拉到一邊，低聲說道：「這人真是你的朋友麼？這人一定是淫賊，你仔細瞧瞧他，到底是男是女。」

子母神梭因為是初會，也很起疑，想了想道：「二位先回去。這凌雲燕和我有過來往；我把他邀回去，仔細問問。你二位也找那姓包的，再仔細問問。」

二劍客道：「萬一他真是淫賊，他要是跑了呢？」

子母神梭拍胸膛道：「二位全交給我，他真是淫賊，我也不能容他。咱們明天見面！」

就這樣私議了一回，武勝文翻身陪笑，找到凌雲燕這邊。武勝文未即說話，借火亮先打量一回。見這凌雲燕實似女子，心中也不能無動；遂也不稱呼，只拱手道：「請了！在下就是子母神梭。從前多承你閣下幫忙，我感激不盡。舍下在此不遠，我打算請你過去談談。」

凌雲燕很乖覺，料到他們剛才必是侮蔑自己，現在即欲脫身，勢必不行。遂慨然說：「多謝武君解圍，我也有許多話，要向江湖前輩表白一番呢。」

子母神梭把凌雲燕邀到附近朋友家，燈光照耀下，凌雲燕全身穿著女裝；又穿著鐵尖弓鞋，蓄留長髮，頂梳雲髻。子母神梭越看得仔細，心中越發懸虛起來。但是凌雲燕面無怍容，眉顰怒氣，很坦然地坐了。武勝文倒不疑心他是女裝的男賊，反疑他真是女盜了。無如這話不好當面致詰；子母神梭武勝文和他的朋友，讓坐獻茶之後，一時猶豫無言。

凌雲燕倒不介意，索手巾拭面，端茶來解渴，略微歇息，便發出銀鈴似的嗓音，先將自己與包六結仇的事說出，然後又說：「我這一生非常不幸。我本是良家子，遇著繼母，落在宵小手內，竟把我當女孩子，硬給我穿耳纏足，逼我學習馬戲繩技和打彈弓、耍刀劍的本領，給他鋪場子賺錢，並暗地偷盜人家。因我不肯，飽受折磨。年歲小，抗不了他，一直苦混了將近十年。

「後來我歲數稍長，又幸逢俠士，幫我擺脫了馬戲班；東逃西躲，好容易才脫開毒手。可是我已經無家可歸，肢體又已殘毀。武莊主你看，像我這個模樣，走到民間，半步也行不開，簡直沒法做良民了。我這才和我同時逃出來的一個難友，隱遁在綠林中，苟全性命。我也不敢自誇行俠義，人的名，樹的影；你可以打聽打聽去，可聽誰說『凌雲雙燕』做過不義的案子沒有？我更因為身上的缺恨，處處自加檢點；我至今沒有娶親，我還是童子身。你可以驗看我的功夫，就可以明白，我練的是童子功。

「我對綠林同道，也不合夥通氣，也不得罪；我在線上，又算是在線外。直到近來，我才得罪了人。這回得罪人，偏巧就是由武莊主你閣下而起。我手下有一個姓包的夥計，也領著一竿子人，十一二位，他竟貪財敗義，背著本窯劫了令友；我一怒將他斷臂驅逐幫外。我曾把原贓追出來，親自送到你閣下府上，並留書道歉。

大概你總接到了吧。我是隔門拋過去的。」

武勝文欠身謝道：「哦！收到了，我真得謝謝你，給我的面子很不小。」

凌雲燕揮手道：「小事一端，不必提了。可是我竟因這事，結下了仇人；包六不自悔過，恨我到極處，已經接連算計我兩三次。我已為他遷場數次，並且輕易也不出門。本月實在有迫不得已的事，非我出來不可，我這才化妝夜行，路過此地。哼！偏偏就狹路相逢，遇上這事！不怕你閣下見笑，我自逃出馬戲班主的毒手以後，早想改裝。無奈我自幼落在拐騙手裡，像這樣打扮，差不多已經十年，有點習慣成自然了；穿上男子冠履，竟走不上道來，那樣子更難看，格外扎眼。人家看見了，往往疑心我是女人改裝男子。可是我還照舊打扮，人家又挖苦我是人妖。

「我一生不幸，都結因於馬戲班！我跟包六翻臉，固然是被事情擠住的，也因他罵我的話太刺耳。剛才那兩位使劍的朋友，不用說，又是包六調唆出來的。這兩位朋友不容人張嘴，就好像我跟他有奪妻之仇、殺父之恨似的，真不曉得包六對他們講了些什麼……」

凌雲燕又道：「現在，我已將詳情說明，我謝謝你給我解圍。只是，我聽那兩位話裡話外，還是不能原諒我。我的事本來曲折太多。我想他二位臨走時，大概託付你閣下審問我，監視我了吧？武莊主，你說怎麼辦？我如今是狹路逢仇，人落單了。你我是馬上一笑而別呢？還是你問完了，仍得聽聽他們那邊的話呢？還是把我再交給他們呢？咱們是道裡的人，有話儘管講在當面，你不必為難。我自知年紀輕，出身又卑賤，我也不敢高攀，請你給我一句爽快的話。我反正不能坐受他們的侮辱，一刀一劍，殺剮存留都可以。要是想寒蠢我，我可不能受包六的。」

凌雲燕侃侃而談，玉面暈紅，辭意慷慨。遂引杯連喝三盅茶；站起身來，拍拍身上的土，又跺了跺腳。話雖激昂，態度上總似乎有點顧盼自惜，不脫脂粉氣。子母神梭武勝文和他那位朋友都聽愣了。

那位朋友姓盧，叫盧天葆，插言說：「凌朋友，你說那馬戲班的班主，可是名叫郎雙石麼？」

凌雲燕答道：「正是他，是他毀害了我一生，教我不能明面見人！」一提起來，凌雲燕就恨得切齒，一口白牙咬得吱吱地響。

盧天葆轉面對武勝文道：「是了，這話一點不假。郎雙石這東西實在萬惡！我早年聽家父講過，他的確常常拐賣人口，把小姑娘小子長得漂亮的……」說到這裡，見凌雲燕有些難為情，連忙改口道：「我很知道他。他把男孩子強扮成女子，把人賣了。他明著跑馬賣藝，暗中配賣蒙藥，罪惡滔天。凌朋友這麼說，你也是受他的害了。我聽說他早在十年前，遭了天報，被叛徒勾結過路的武林俠客把他殺了，他的巢穴黨羽也全剿滅了。凌朋友，這件事你想必很知內情的了。可是真有其事麼？」

凌雲燕帶出難過的樣子，半晌才說：「那就是我和我的一位師姊辦的。我沒有得著武林俠客的幫助，只是巧借著地方上一個土豪的力量；裡外一鬧，我們才得逃出魔手。郎雙石的巢穴是起內亂散了的，不是剿滅的，他的黨羽也只有幾個人落網。郎雙石的妻子，當時算是我們的師母，她還要替夫報仇，勾結同門，極力搜尋我們兩人的蹤跡。郎雙石死了，首級被人割去，我們那位師母疑心是我倆殺的。其實我倆只求逃出火坑，哪裡還敢動手戕師？殺郎雙石的乃是別人。我們師母不依不饒，認定是我和師姊所為，把我們趕得走投無路；直逃到浙南，才遇上九莽大俠林青皓，靠他一擋，我們方才得了生路。」

說著，他又喟歎一聲道：「盧君既然知道我的下情，足見我不是扯謊，足見我不是害人的，實是受害的。話已說明，武莊主請看著辦吧！」

子母神梭武勝文目視他的朋友，乍聞怪事，如夢初覺，也不禁歎詫道：「我在下久闖河北，這裡的事一點也沒聽說過。凌仁兄出於淤泥而不染，真不愧是火中金蓮。既然這樣，……」拱一拱手道：「凌仁兄如有緊急貴幹，你就先請吧。剛才那兩位使劍的朋友，您就不用管了，我自然有法子對答他；他們的確是有話。凌仁兄不但品行高潔，武功超絕，而且見事也真快。他們二位是親兄弟倆，那個黑的叫彭朝翼，那個矮的叫彭朝翔，果然是受了姓包的蠱惑了。臨走的時候，還一再叮嚀，教我別上了凌兄的當。」

凌雲燕哼了一聲；忙問那包六呢？子母神梭道：「那姓包的多半沒有到場，我全看了。他們來了十多個人，沒有短胳臂的。」

凌雲燕道：「他一定到場了，大概藏在林中。」

子母神梭道：「也許，也許。姓包的如果在場，這可是冤家路窄，咱們三方一見面，看他怎講。凌兄跟這位包爺結仇，本就是為朋友，由我身上所起，現在還落在我身上完，倒是正對勁。凌兄要是抽得出工夫來，何妨在這裡多盤桓一兩天，索性跟他見見，咱們可以撕羅清楚了。」

凌雲燕臉色一沉，道：「武莊主若還有所猜疑，我自然可以等等，索性見過了彭氏弟兄。」

子母神梭忙笑道：「凌兄你這可是多疑了，你的行事我實在佩服。由打上回起，我渴望跟您訂交，盼了不止一天了。這樣辦，由我起，由我落，我一個人找他們去。凌兄有事，請先行一步；哪一天得閒，你賞一個信，我們可以訂期多盤桓幾天。」

子母神梭實欲與凌雲燕訂交，凌雲燕今天實不能留。又談了一會，凌雲燕告別。子母神梭武勝文備馬親送出來。笑對凌雲燕說：「凌兄，咱們不可不防備，我還怕包六在外面等著你呢。」

凌雲燕冷笑道：「好吧！我倒是真想見見他，只怕他未必肯出頭；因為我們已經交過話了，他的戲法不好變了。我想此時外面倒真許有人等著我，只是等著我的保管不是他。」

子母神梭笑道：「他自然不肯在近處出頭，也許同著別位，藏在遠處，要暗算凌兄哩！凌仁兄，不管怎樣，我總得送送。」

武凌兩人和那盧天葆，一同出來。子母神梭沒有猜著，凌雲燕猜著了。走出七八里地，便遇上了大批的埋伏，不是包六，不是彭氏昆仲，是白娘子凌霄燕得到警耗，特引眾救應師弟來了。

那個小嘍囉身中一箭，捨命奔逃，竟奔回巢穴見了白娘子，報說二當家的中途遇事，被人圍上了。又說不像鷹爪，也不像線上。白娘子霄燕大怒，想了想在肇事的地方附近，並沒有什麼出名的綠林，心中便有些嘀咕。急急地點齊部下；部下本散在各處，就近湊集了二十幾個人，半騎半步，火速地踏尋過來。到了交鬥的所在，搜遍林隅，渺無人影。白娘子把部下散漫開，往返地窮搜。……

子母神梭陪著雄娘子凌雲燕，從狹路荒徑走上大道，突然撞在網上。響箭陡發，白娘子率眾出來，把道擋住。子母神梭還當是包六出現。凌雲燕搖頭笑道：「不是，不是！這是我們的人尋我來了。」他已經聽出響箭暗號來，忙策馬上前，也發出暗號。

白娘子凌霄燕慌忙過來，下馬問道：「師弟，怎麼樣了？」雄娘子凌雲燕忙說：「先遇上仇人，現在又遇上朋友了。」忙與子母神梭引見，子母神梭自此又認識了這位白娘子。

白娘子凌霄燕是二十幾歲的姑娘，比凌雲燕大。她們兩人的關係，也是一謎。兩人始終是師姊、師弟，不是夫妻。但白娘子不嫁，紅娘子（雄娘子）不娶，兩人相敬如賓。所可惜者，是白娘子比凌雲燕大了三四歲。兩人各有著沉痛的經歷、淒涼的身世。兩人同病相憐，都想嫁娶。但男的娶誰、女的嫁誰呢？白娘子想給雄娘子擄一個少女為妻，雄娘子淒歎不允。雄娘子勸白娘子擇婿，白娘子也只低頭流淚，臉紅紅地看著雄娘子，歎道：「姐姐這一輩子完了！」兩人各有說不出的苦惱，坐令韶光似水地流去。

當下問明原委，白娘子方知師弟受了委屈，險些受辱殞命。白娘子勃然大怒道：「這包六太可惡了，那時倒不如依著師弟，把他廢了，也就完了。現在他到處誣衊我們。武莊主，像這樣暗算我們，動刀動槍，還是好漢子所為。您不知道他，他竟學村婦罵街，信口作賤人。不行！我得找他去！他現在在哪裡？」

凌雲燕因為子母神梭在場，忙把師姊勸住。最後仍由子母神梭去找彭氏昆仲，要把這樁事徹底解決，請附近綠林給評評理。但是彭氏弟兄竟栽了跟頭！

那包六當場聽到武勝文報名，就知要敗露；他果然不辭而別，一溜不見了。彭氏昆仲還要找他細問原委，好像攙人上牆頭，半路上撤手不管了。彭氏昆仲氣得大嚷：「上當了，上當了！」他二人卻不肯虎頭蛇尾，縱然栽跟頭，也不能避不見面；竟找到子母神梭，拍手打掌，細說丟人之事，又作揖打躬地說：「我們太冒失了，得罪了這位凌雲燕了。武大哥，沒別的，替我們表說表說吧。」

彭氏老大很客氣；彭氏老二仍說：「我們情實是魯莽了，可是這位凌雲燕的打扮跟女人一樣，也未免惹人動疑。」

武勝文道：「我不是說了麼？他的身世太離奇、太慘苦！」

二彭要面見凌雲燕道歉，子母神梭代為辭謝了。這場戲就這樣揭過去。凌雲燕自然要找包六，無奈斷臂包六藏匿不見，只好罷手。

自經此變，凌雲燕和武勝文成了好朋友，武勝文勸他改裝，練習男人行止。不久，飛豹子袁振武率領大眾，到江南尋隙。因無地可以棲眾，便由子母神梭引見，借了凌雲燕的密巢，還借重了不少的人力。

現在，凌雲燕和霹靂手童冠英登台比拳，凌雲燕一身輕巧的武功，卻非霹靂手的毒砂掌的對手。凌雲燕凌空一縱，被霹靂手童冠英運氣功，探爪一抓，刮地一聲響，把淺靴抓碎，露出了複履，窄窄如鉤。台下譁然。凌雲燕面色一紅，扭頭就走。霹靂手哈哈大笑，也要下台；飛豹子奮聲喝道：「別走！我來請教！」

請續看《十二金錢鏢》八　雙雄鬥技

近代武俠經典復刻版

十二金錢鏢（七）仇讎針鋒

作者：白羽
發行人：陳曉林
出版所：風雲時代出版股份有限公司
地址：10576台北市民生東路五段178號7樓之3
電話：(02) 2756-0949
傳真：(02) 2765-3799
執行主編：劉宇青
美術設計：吳宗潔
業務總監：張瑋鳳

出版日期：2024年1月
ISBN：978-626-7369-00-5
風雲書網：http://www.eastbooks.com.tw
官方部落格：http://eastbooks.pixnet.net/blog
Facebook：http://www.facebook.com/h7560949
E-mail：h7560949@ms15.hinet.net
劃撥帳號：12043291
戶名：風雲時代出版股份有限公司

風雲發行所：33373桃園市龜山區公西村2鄰復興街304巷96號
電話：(03) 318-1378
傳真：(03) 318-1378
法律顧問：永然法律事務所 李永然律師
北辰著作權事務所 蕭雄淋律師

行政院新聞局局版台業字第3595號 營利事業統一編號22759935

定價：320元

國家圖書館出版品預行編目資料

十二金錢鏢 / 白羽著. -- 臺北市：風雲時代出版股份有限公司, 2023.08　冊；公分

近代武俠經典復刻版
ISBN 978-626-7303-94-8(第1冊：平裝). -- ISBN 978-626-7303-95-5(第2冊：平裝). --
ISBN 978-626-7303-96-2(第3冊：平裝). -- ISBN 978-626-7303-97-9(第4冊：平裝). --
ISBN 978-626-7303-98-6(第5冊：平裝). -- ISBN 978-626-7303-99-3(第6冊：平裝). --
ISBN 978-626-7369-00-5(第7冊：平裝). -- ISBN 978-626-7369-01-2(第8冊：平裝). --

857.9　112012216